Clarinet World

클라리넷 월드

지은이 | 문권철

펴낸날 | 2022년 03월 01일

펴낸곳 | 우노에디션

신고번호 | 2015-000038

주소 | 전주시 완산구 새터로 52-8 신정빌딩 401호

전화 | 063-254-3890

팩스 | 02-6455-9597

전자주소 | unoedition@naver.com

ISBN | 979-11-91411-07-2 03810

클라리넷 월드

| 차 례 |

평온의 노래 9

대회 파괴자 16

상실과 회복 21

스승이란 날개 26

윌러 시스템 42

클라리넷, 그 이름 56

루이스 스포어 76

파리음악원과 클라리넷 80

벨라 코바치의 오마주 104

제자라는 희망열차 112

금호 영재콘서트 135

로버트 무친스키의 시간의 조각 148

클라리넷 in 이탈리아 178

비루투오소 청소년 오케스트라 187

이화경향음악콩쿠르 203

베어만 부자와 멘델스존 208

오스트리아의 연주자 217

오래된 기억 225

숨겨진 보석상자 235

텅잉, 마우스피스 249

생상스의 클라리넷 소나타 268

에르네스트 블로흐 275

미국 클라리넷의 토대 281

장 프랑세의 주제와 변주곡 292

베네수엘라 '엘 시스테마' 307

말러 챔버 오케스트라 326

브람스의 클라리넷 소나타 345

모차르트 클라리넷 협주곡 359

두 천재의 동행 369

변화의 계기 373

에필로그 386

부록 388

평온의 노래

1998년 12월, 익산시 주택가 골목.

한 무리의 아이들이 허연 입김을 쏟아 내며 이곳저곳을 기웃거리고 있었다.

"저기 있다!"

한 아이의 확신에 찬 외침이었다. 모두의 시선이 한 주택으로 모였다. 아이들이 바라보는 주택의 낮고 긴 담벼락 끄트머리에는 별도로 마련된 차고가 있었고, 그 너머에는 대가 굵은 나무들이 보였다.

"우와― 성 같다."

"여기가 국회의원님이 사는 집이란 말이지?!"

골목은 아이들로 인해 소란스러웠다.

"진짜 멋지다. 내 소원은 통일이 아니라 이런 집에서 하루만이라도 살아보는 거야!"

아이들이 대문 틈새에 얼굴을 끼워 넣고, 배를 땅에 깔고, 파닥파닥 날며 알아낸 바로는 주택은 돌로 쌓은 계단을 올라, 누렇게 색 빠진 잔디 마당을 가로질러 들어가는 구조로, 넓은 마당에는 팔 없는 석고상이 마치 버려진 듯 군데군데 놓여 있었다.

아이들이 소란을 떨고 있는 사이, 대문이 덜컹 소리를 내며 열렸다.

"너희들 지금 뭐 하냐? 남의 집 앞에서……."

"어……. 주철환이다."

"뭐라고! 여자애들에게 인기 많은 6학년 1반 주철환!"

"야야! 진짜로 주철환이 여자애들에게 인기가 많아?"

"그래− 내가 봤어! 여자애들이 주철환한테 선물 주려고 쉬는 시간에 줄을 섰는데, 어떤 애는 우유 당번에게 사정해서 받은 딸기 우유까지 주더라고! 맨날 주철환만 지나가면 모여서 웃고 떠들고 뭘 그리 쑥설쑥설하는지……."

"야! 김민재. 니가 아까 우리 집 초인종 누르고 튀었지!"

김민재는 주철환과 5학년 때 같은 반이었다.

얼굴 붉어진 김민재가 당황한 듯 심하게 고개를 저었다.

"내가? 아냐! 진짜 내가 안 눌렀어!! 애들아− 우리 방금 왔지? 맞지??"

"그래, 민재 말이 맞아. 우리는 진짜 아니야."

주철환은 아이들의 억울해 죽겠다는 표정을 보고서야 의심의 눈빛을 풀었다.

"철환아, 너희 아버지가 국회의원이서? 우리는 여기가 국회의원님이 사는 집이라고 해서 구경 왔거든."

"아냐. 우리 가족은 이사 온 지 얼마 안 됐어."

"아— 그렇구나. 와 진짜 집이 크고 멋지다! 근데 너 지금 뭐 해? 심심하면 너네 집에서 우리랑 같이 놀까?"

"지금은 안돼. 곧 엄마랑 시장에 가야 돼."

"그렇구나… 그럼, 다음에는 꼭 같이 놀자. 알겠지?"

골목을 빠져나가는 김민재의 얼굴에는 야릇한 미소가 깃들어 있었다. 친구가 이런 큰 집에 산다는 것이 샘나게 부럽기도 하면서 다른 한편으로는 좋기도 했다. 김민재는 조만간 동네 아이들을 더 많이 데리고 올 생각을 하고 있었다. '여기가 내 친구 집이야!'라고 자랑할 생각에 이미 김민재의 어깨에는 잔뜩 힘이 들어가 있었다.

1개월 후. 익산 마한초등학교 졸업식.

아이들은 평소보다 더 밝게 웃었다. 이날 아이들이 가장 많이 한 말은 '우리 같이 사진 찍자!'였다.

평소 친하게 지냈던 친구였는가 아닌가는 상관도 없었다. 심지어 전혀 모르는 아이들과도 사진을 찍어댔다.

"애들아, 우리 철환이랑 사진 찍자! 이쪽으로 와. 여기 철환이 옆으로 서보자!"

"엄마! 잘 모르는 애들이야! 그리고 여자잖아!"

"철환아, 졸업 사진은 특별히 많이 찍어둬야 해! 공자님이 말씀하셨어. 남는 건 사진밖에 없다고."

"참나, 공자님도 사진 찍는 걸 좋아하셨나……."

주철환은 교실에서 담임 선생님께 마지막 인사를 드렸다. 그리고 졸업 앨범까지 받고 나니 더 이상 할 일은 아무것도 없었다.

"엄마. 나 배고픈데… 밥 먹으로 가요."

어머니는 흡족하게 필름을 감고 있었다.

"그래 아들− 우리 자장면 먹으러 갈까?"

익산 상하이 반점.

식당은 밥때가 일러서인지 손님이라곤 없었지만, 실내는 훈훈한 온기가 가득했다. 자리 잡은 테이블 정면으로 주방이 보였다. 그곳에는 화력 좋은 불에 팬을 굴리는 주방장의 어깨가 바쁘게 돌아가고 있었다.

"어머나! 식당이 분위기완 다르게 음악이 고급스럽네."

"어서 옵쇼! 뭘로 해드릴까아?"

"우리 자장면 두 그릇 해주세요."

"금방 나와요. 여기!! 짜장 보통 두울!"

종업원이 우렁찬 소리로 주문을 넣었다.

왠지 주방장의 어깨가 더욱 빠르게 돌아갈 것만 같았다.

주철환이 졸업 앨범을 펼쳤다. 친구들의 모습에 즐거웠던 추억들이 떠올라 한참을 웃더니 어느 순간부터 잔잔하게 흐르는 음악에 귀 기울이고 있었다.

그닥 큰 소리는 아니었지만 깊은 울림을 지닌 소리는 분명한 흐름을 지니고 있었다. 얼마 지나지 않아 소리는 수십 가지 색을 나타냈는데, 선율과 빠르게 뒤엉키면서 푸른빛을 그려냈다. 잠시 후 이 푸른빛은 넓고도 깊은, 생명감 넘치는 공간을 만들며 주철환의 마음을 단번에 사로잡았다.

"아들? 무슨 생각해?"

대답이 없다. 이미 주철환은 소리가 만들어 낸 푸른빛의 공간에 빠져있었다. 오직 하늘에 떠있는 구름, 살을 스치는 차가운 바람만이 주철환과 함께했다.

주철환은 5세부터 드물게 선율을 눈으로 볼 수 있었는데, 오직 어머니만이 어렴풋이 짐작하고 있었다.

초등학교 입학 전까지 주철환은 자신에게만 나타나는 이런 현상이 혼란스러웠지만, 반복되는 경험을 통해 점차 상황을 받아들이게 되었다. 그리고 시간이 흐를수록 주철환은 더욱 선명하고 입체적인 형상으로 음악을 볼 수 있었다. 그러나 이것은 완벽한 음악을 들었을 때만 나타나는 현상이었으니, 조화와 균형이 없는 소리에서는 아무것도 느낄 수 없었다.

"엄마, 저기-. 저것 보여?"

허공을 가리키는 손끝에는 무엇이 있을 리가 없었다. 오직 주철환만이 자유롭게 하늘을 날고 있는 한 마리의 새를 보고 있었다. 이 세상에서는 한 번도 보지 못한 기이한 모습이었다.

새는 노래인지 울음인지 어떤 소리를 냈는데, 역시 이 세상에서는 단 한 번도 들어보지 못한 기이한 소리였다.

"······ 표정이 없네."

새에게서는 어떤 감정도 읽히지 않았다. 새는 그저 날개가 나울거릴 때마다 더욱 높이높이 솟구쳤다. 저 멀리 보이는 산과 아래로 내려다보이는 사람들의 세상이 작게 보였다. 더욱 작아지고, 시야에서 완전히 사라지니 이제는 하늘과 맞

닿아 있는 넓고 푸른 바다가 한눈에 들어왔다.

어느새 주철환은 창공의 새와 완전한 하나가 되었다.

새의 시선으로 바라보며 선율과 함께 춤을 추고 평온을 노래했다. 선율은 여전히 선명했다. 흐르는 선율을 타고 넘으며 새의 날갯짓은 힘이 넘쳤다.

어느덧 하늘은 붉게 물들 며 밤을 재촉하고 있었다.

'아, 따뜻하다.'

얼마나 지났을까…… 붉게 물든 하늘은 점차 회색빛으로 바뀌었고, 새는 자신의 삶의 마지막 평안과 그 이면의 진한 슬픔을 신께 간구했다. 이 성스러운 기도가 멈추자 선율과 함께 허공의 새는 흔적 없이 사라졌다.

"엄마, 소리…… 이거 뭐야?"

"철환아, 잠깐만 기다려 보자."

'앞서 들으신 음악은 구스타프 말러 Gustav Mahler 교향곡 5번 4악장 아지에토를 레너드 번스타인 Leonard Bernstein 이 지휘한 빈 필하모닉 오케스트라의 음악으로 들으셨고, 방금 들으신 음악은 모차르트 클라리넷 협주곡 A장조 2악장. 아다지오 Adagio 를 칼 라이스터의 연주로 감상하셨습니다.'

대회 파괴자

2000년 10월 제13회 전라북도 학생음악경연 대회.

'다음 경연 참가자는 익산 남중학교 2학년 주철환.

연주곡은 베버의 그랜드 듀오 콘체르탄트 Grand duo concertant, op.48 입니다.'

「칼 마리아 폰 베버 Carl Maria von Weber」

독일의 작곡가이자 거장 피아니스트이며, 독일 낭만 오페라 Romantische Oper 의 발전에 중요한 인물로 평가되는 베버는 클라리넷을 위한 콘체르티노, 두 개의 협주곡, 클라리넷 오중주, 그랜드 듀오 콘체르탄트를 작곡했다.

「그랜드 듀오 콘체르탄트」

베버가 1815년부터 1816년 사이에 클라리넷과 피아노를 위해 작곡한 작품으로, 독일의 클라리넷 연주자 요한 사이먼 헤름슈테트 Johann Simon Hermstedt 에게 헌정했다.

16

헤름슈테트는 슈바르츠부르크 존더샤우젠 Schwarzburg
Sondershausen 궁정의 수석 클라리넷 연주자로 그가 클라리넷
역사에 얼마나 중요한 인물인지는 루이스 스포어 Louis Spohr
의 4개의 클라리넷 협주곡을 포함한 대부분의 클라리넷 작품
이 그에게 헌정되었다는 것만으로 충분히 짐작할 수 있다.

Weber's works lists for clarinet

작품명	작곡연도	헌정
Concertino E-flat major, Op.26	1811	Heinrich Baermann
Concerto No.1 in F minor, Op.73	1811	
Concerto No.2 in E ♭ major, Op.74	1811	
Quintet in B ♭ Major, Op.34	1811~1815	
Grand Duo Concertant, Op.48	1815~1816	Johann Hermstedt

1악장 알레그로 콘 푸오코 Allegro con fuoco.

피아노와 클라리넷의 호흡이 중요한 작품으로 세 개의 악장
중 가장 나중에 완성한 된 소나타 형식의 악장이다.

주철환의 연주가 시작됐다.

소리가 생기있다. 정확한 리듬과 자신감 있는 연주는 심사
위원들의 마음을 단번에 사로잡았다.

'먼저 마음에서 음악이 흘러야 한다.'

주철환의 가볍고 정확한 텅잉과 유연한 흐름은 음악을 더욱 화려하게 했다. 무엇보다 명쾌한 작품 해석을 바탕으로 프레이즈 사이의 여유로움과 빛나는 음색은 관객의 호응을 불러일으켰다.

"누구야?! 저 중학생, 대단한데……."

객석에서는 중고등부 대회에 웬 대학생이 참가했다며 소란스러웠다. 그 때문인지 공연장 로비에 서성이던 사람들이 슬금슬금 모여들며 객석은 어느새 만석 공연장이 되었다.

"아이씨! 다음이 내 차례인데……. 저 자식 때문에 무대에 나가기가 겁나네."

"오늘 제대로 개망신 당하겠네. 에라이씨─ 일단 도망가고 보자!"

한두 명이 아니었다. 자신들과 수준의 차이를 느낀 대회 참가자들은 서둘러 짐을 꾸렸다. 대회를 주최하는 교육청에서도 곧 사태를 진정시켜 보려 했지만, 어찌 수습할 겨를도 없이 대기자들은 모두 사라지고 없었다.

이날의 사건으로 주철환은 여러 별명을 얻게 됐는데, 주로 당시

흥행에 성공한 영화 제목을 패러디한 것이었다.

영화 '강시 선생'은 클라 선생으로, '공작왕'은 클라왕으로 또한 '대회 파괴자'로 불리게 되었다.

2년 전.

중학교 입학을 앞둔 주철환은 꼭 클라리넷을 배워 보고 싶었다. 그러나 주철환이 살고 있는 익산에서 클라리넷은 쉽게 배울 수 있는 악기가 아니었다. 시간은 좀 걸렸지만 어머니는 결국 수소문 끝에 전주의 김완재 선생과 연락이 닿았다.

"저는 미국으로 유학을 떠날 계획이 있습니다. 길어야 2년 정도 지도할 수 있는 처지입니다. 그래도 아이를 맡기시겠습니까?"

어머니는 복잡하게 생각하지 않았다.

"잘 부탁드립니다. 선생님!"

큰 키에 선한 인상, 차분한 성격을 지닌 김완재 선생의 교육 방식은 분명했다. 그저 매일 노력하며 도전을 즐기고, 같은 일을 꾸준히 반복할 수 있도록 주철환을 격려했다.

주철환은 김완재 선생과 함께한 2년 동안 지도자가 갖추어야 할 품성까지 발견할 수 있었는데, 그것은 남을 가르친다

는 것은 곧 자신의 인격을 나타내는 행위가 될 수 있다는 것
이었다. 이렇게 주철환의 생각과 음악이 성장한 만큼 시간도
빠르게 흘렀고, 이제 스승과 제자는 긴 이별을 앞두고 있었
다.

　"철환아. 최용호 선생님께 말씀은 드려놨으니, 먼저 전화
로 인사드리고 찾아뵙도록 해라."

　"네⋯⋯."

　"새로운 환경을 두려워하지 마라. 배움은 성장을 위한 것
이고, 성장을 위해서는 낯선 환경에 맞서는 과정이 필수적으
로 동반되는 것이다."

　"알겠어요 선생님. 걱정하지 마세요⋯⋯."

　"그래. 선생님은 철환이가 지금처럼 도전을 즐기면서 깨
달음을 얻고, 언제나 최선을 다하는 연주자가 되었으면 좋겠
구나."

　주철환의 성실함과 특별한 능력을 잘 알고 있는 김완재 선
생은 '주철환이 머지않아 대한민국의 미래를 대표할만한 클
라리네티스트가 될 것'이라고 확신하고 있었다.

상실과 회복

2002년 봄.

김완재 선생이 미국으로 떠난 후, 고등학생이 된 주철환은 스스로 한 약속과는 다르게 열정 넘치는 도전자가 되지 못했다. 아니, 오히려 생기를 잃어버린 우울한 패배자에 가까웠다. 연습이 이전처럼 즐겁지 않았고, 악기를 바라보는 마음마저 편치 않았다. '대회 파괴자'라 불렸던 별명이 무색할 정도로 그의 자신감은 이미 오래전 땅에 파묻혀 있었다.

이를 지켜보던 어머니는 무기력의 늪에 빠진 아들을 위해 승마를 권유했다. 생각하고 느끼는 살아있는 동물과 함께하는 교감을 통해 마음의 평안을 얻고, 이전의 자신감 넘치는 모습을 되찾길 기대한 것이었다.

장수 승마장.

주철환의 작은 아버지가 운영하는 승마장으로 금강의 발원지인 뜸봉샘 인근에 위치해 있다.

"어머니, 오랜만이네요. 초등학교 때는 아버지랑 자주 왔었는데……."

어머니는 옛 기억의 조각을 모으듯 주위를 둘러봤다.

"그래. 여기 나무들도 이렇게나 자랐구나……. 예전에는 어린 네가 승마를 한다는 게 위험해 보여서 싫었는데, 그때 좀 시켰으면 좋았을걸……."

멀리 보이는 한 사내가 말 한 필을 끌며 손을 흔들어 댔다. 경주마를 육성하는 이상근 교관이었다.

"사모님! 오랜만에 오셨네요. 대표님은 안 계십니다."

"네. 오면서 통화했어요. 그동안 안녕하셨죠?"

"그럼요. 저는 맨날 그날이 그날이라서요. 준비된 말은 마방에 있습니다."

"애를 많이 쓰셨다고 들었어요. 철환아, 인사드려라. 앞으로 승마를 지도해 주실 이상근 교관님이시다."

"안녕하세요."

"교관님은 원래 초보자 교육은 안 하시는데, 작은아버지께서 신신부탁하셨다."

주철환은 다시 한번 머리를 숙였다.

"교관님, 감사합니다."

"그래. 어떤 녀석일까 궁금하지? 가보자!"

마방 입구에 들어서자 또각또각 청아한 말발굽 소리가 들려왔다. 짐승 냄새가 짙게 배인 실내에는 연한 풀 냄새가 섞여 있었고, 한쪽 벽에는 뭔지 모를 장비들이 가득 걸려 있었다.

"이 녀석이다."

이상근 교관이 가리킨 말은 마침 파리를 쫓기 위해 꼬리를 심하게 흔들고 있었다.

"어떠냐?! 빛깔 예술이지!"

윤기가 도는 진한 갈색 아랍종이었다.

"네. 반질반질해서 꼭 밍크코트를 입은 것 같네요."

"하하하! 그렇구나. 내가 이 녀석을 승용마로 길들이느라 고생 좀 했다. 작년까지 현역으로 뛰던 녀석이라 아직 질주 본능이 남아있으니 조심해서 다뤄야 한다."

주철환은 '질주 본능'이라는 이상근 교관의 말과 위압감이 느껴질 정도로 큰 말의 모습에 갑작스레 긴장됐지만, 우아하면서도 순하게 보이는 녀석이 싫지는 않았다.

진한 갈색 말도 자신을 유심히 바라보는 낯선 주철환의 행동 하나하나를 눈여겨보았는데, 자신에게 어떤 영향을 미칠 것 같은 인물에 대해 다분히 경계하는 눈초리였다.

"교관님, 애 이름이 뭐예요?"

"장군이다."

"장군이…… 잘 어울리는 이름이네요."

주철환은 매 주말 익산에서 장수를 오가며 말 관리 방법부터 승마의 올바른 기승 자세와 말의 보법인 평보와 좌속보를 배우며 기초 체력을 끌어 올렸다.

이렇게 장군이와 함께한 두 달이 지나자 고삐를 활용하는 기술과 말과 의사전달을 위한 부조들을 익혔고, 평보와 속보를 자유롭게 오갈 수 있었다. 주철환은 승마를 시작한 이후 좋은 기승자가 되기 위해 말의 습성을 공부하고 관찰하며 장군이와 소통할 수 있는 시간을 점차 늘려갔다.

구보.

말의 보법 중 하나로 초보 승마인이라면 누구나 꿈꾸는 승마 기술단계이다. 말의 네 발이 지면에서 떨어져 허공에 뜨는 순간, 큰 파도를 타는 듯한 경험을 하는 구보는 그 속도가 빠르고 말의 거친 호흡이 온 몸에 전달되어 초보자들은 두려움을 느끼곤 한다. 이런 구보 상황에서 기승자가 조금만 긴장하면 안장에서 엉덩이가 뜨게 되는데, 이때 의도하지 않게 고삐를 당기며 말의 불규칙한 속도를 유발해 균형을 잃고 낙마하는 경우도 종종 발생하곤 한다.

　가을이 되자 주철환은 구보를 뛸 수 있었다. 안장 깊숙하게 앉아 고삐의 일정한 간격을 유지하며 말의 흐름에 따라 허리와 엉덩이로 리듬을 타니 몸이 받아들이기 시작했다. 이렇게 계속해서 장군이와 호흡을 맞추니 점차 몸이 구보의 리듬을 완전하게 습득하게 되었다.

　주철환은 장군이와 겨울 내내 서로를 돌보듯 뛰놀며 자유로움을 느꼈다. 어머니의 바람대로 승마를 통해 건강과 자신감을 회복하고 있었다. 또한 말은 음악처럼 엄청난 힘과 섬세한 아름다움을 지니고 있다는 것을 깨닫게 됐다.

'장군이의 힘이 내게 전달되는 것이 느껴진다. 마치 나에게 용기를 주는 것처럼…….'

　평화가 찾아왔다. 더 이상 마음 깊은 곳에 자리했던 상실감을 느낄 수 없었다. 주철환은 자신이 다시 연주자의 삶으로 되돌아갈 수 있을 것만 같았다. 스스로 외면했던 클라리넷의 길에 다시 한번 도전할 용기를 얻게 되었다.

스승이란 날개

2003년 서울 충정로역.

주철환의 고등학교 2학년 여름방학.

주철환은 이미 수십 번도 더 확인한 약도를 펼쳤다. 불안한 마음에 자꾸 손이 갔다. 오늘 최용호 선생과의 첫 수업이 단순한 수업이 아닌, 제자로 받아들여질지 평가받는 자리임을 잘 알고 있었다.

'충정로역에서 마을버스로 8분. 하차 후 걸어서 6분. 다행히 시간 안에 도착할 수 있겠네……'

마을버스에서 내린 주철환은 목적지에 가까워질수록 맥박이 빨라지고 발걸음은 무거웠다. 걱정이 앞섰고 이전의 무기력증이 다시 몰려들었다.

'아… 내가 또 왜이러지……'

자신감도 없었다. 무뎌진 신경세포들로 인해 이전과 같은 능력을 발휘할 수 없는 형편이었다.

'담장 없는 2층 단독주택에 오두막 별관… 찾았다.

만약 클라리넷에 재능이 없다고 하시면 어떡하지… 제자로

받아 줄 수 없다고 하시면…….'

주철환은 그 자리에 한참을 서 있었다.

'아, 모르겠다.'

주철환이 고개를 크게 가로저었다. 머릿속에 떠도는 여러 불길한 생각을 뒤로한 채 눈앞에 보이는 초인종을 깊게 눌렀다.

'그래. 어차피 처음부터 다시 시작하려고 왔지 위로나 칭찬을 받으러 온 게 아니잖아.'

대문이 열렸다. 현관에 들어서니 최용호 선생의 모습이 보였다. 최용호 선생은 서울대학교에서 클라리넷을 전공하고, 이탈리아 페스카라 고등음악원 Accademia Musicale Pescarese 지휘과 최고 전문자 과정을 졸업했다. 현재는 아마데우스 챔버오케스트라, 재단법인 비루투오소 오케스트라의 음악감독과 한국문화예술교육진흥원 자문위원으로 그리고 대한민국 최고의 클라리넷 스승 중 한 명으로 존경받고 있다.

"안녕하세요. 익산에서 온 주철환입니다."

"어서 와라! 네가 철환이구나. 김완재 선생에게 연락은 받았었는데, 이렇게까지 오래 기다리게 될 줄은 몰랐구나."

"아녜……. 죄송합니다."

작은 키, 단단해 보이는 체격의 최용호 선생은 움직임 하나

하나에 활력이 넘쳤다. 표정은 밝았고 목소리에는 힘이 실려 있었다.

"괜찮다. 김완재 선생과 여러 차례 통화해서 네 상황에 대해서는 들어 알고 있었다. 언젠간 마음 정리하고 찾아갈 아이니 그때가 되면 꼭 봐달라고 하시더구나."

"네……. 그러셨군요."

주철환이 레슨실로 들어갔다. 방안은 오래된 종이 냄새가 가득했고, 한쪽 귀퉁이에는 갈색 피아노가 자리를 차지하고 있었다.

'악보가 정말 많다…….'

"오늘은 어떤 곡을 준비했냐?"

"도니제티의 무반주 연습곡을 준비했어요."

"오호! 도니제티의 Clarinet Study in B-flat major. 그래. 어디 한 번 들어보자."

「가에타노 도니제티 Gaetano Donizetti (1797~1848)」

이탈리아 베르가모에서 태어난 도니체티는 롯시니, 벨리니와 함께 19세기 벨칸토 오페라 양식의 선도적인 작곡가였다.

가난했던 어린 시절, 음악교육을 받을 기회가 없었던 도니체티에게 운명과 같은 배움의 길이 열렸는데, 당시 베르가

28

모 산타마리아 마조레 성당의 음악감독이자 오페라 작곡가로 이름을 날리던 조반니 시모네 마이어가 1806년, 학비가 없는 음악학교를 설립한 것이다. 학교운영의 목적은 소년합창단을 양성하는 일이었지만, 악기 연주와 작곡 등 체계적인 교육도 함께 제공했다. 이를 통해 도니체티는 8살부터 빈 고전주의에 정통한 마이어에게 수준 높은 교육을 받을 수 있었고, 베르가모 음악학교와 볼로냐 음악원에서도 공부하게 되었다. 이후 도니체티는 롯시니와 함께 베니스, 로마, 나폴리 등 이탈리아 여러 도시에서 작업했고, 특히 1830년대에 파리에서는 열광적인 환영을 받았다. 그는 51세의 짧은 생애에도 불구하고 70편의 오페라를 작곡했는데, 그의 대표작으로는 람메르무어의 루치아 Lucia di Lammermoor, 사랑의 묘약 L'elisir d'amore 등이 있다.

깊은 호흡과 함께 차분하지만 느리지 않은 템포의 연주가 시작됐다. 최용호 선생은 먼저 주철환의 자세를 관찰했다.

연주에 불필요한 움직임은 없는지, 몸을 효과적으로 사용하는지 찬찬히 조각내어 살펴보고 있었다.

'짧은 순간 음악에 몰입되는 집중력은 예술가의 기질을 타고난 것이겠고, 몸의 움직임은 거추장스럽지 않고 균형 있는

자세를 유지하고 있다.'

　최용호 선생은 주철환이 호흡의 메커니즘은 이해하고 있는지, 손가락의 움직임과 입술의 모양 그리고 아래턱의 활용 여부까지 두루 살펴보았다.

'악기를 잡고 있는 손목의 각도가 안정적이다. 역시, 악기를 받치는 엄지손가락이 첫 마디와 손톱 하단 사이에 정확하게 위치되어 있구나.'

　주철환의 연주는 자신의 걱정과는 다르게 물 흐르듯 막힘없었고, 시간이 지날수록 한결 여유로워진 마음은 음악을 더욱 자유롭게 했다. 레가토는 우아한 춤을 추었고, 명료한 발음의 아티큘레이션은 막힘 없이 흐르는 노래가 되었다.

'클라리넷 연주를 위한 중심축인 윗니, 아래턱, 오른손 엄지손가락의 위치가 좋은 균형을 이루고 있구나…. 악기를 들고 춤을 출 수 있을 만큼 편안해 보인다.'

　주철환의 짧은 연주가 끝났다.

'이 아이, 지난 2년간 악기를 쉬었다고는 도저히 믿을 수가 없는 실력이다.'

　최용호 선생은 주철환이 분명 클라리넷 연주자로서 특별한 재능을 지녔다고 생각했다. 클라리넷 연주자에게 요구되는 음색에 대한 인지, 최고의 테크니션이라 불릴만한 정확하고 효과적인 손가락 움직임과 순간적인 탄력, 흠잡을 곳 없는 리듬 그리고 안정적인 리드 컨트롤은 불가능한 연주가 없을 만큼의 대단한 것으로 나이에 비해 이미 믿기 어려울 정도의 뛰어난 수준이었다. 하지만, 소리의 폭은 좁고 깊이는 부족하여 섬세한 뉘앙스의 표현과 전달력 있는 입체적인 표현은 부족하게 느껴졌다.

'우선 기초 체력을 끌어올리고, 리드와 마우스피스를 이해해야 한다. 또한 다이나믹의 양극단을 더욱 확장하는 훈련이 필요한데…… 그러기 위해서는 앙부쉬르에 약간의 변화도 필요하겠군.'

악기의 소리란 '어떤 음색으로 연주하는가' 그리고 '어떻게 진행시키는가'의 선택에 따라 자신의 음악적 정체성을 달리할 수 있다. 최용호 선생은 이를 위해 준비되어야 할 것들을 빠르게 계산하며 자리에 일어났다.

"도니제티의 무반주 작품은 1821년 그의 친구 프란체스코 베니그니 Francesco Benigni 를 위해 쓴 작품이다. 베니그니는 이 연습곡을 통해 자신의 연주력을 크게 발전시킬 수 있었는데, 1830년대에는 베르가모 지역의 최고 클라리넷 연주자로 인정받게 되었다. 그만큼 이 작품속에는 연주자가 꼭 익혀야 할 다양한 기술들이 가득 담겨 있다는 것이야."

"그렇군요."

"도니체티가 오페라를 주로 쓴 작곡가라는 것은 알지?"

"네."

당시 이탈리아에서 오페라는 시민이 즐기는 대중적인 예술 형식이었고, 이탈리아인들이 가장 좋아하는 여가 활동이었다. 청중을 위한 음악을 썼던 도니체티는 주로 과거사나 전설에서 흥미로운 줄거리를 가져와 매력적인 독창과 합창을 연속적으로 배치해 청중을 만족시키는 방식을 주로 사용했다.

"도니체티의 무반주 에튀드는 눈에 띄는 아름다운 선율이 있는 것은 아니지만, 자유로운 작품 전개와 화려한 테크닉을 자신의 음악으로 재구성할 수 있는 작품이다. 그러니까 연주자가 자유롭게 자기 생각을 다채로운 음악으로 그려낼 수 있는 것이야. 자! 그럼, 좀 더 주철환만의 특징을 담은 연주를 해 볼까?"

"네!"

주철환은 최용호 선생의 이야기를 들은 이후 더욱 자신감 있는 연주를 할 수 있을 것만 같았다. 더욱 자유롭게 자신의 음악을 그려 보고 싶은 욕심도 생겼다. 그러나 이후의 연주에서는 이런 의지를 조금도 반영할 수 없었는데, 최용호 선생이 주철환 스스로가 부족한 부분을 깨달을 수 있도록 지도했기 때문이었다.

"자, 이 부분은 다이나믹이 더욱 필요해. 점점 크게!"

주철환은 더욱 힘을 냈지만 같은 소리만 반복될 뿐 달라지는 건 아무것도 없었다. 아니, 오히려 소리는 중심을 잃고 벌어졌다. 음정 역시 떨어졌다. 과연 예상한 대로였다.

"다이나믹은 지금보다 더 폭넓게 표현되어야 한다. 특히, 너는 포르테 방향이 약해! 메조 포르테에서 포르테로 진행이 안 되는 것이 느껴져? 포르테는 '세게' 연주하는 것이 아니고 '크게' 연주하는 거야. 세게는 연주자 입장에서의 의지일 뿐이고, 청중이 들을 때 실제로 크다고 느껴야 연주자의 의도를 공감할 수 있는 거다."

"저도 느껴지는데 표현이 잘 안 돼요……."

"그래. 일단 느껴진다면 됐다. 그리고 이 곡에서 자주 등장하는 음의 도약이 넓고 빠르게 반복되는 레가토는 어떠냐? 쉽게 연주가 되던?"

"아니요……. 연습하는 과정에서도 위쪽 음정이 조금씩 떨어지고, 이런 상황에서는 프레이즈를 원하는 만큼 끌고 가기도 어려웠어요."

"음의 도약이 넓고 빠르게 반복되는 경우, 서로 연결되어야 할 소리가 미세한 차이로 늦게 걸리면 템포가 밀리게 되지. 그러다 결국은 연결이 안 되는 것이고. 너는 타고난 테크닉으로 어떻게든 버텨내면서 진행하기는 했지만, 결국 소리는 골다공증에 걸린 것처럼 껍질만 있고 알맹이는 비어 있는 소리가 났던 거다."

"골다공증요?"

"그래. 뼛속의 칼슘 성분을 지켜야 골밀도를 유지할 수 있는 것처럼 소리의 중심을 잃어버리고서는 자신이 의도하는 방향과 프레이즈로 진행시킬 수가 없다. 소리의 실체, 즉 중심을 붙잡지 못하기 때문이야."

"호흡을 놓쳤거나 입술에 힘이 빠졌기 때문인가요?"

"물론 그런 영향도 있겠지. 하지만 먼저 레가토의 조건을 생각해 봐야 한다. 그것은 소리가 시작된 출발 소리와 목적지 소리의 폭과 음색이 서로 같아야 하고, 시작된 출발 소리와 목적지 소리는 일치되는 방향성을 유지해야 하는데, 레가토는 단순한 이음을 넘어 전체적인 음악과 조화를 이뤄야 한다. 이것이 레가토에 대한 기본이지."

"조금 이해할 수 있을 것 같아요. 그런데 도약의 폭이 넓은 음들을 연결할 때 뒷소리, 그러니까 나중 음이 늦게 걸리는 문제를 해결하기 위해서는 어떤 연습이 필요할까요?"

"여러 가지를 살펴봐야 한다. 입술의 주법뿐만 아니라 얼굴의 근육은 어떻게 활용하고 있는지. 호흡, 손동작은 문제가 없는가 등등. 그러나 기본적으로는 하나의 소리를 연주한다고 하면, 첫 음이 자신이 의도한 정확한 순간에 소리가 나는가를 확인할 필요가 있다. 만약, 자신이 원하는 순간보다 소리가 늦게 걸리면 바람의 스피드를 더 하거나 마우스피스를 무는 위치 또는 압력을 조정할 필요가 있고, 어쩌면 마우스피스와 리드 조합 자체가 문제인 경우도 있다. 이렇게 하나의 소리가 시작되는 순간을 정확히 하는 것을 매일 연습해야 하고, 시작된 소리는 움직임의 방향을 의도적으로 설정해야 한다. 선생님들이 수업 과정에 매일같이 롱 톤을 반복하고, 롱 톤에 크레셴도, 디크레셴도와 같은 다이나믹 연습과 텅잉을 함께 지도하는 이유가 다 있는 거다."

주철환은 들은 내용을 잊지 않기 위해 빠르게 메모했다.

"네. 잘 알겠습니다."

"이제 초견 능력을 좀 보자. 초견이란 뭘까? 초견이란 처음 보는 악보를 연주하면서도 호흡은 안정적으로 유지하는지, 연주 자세는 어떠한 당황스러운 순간에도 바르게 갖추고 있는지, 즉시로 선율을 찾고 선율과 화음을 예측하며 프레이즈를 분석하는 능력은 어떤지를 살펴보는 거다."

"네. 그렇군요."

최용호 선생은 책장에 꽂힌 수많은 악보 틈에서 재빠르게 두 개의 악보를 뽑아냈다.

"여깄다! 로베르 클레리스 Robert Clérisse (1899~1973)."

「*Vieille Chanson*」 & 「*Promenade*」

보면대에 악보를 펼치는 최용호 선생의 목소리는 이미 아름다운 선율로 가득 채워진 듯 따뜻했다.

"자, 먼저 샹송 Vieille Chanson 을 해 보자!"

주철환이 악보를 살폈다.

'한 페이지의 짧은 소품이다. Andante, 2/4박자, 사장조의 짧은 작품. 음역은 낮지도 높지도 않다. 그런데 어느 시대의 작곡가일까? 로베르 클레리스라는 사람, 처음 들어본다.'

연주가 시작됐다.

'돌체 심플리체 dolce simplice. 편안한 작품이다. 부드럽고 달콤하게 그리고 꾸밈없이 연주하자.'

주철환은 마치 행복한 꿈을 꾸며 구름을 걷듯 선율을 노래했다. 몸은 선율에 맞추어 자연스러운 움직임이 일어났고, 선율은 평화롭게 흘렀다. 격조 있는 음악이었다.

"역시, 언제 들어도 아름다운 작품이야. 이번에는 프롬나드 Promenade 를 들어 보자. 악보에 표기된 *molto rit* 대단히 점차 느리게, *poco rit* 조금씩 느리게, *poco piu mosso* 조금 더 빠른 움직임으로 등의 기호를 확인해서 각 지시가 분명하게 구별되도록 해라."

주철환이 이번에도 전체 악보를 빠르게 살폈다.

"프롬나드는 이전 샹송보다는 확실히 어렵게 보이네요."

"그래. 바쁘게 변화되는 리듬은 정확하면서도 노래하듯 선율적으로 해석하고, 레가토의 개념도 연주하는 과정에서 정리할 수 있으면 좋을 것 같구나."

주철환은 같은 선율이 반복될 때마다 이전과는 달리 음악적 해석을 했다. 주요 선율을 찾아 연주하는 것은 그에게 어려운 것이 아니었다. 연주는 순조롭게 진행되고 있었고, 지켜보는 최용호 선생의 표정도 편안해 보였다.

"좋았어! 두 작품은 내가 가끔 마음이 허전할 때 감상하는 곡인데, 이렇게 멋지게 연주해주니 고맙구나!"

최용호 선생은 주철환의 연주에는 현실에서 듣는 그 이상의 음악이 존재한다고 생각했다. 처음에는 그것을 잘 느낄 수 없었지만, 따뜻한 음색으로 아름다운 선율을 연주할 때 주철환의 표정과 눈빛에서 간절히 갈망하는 어떤 의지를 느낄 수 있었다. 그것은 음악을 소리 이상의 것으로 대하며 형체를 갖추려는 노력이었다.

"선생님. 로베르 클레리스는 어떤 작곡가인가요? 선율이 아름답고, 서정적이면서도 세련미가 있던데, 어느 시대의 작곡가인지는 구분조차 하지 못하겠어요……."

"아마도 피아노와 함께 연주했다면 작품을 이해하기가 수월했을 거다. 로베르 클레리스는 20세기 초 활동한 프랑스 작곡가이자 색소폰 연주자였다. 그는 색소폰 작품과 바이올린, 플루트, 트럼펫, 트롬본 등 다양한 작품을 작곡했는데, 이렇게 현대적인 선율을 편안하게 구성한 작품이 많다. 요즘 시대의 음악 같으면서도 요즘 음악 같지 않은 음악이라고 할 수 있지. 또한 클레리스는 마르셀 뮬 색소폰 4중주 Marcel Mule Saxophone Quartet 를 창단한 것으로 잘 알려진 사람이다."

"색소폰 4중주요? 그럼, 그 당시. 20세기 초에도 색소폰 앙상블이 일반적인 연주형태로서… 그러니까 보편적인 실내악 앙상블로 자리 잡힌 시기였나요?"

"그렇지는 않았다. 그들은 선구자들이었지. 마르셀 뮬 Marcel Mule (1901~2001)은 색소폰 발명가이자 마스터였던 아돌프 삭스 Adolphe Sax (1814~1894) 의 정신적 계승자로 불린 프랑스의 위대한 클래식 색소폰 연주자였다. 또한 세계적인 악기 제작사 셀머의 색소폰 소리를 설계했고 오늘날까지 인기 있는 색소폰 교본과 연주곡 다수를 저술하기도 했다."

마르셀 뮐은 1927년 색소폰 4중주단을 창단해 초기에는 모차르트와 같은 고전 작품들을 편곡하여 공연했는데, 그야말로 대성공을 거두었다. 이후 뮐의 영향력으로 다리우스 미요 Darius Milhaud, 아르튀르 오네게르 Arthur Honegger, 플로랑 슈미트 Florent Schmitt 와 같은 작곡가들에게 색소폰을 적극적으로 사용하도록 권할 수 있었고, 다른 많은 작곡가들도 색소폰 앙상블에 대한 관심을 갖게 됐다. 이를 계기로 색소폰 앙상블을 위한 실험적인 레퍼토리가 계속해서 나오게 됐고 결과적으로 지속 가능한 색소폰 앙상블의 형태를 확립할 수 있게 된 것이었다. 하지만 이렇게 색소폰 앙상블의 기초를 다진 마르셀 뮐이 1936년에 라 갸흐드 La Garde 지역으로 떠나면서, 기존의 앙상블은 파리 색소폰 4중주로 명칭을 변경하여 활동했지만, 얼마 안 돼 모든 활동이 중단되는 큰 위기가 찾아왔다. 이러한 상황에서 로베르 클레리스는 1951년 마르셀 뮐의 업적을 기리고자 '마르셀 뮬 색소폰 4중주'란 이름으로 새롭게 창단한 것이었다.

노크 소리가 들렸다.

"수업 다 끝나셨어요?"

방안에서 한동안 악기 소리가 들리지 않자 최용호 선생의 아내 양혜숙 선생이 레슨실로 들어왔다.

"철환이 인사드려라. 양혜숙 선생님이다."

순간 밝고 인자한 모습의 양혜숙 선생과 주철환의 눈이 마주쳤다.

"안녕하세요! 익산에서 온 주철환입니다."

대한민국의 대표적인 플루티스트인 양혜숙 선생은 서울대학교에서 플루트를 전공하고, 이탈리아 페스카라 고등음악원, 산타 체칠리아 음악원 최고 연주자 과정을 졸업했다.

현재는 서울 플루트 솔로이스츠 리더, 코리아 플루티스트 앙상블 악장, 불가리아 Music and Earth 국제 콩쿠르 심사위원, 프랑스 Flaine Academie International de Musique 초청 교수로 국내외에서 활발히 활동하고 있다.

"철환이? 키도 크고 귀공자처럼 아주 잘 생겼네! 조금 전 프롬나드를 이 학생이 연주했어요? 음악이 좋던데요!"

최용호 선생은 흐뭇한 표정을 지었다. 그리고 자신이 운행하는 제자라는 희망 열차에 특별한 열차 칸 하나를 늘려 보기로 마음먹었다.

　"철환아, 오늘 수업은 이 정도로 하자. 기본을 더 배우는 과정이니 다음 과제로는 칼 베어만 Carl Baermann Method op.63 을 준비해라. 그리고 다리우스 미요의 카프리스 Darius Milhaud 'Caprice 악보도 함께 가지고 가고."

　"네? 그럼 제자로 받아주시는 건가요? 감사합니다!!"

　"그래, 함께 열심히 해보자. 그런데 김완재 선생과는 어떤 작품들을 공부했지?"

　"그게 오래전에 한 것이라서요… 대략 20곡이 되는 것 같은데……."

　"어?? 20곡. 악기를 시작한지 2년 만에 그 많은 곡을 했다는 거냐? 그럼, 다음에 올 때 지금까지 공부한 에튀드나 작품 리스트를 정리해 와라. 할 수 있겠어?"

　"네. 정리할 수 있어요. 선생님, 감사합니다. 앞으로 세계에서 제일 열심히 하겠습니다!"

　"그래. 하하하!"

　최용호 선생 부부는 서로를 바라보며 한참을 웃었다.

윌러 시스템

서울에서 돌아온 주철환은 클라리넷을 처음 배웠던 그때의 호기심과 열정이 되살아나고 있었다. 벌써 다음 수업이 기다려졌다. 더욱 잘하고 싶었고, 서울에서도 인정받는 연주자로 성장하고 싶었다.

'서울의 예술중학교와 고등학교는 경쟁이 치열하다던데, 그런 학교에 다니는 아이들의 수준은 어느 정도일까……'

주철환은 책상에 앉아 이전의 악보들을 하나씩 꺼내어 살펴보기 시작했다. 악기를 처음 배웠던 교본과 콩쿠르에서 연주한 작품들… 모두가 소중한 추억이었다.

'김완재 선생님은 내가 이해하든 못하든 클라리넷에 관한 이야기는 뭐든 해주셨어. 당장은 이해되지 않더라도 일단 들어 두면 나중에는 쉽게 알게 된다고 하셨지. 그리고……'

철환아, 악기를 조립한 후에는 바로 메트로놈을 틀어놔라.

이번 주는 다이나믹 연습을 열심히 안 한 것 같구나! 연습시간이 부족하면 차라리 그날은 다이나믹에만 집중하는 거야!

42

철환아, 매일매일 자신의 한계에 맞서야 한다. 그게 힘들고 괴로우면 더 이상 발전할 수 없어.

앙부쉬르는 고정된 것이 아니라 자신이 추구하는 소리에 따라 계속해서 변화되는 거다. 특히 리드 상태에 따라서는 즉시로 위치를 달리해야 하는 경우들이 있는거야. 알겠어?

'맞아. 선생님은 앙부쉬르는 소리와 리드를 이해하는 것에서 비롯된다고 하셨는데…… 하지만, 그날도 그리고 지금까지도 무슨 말인지 이해할 수가 없구나…….'

악보를 넘길 때마다 적혀 있는 기호의 흔적들은 김완재 선생을 더욱 생생하게 떠오르게 했다.

3년전.

"선생님! 어제 전주예술회관에서 열린 우광효 선생님 독주회를 갔는데 혹시 선생님도 오셨어요?"

"아니, 나는 못 갔다. 연주회는 어땠어?"

"엄청 멋졌어요! 정말 최고였어요!! 그런데 좀 이상한 점도 있었어요."

"뭐?"

"우광효 선생님 악기는 비싼 악기라서 그런지 제거랑은 모양부터 다르던데요? 색깔만 빼고 생긴 게 완전 달라요?"

"야 이 녀석아! 그건 악기가 비싸서가 아니고 선생님께서 사용하시는 악기가 욀러 시스템 Oehler system 이기 때문이야. 어디에 가서 그런 소리 하지 마라. 무식하다는 소리 들으니까!"

"그런 거예요? 그런데 욀러 시스템이 뭐예요?"

"욀러 시스템은 독일과 오스트리아를 중심으로 사용되는 클라리넷인데 궁금하냐?"

"당연하죠! 어디 가서 무식하다는 소리는 들으면 안 되잖아요? 헤헤헤!"

"좋아. 그럼 먼저 독일의 악기 제작자 이반 밀러 Iwan Müller 에 대해 알아보자. 이반 밀러는 파리음악원의 클로제 교수 이전에 파리 오페라 클라리넷 수석 주자를 지냈을 만큼 유능한 연주자이자 악기 제작자로 드레스덴, 베를린, 라이프치히에서 활동한 인물이었다. 특히, 밀러는 악기 제작자로서 클라리넷의 구조적인 개선과 홀을 완벽하게 막을 수 있는 패드에 관해 연구했다. 당시 클라리넷 패드는 한 겹으로 된 딱딱한 가죽을 납작한 금속에 붙여 사용했는데, 이런 재질과 형태로는 홀을 완벽하게 막을 수 없었던 거야.

밀러는 홀과 패드 사이의 바람이 새는 문제를 해결하기 위해서는 패드가 부드럽고 겹을 이루어 그 안에 어느 정도의 공기가 들어갈 수 있는 재질이 필요하다는 것을 알게 되었고, 오랜 실험 끝에 1809년에는 완전 밀폐가 가능한 재질의 패드를 개발해 악기의 성능을 크게 향상시킬 수 있었다.

그리고 그 해에는 공장을 파리로 이주해 대량 생산을 시작하기도 했지. 또한 뮐러는 당시로는 획기적이었던 금속 재질의 리가춰를 개발해 전 유럽에 공급했고, 1812년에는 클라리넷에 13개의 키를 부착해 반음계 진행이 막힘없이 연주되는 악기를 개발해 냈다."

"와, 대단한 분이네요! 그럼 이 악기가 당시로서는 세계 최고로 진보한 악기라고 볼 수 있었겠네요?"

"글쎄다. 당시에는 오직 하인리히 그렌저 Heinrich Grenser 의 악기만이 뮐러의 악기에 비견될 수 있었을 거다."

"하인리히 그렌저의 악기요?"

"그래. 드레스덴의 하인리히 그렌저의 악기 역시 크루셀 Bernhard Crusell 이 1811년 구입했을 당시에 11개의 키를 지녔는데, 이것은 뮐러의 악기에 결코 뒤지지 않는 발전적인 것이었다. 어쨌든 뮐러는 자신의 악기를 1812년 파리음악원에 발표할 기회를 얻어 이제 전 세계의 표준 모델로 자리잡게 될 것이라 기대하고 있었어. 하지만 그의 희망과는 달리 당시 파리음악원 교수 장 자비에르 르페브르 Jean Xavier Lefèvre 를 포함한 관계자들에게 썩 좋은 호응을 얻어 내지는 못했다."

"왜요?? 어떤 이유에서 뮐러의 악기가 마음에 들지 않았을까요?"

"그것이 참……. 그 이유라는 게 하나의 악기로 모든 조성을 연주할 수 있는 뮐러의 악기는 악기의 조성을 염두에 두고 작곡하는 작곡가들의 의도를 오히려 방해할 수 있다는 것이었다."

"그게 무슨 말이에요? 예를 들면 당시 현악기는 다른 조성을 연주할 수 없었나요??"

"그러게 말이다. 당시 교육법을 정립하고 레퍼토리를 확장하면서 전 세계의 클라리넷을 선도했던 파리음악원에서 내놓은 평가라고는 도저히 믿을 수 없는 것이었지."

"그렇다면 뮐러의 악기는 어떻게 됐어요? 그냥 그렇게 잊혀진 거예요?"

"아니다. 뮐러의 악기가 파리음악원에서는 호응을 얻지 못했지만, 파리의 이탈리아 극장 Italian Theater of Paris 클라리넷 연주자이자 출판업자 조반니 바티스타 감바로 Giovanni Battista Gambaro 의 노력으로 전 유럽에 알려지며 큰 인기를 얻을 수 있었다. 또한 악기 제작자들 역시 뮐러 악기에 큰 영감을 받아 악기 개선 작업에 성과를 나타내기 시작했다. 대표적으로 요셉 바우만 Joseph Baumann 은 1825년에 13개의 키와 혁신적인 패드를 장착한 클라리넷을 제작했고, 유진 알버트 Eugène Albert 는 1840년 13개의 키에 2개의 링을 부착하여 독자적인 알버트 시스템 Albert system 으로 발전시켰는데, 당시 영국 최고의 클라리넷 연주자 헨리 라자루스 Henry Lazarus (1815~1895)가 알버트의 악기 8대를 소유할 정도로 영국에서는 인기가 있었다. 1860년에는 칼 베어만 Carl Baermann 과 게오르크 오텐슈타이너 Georg Ottensteiner 가 뮐러 시스템을 기반으로 이전과는 다른 심플 시스템 Simple system 을 개발했다. 무엇보다 이 심플 시스템은 1860년부터 1900년 사이에 독일과 오스트리아를 중심으로 큰 인기를 누렸는데, 브람스가 존경했던 클라리넷 연주자 리하르트 뮐펠트 Richard Mühlfeld (1856-1907) 는 이 심플 시스템의 가장 적극적인 지지자였다."

"브람스가 리하르트 뮐펠트를 존경했다고요?! 그렇다면 브람스의 클라리넷 소나타가 리하르트 뮐펠트를 위해 작곡한 거 아닐까요?"

"오호- 제법인데! 그래. 리하르트 뮐펠트는 요하네스 브람스 Johannes Brahms, 구스타프 제너 Gustav Jenner 로부터 작품을 헌정 받은 명연주자였다."

"선생님, 리하르트 뮐펠트가 어떤 사람인지 궁금해요? 그리고 브람스와는 어떤 계기로 만나게 됐나요?"

"리하르트 뮐펠트는 1873년 마이닝겐 궁정 오케스트라 Meiningen Court Orchestra 에서 바이올리니스트로 경력을 시작해 1876년부터는 클라리넷 단원으로 활동한 인물이었다.

그리고 그가 활동한 마이닝겐 오케스트라는 브람스 작품을 주요 공연 레퍼토리로 사용했다. 이를 계기로 마이닝겐 오케스트라는 브람스 음악의 주요 거점으로 알려지게 됐고, 자연스럽게 브람스도 이곳에 들렀던 것이었지."

"그렇다면 브람스는 뮐펠트를 만나기 전까지 클라리넷을 위한 독주곡이나 실내악 작품은 하나도 쓰지 않았나요?"

"그래. 브람스는 뮐펠트의 연주에 감탄해 이전에는 전혀 생각하지 않았던 클라리넷을 위한 작품을 작곡하기에 이른 것이다."

"그런데 브람스는 왜 뮐펠트를 만나기 이전에는 클라리넷을 위한 작품을 쓸 생각을 하지 않았던 걸까요?"

"그것은 브람스가 클라라 슈만 Clara Schumann 에게 보낸 편지를 살펴보면 이해하는 데 도움이 될 것 같구나."

'빈 클라리넷 연주자들은 오케스트라와 어우러질 때만큼은 꽤 잘한다고 느꼈습니다. 하지만, 솔로 부분은 전혀 즐거움을 주지 못하는 수준입니다. 나는 마이닝겐에서 클라리넷 거장 리하르트 뮐펠트를 만났습니다. 그의 연주는 나의 작곡에 대한 열정을 다시 깨워주었습니다. 그래서 나는 감사하는 마음을 담아 은으로 만든 티스푼을 그에게 선물했습니다. 이제 그와 나는 가까운 친구가 됐습니다.'

"어떠냐? 당시 뮐펠트의 연주에 매료된 브람스의 심정을 알 수 있겠지?"

"네. 하지만 브람스는 매우 신중하면서도 까다로운 성격을 지닌 인물이라고 하잖아요? 도대체 리하르트 뮐펠트의 연주가 얼마나 대단했길래 브람스가 선물까지 했을까요?"

"뮐펠트는 오케스트라에 소속되어 있으면서도 활발한 독주 활동을 병행한 연주자였다. 브람스는 뮐펠트의 베버의 클라리넷 협주곡 1번, 모차르트의 클라리넷 5중주 그리고 루이스 스포어의 작품 일부를 들은 후 그의 음색과 재능에 엄청난 찬사를 보냈다고 알려졌는데, 자신의 실내악에 클라리넷을 포함할 생각조차 없었던 브람스가 이를 계기로 1891년에 트리오 Trio in A Minor Op. 114와 5중주 Quintet in B Minor Op.115 를 작곡했고, 1894년에는 두 개의 클라리넷 소나타를 작곡한 것이다."

「Sonata in F Minor Op.120, Sonata in E Flat Major Op.120」

"뮐펠트가 존경스럽네요! 그럼 아까 말씀하신 구스타프 제너와는 어떤 관계가 있나요?"

"구스타프 제너는 브람스의 유일한 정식 제자였다. 제너 역시 브람스의 영향으로 뮐펠트를 알게 됐고, 클라리넷 작품까지 쓰게 된 거지. 제너의 클라리넷 소나타 Sonata in G major, Op.5 for clarinet and piano 역시 아름다운 작품이니 꼭 들어봐라"

"알겠습니다."

"자. 그럼 다시 욀러 시스템에 관해 이야기를 해보자.

그런데… 내가 어디까지 이야기했더라?"

"칼 베어만과 게오르크 오텐슈타이너가 공동으로 개발한 심플 시스템까지 말씀 해주셨어요!"

"그렇구나. 심플 시스템을 가장 좋아했던 연주자가 바로 뮐펠트라고 했지! 참, 얼마 전에 프랑스 예술품 경매장에서 뮐펠트가 사용했던 심플 시스템 악기가 거래되기도 했다.

혹시 이 심플 시스템의 악기가 보고 싶거든 미국 사우스다코타 대학교의 국립 음악 박물관 The University of South Dakota 에 전시 되어있으니 참고하면 좋을 것 같구나!"

"아— 그럼, 선생님이 미국에 가실 때 저도 같이 따라가서 보고 오면 좋겠네요!"

"그러지 말고 그냥 홈페이지에서 확인하는 게 좋겠다."

"그럴 수도 있겠네요… 그런데 어째 좀 섭섭합니다."

"이제 본격적으로 욀러에 대해 이야기할 차례구나."

"와아– 정말 무시 무시하시네요…….."

"오스카 욀러 Oskar Oehler 는 1883년 베를린 필하모닉 창단 초기 단원으로 악기 제작에도 열정적이었다. 욀러는 뮐러의 악기로부터 발전된 심플 시스템을 기반으로 클라리넷의 전 반적인 개선과 새로운 디자인의 마우스피스 제작을 결심했 다. 이를 위해 1887년, 베를린 쉰베르크에 악기 작업실을 오 픈했고, 1888년에는 오로지 악기 제작에만 전념하기 위해 베 를린 필하모닉에 사표를 제출하며 모든 열정을 쏟았다.

결국 욀러는 이전과 차원이 다른 악기 개발에 성공했는데, 이것이 바로 욀러 시스템이라 불리는 독일의 표준 모델 클라 리넷인 것이다."

"그럼, 욀러의 악기는 이전 악기에 비해 어떤 특징이 있었 나요?"

"욀러 시스템은 음정의 보완과 섬세한 조정이 가능하도록 톤 홀과 키를 추가해 최대 27개의 키를 지니게 됐다. 그리고 악 기 내부는 뵘 시스템에 비해 넓이가 좁고 마우스피스는 이전보다 더 길고 좁은 모형으로 바뀌었다."

"27개의 키요? 뮐러의 악기가 심플 시스템으로, 심플 시스템은 다시 윌러에 의해 27개의 키를 부착한 악기로 탄생했다니… 정말 엄청난 발전을 이루었다고 할 수 있겠네요."

"물론이지. 또한 윌러는 자신이 개발한 악기 제작방식의 전승을 위해 제자들도 양성했는데, 그 중 우에벨 F. Arthur Uebel 이라는 인물은 전설적인 클라리넷 제작자로 성장했다.

우에벨의 클라리넷은 디터 크뢰커 Dieter Klöcke 와 칼 라이스터 Karl Leister 등 유명 연주자들이 사용하는 악기로 특히, 칼 라이스터가 베를린 필하모닉에 입단했을 당시 사용한 것으로 알려졌다. 이후 칼 라이스터는 1940년대 후반부터 블리쳐 Fritz Wurlitzer 가 개발한 리폼 시스템 Reform Boehm 악기를 사용하고 있는데, 이 리폼 시스템은 뵘의 핑거링과 윌러의 관 구조를 접목한 것이다. 이렇듯 클라리넷은 연주자의 요구와 장인들의 손에 의해 지금도 계속 발전하고 있다."

"그렇군요. 결국 독일의 윌러 시스템과 프랑스의 뵘 시스템은 서로에게 영향을 주고받으며 함께 발전한 것이군요! 그런데 한 가지 궁금한 것이 있어요. 그럼 윌러 시스템과 뵘 시스템의 소리는 확연한 차이가 있나요?"

"추구하는 음색과 구조적인 설계 방식이 다르니, 소리에 차이가 나는 것은 당연하겠지. 뵘 시스템의 악기는 윌러 시스템에 비해서 악기 내부가 넓은 원추형으로 이루어져 있는데, 이것은 뵘 시스템의 악기가 다이나믹에 보다 빠르게 반응하고, 밝은 음색의 연주와 더욱 섬세한 뉘앙스를 표현할 수 있는 장점이 있다. 반면, 연주자가 밝고 화려한 소리에 익숙해지면 자칫 소리가 가볍고 심하면 악기들의 소리가 잘 섞이지 않아서 앙상블이 어려울 수도 있겠지."

"윌러 시스템이 다이나믹 표현에 대한 반응이 늦다는 것은 안 좋은 것이겠네요?"

"꼭 그렇게만 생각할 것은 아니다. 다이나믹이 급격하게 일어나지 않는다는 것은 음악이 쉽게 가벼워지지 않고, 긴 프레이즈 연주와 깊은 음색 등의 특징을 갖는 것이다.

 그렇지만 연주자의 역량에 따라 이런 특징이 아무런 제약이 되지 않을 수도 있고, 무엇보다 오늘날은 두 시스템 간의 소리 차이가 점차 좁혀지는 추세다."

"네? 그럼 소리만 들어서는 어떤 시스템의 악기로 연주했는지 전혀 구분이 안 될 수도 있다는 말씀이세요?"

"그렇지. 요즘은 과거와는 달리 리드, 마우스피스, 레가츄

어의 종류가 다양하기 때문에 연주자는 자신이 추구하는 소리를 어렵지 않게 조합할 수 있고, 또한 연주자의 능력과 스타일이 소리를 매우 개인적인 것으로 만들기도 한다.

그러니까 클라리넷은 독일 소리와 프랑스 소리가 있는 것이 아니고, 각 연주자의 고유한 소리의 빛깔이 있다고 생각할 필요가 있는 거야. 유명한 디터 크뢰커 Dieter Klöcker, 칼 라이스터 Karl Leister, 라이너 벨레 Reiner Wehle, 자비네 마이어 Sabine Meyer, 첸 하레비 Chen Halevi 와 같은 연주자들은 악기 시스템의 차이보다는 각 음악가의 개인적 표현의 중요성을 강조하는 공통점이 있는데, 특히 칼 라이스터는 사람의 목소리가 매우 개인적이면서 차이를 나타내듯이 어떤 악기로 연주하는가는 그다지 중요하지 않고, 오직 자신의 음악에 영혼을 담는 노력이 중요하다고 말하기도 했다. 사실 칼 라이스터는 독일식 클라리넷 소리라는 표현조차 전혀 사용하지 않는 연주자다."

주철환은 잠에서 깬 듯 현실로 돌아왔다.

13 keys clarinet   Eugène Albert   Oehler System   Boehm System
by Iwan Müller

출처_Wikipedia & Captured from Buffet Crampon website.

클라리넷, 그 이름

일주일 후. 최용호 선생 자택.

"익산에서 올라오느라 힘들었을 텐데 잠시 쉬었다 하자. 그래, 지금까지 공부한 작품 리스트는 정리해 봤냐?"

"네. 여기 있어요."

주철환은 지난주 정리한 작품 리스트를 가방에서 꺼내 테이블 위에 펼쳤다.

"음. 역시 랑게누스 교본으로 시작했고, 3권까지 모두 배웠구나?"

"네, 클로제 Hyacinthe Klosé 의 에튀드도 랑게누스 진도에 맞춰서 함께 병행했어요."

"그럼, 랑게누스 3권을 다 마친 기간은 얼마나 걸렸지?"

"6개월요."

"어?? 6개월?!! 그것도 클로제 에튀드를 함께하면서?"

최용호 선생은 악기를 시작한지 6개월 만에 랑게누스 전체 3권을 마쳤다는 사실에 무척 놀라워했다.

'분명 재능은 타고난 것… 하지만 이게 정말 가능한가?'

최용호 선생이 이제껏 지도한 제자 중 누구도 이렇게 빠르게 클라리넷을 습득한 사람은 없었다. 김수영과 문예준만 해도 10개월이 되어서야 랑게누스 1, 2권을 마쳤을 정도였다.

"그다음은?"

"다음은 로즈 Etudes for Clarinet Rose 32를 하면서, 르페브르 Jean Xavier Lefevre (1763~1829) 소나타 1번에서 12번까지 배웠습니다. 그리고 이후에는 여기에 적은 순서대로 공부했고요."

"르페브르 소나타. 그걸 모두 다 했어? 왜??"

"김완재 선생님께서 르페브르 소나타는 각 번호마다 특별한 매력이 있고, 초보자가 꼭 익혀야 할 것들을 즐겁게 공부할 수 있는 작품이라고 하셨어요. 그리고 듀엣으로 편곡된 악보들도 있어서 재미있게 공부했습니다."

"그래. 르페브르의 음악은 초보자가 연주하기에 지루하지 않고 시대의 연주법을 익히기에 적합한 레퍼토리라고 할 수 있지. 그리고 여기에 적혀 있는 요한 슈타미츠, 칼 슈타미츠, 프란츠 크로머, 프란츠 단찌, 베른하르트 크루셀, 칼 마리아 폰 베버를 배웠구나?"

- 요한 슈타미츠 Johann Stamitz (1717~1757)
  Concerto in Bb major

- 칼 슈타미츠 Carl Stamitz (1745~1801)
  Concerto in Bb Major No.3 & No.7 & No.8

- 프란츠 크로머 Franz Krommer (1759~1831)
  Clarinet Concerto in Eb major Op.36

- 프란츠 단찌 Franz Danzi (1763~1826)
  Potpourri No.2 "Variations on a Theme from Don Giovanni"
  Potpourri No.3 in Bb Major

- 베른하르트 크루셀 Bernhard Crusell (1775~1838)
  Concerto No.1 in Eb major Op.1

- 카롤 쿠르핀스키 Karol Kurpiński (1785~1857)
  Clarinet Concerto in Bb major

- 로베르트 스타크 Robert Stark (1786~1826)
  Concerto No. 3 in D minor Op.50

- 칼 마리아 폰 베버 Carl Maria von Weber (1786~1826)
  Concertino in Eb major, Op.26
  Grand Duo Concertant, Op.48

"네."

"카롤 쿠르핀스키 협주곡은 1악장 알레그로만 존재하니 그것만 해봤을 것이고…… 나머지는 작품들은?"

"모두 전 악장을 배웠어요."

"전 악장? 모든 곡을?!"

'김완재 선생 참 대단한 인물이고만……. 어떻게 중학생에게 2년 동안 이렇게 많은 곡을 시대별로 정리해서 지도할 수 있었을까?'

"하지만 시대 흐름에 따라 공부하다 보면 작품의 난이도가 고르지 않아서 어려움이 있었을 것 같은데?"

"그런가요?? 저는 그런 생각 안 해 봤는데요……. 르페브르 소나타와 요한 슈타미츠 협주곡을 공부한 이후로는 작품 스타일은 다르지만 수준들은 대부분 비슷하게 느껴졌어요. 오히려 가끔 쉽다고 느껴지는 곡이 나올 때는 여유가 생겨서 좋았고요. 그리고 평소 김완재 선생님은 음악사에서 중요한 위치에 있는 많은 작곡가들이 클라리넷을 위한 작품을 썼는데, 악기를 위한 한두 작품만으로는 그들의 음악을 단편적으로밖에 이해할 수 없으니, 언제나 작곡가의 대표적인 작품들과 삶을 함께 살펴보라고도 하셨어요."

"그래, 좋은 이야기이구나. 당시 작곡가들의 삶이란 서로에게 영향을 주고받으며 성장했으니 작곡가들에 대한 지식이 쌓일수록 인물들의 연결고리를 발견할 수 있고, 그 시대를 더욱 생생하게 이해할 수 있을 거다. 김완재 선생은 너에게 단순히 악기만을 연주하는 사람이 아닌, 음악인으로 성장시키려 했던 것 같구나……. 그럼 스케일은 어떻게 했지?"

"시작은 클로제 Hyacinthe Klosé 에튀드에 음계를 쉽게 다룬 부분이 있어서 그것으로 했습니다. 하지만 지금은 임현식 선생님의 '클라리넷 주자를 위하여' 라는 책으로 바꿨어요."

"그래, 임 선생님의 책은 꼭 필요한 스케일의 핵심을 잘 간추려 놓았지. 잘했구나. 그런데 클로제는 다양한 교본을 저술했는데, 철환이가 이야기한 것은 어떤 책일까?"

"시몬 밸리슨 Simeon Bellison (1881~1953) 이 편곡한 책이었는데, 두 부분으로 나뉘어 있어요. 하나는 기초 수준의 소리와 운지 그리고 듀엣 작품이 수록돼 있고, 다른 책은 스케일, 에튀드가 있었어요."

"그래. 칼 피셔 Carl Fischer 출판의 클로제 에튀드를 시몬 밸리슨이 편곡한 것이 있다."

"시몬 밸리슨도 클라리넷 연주자였나요?"

"시몬 밸리슨은 모스크바 출신 미국인으로 구스타프 랑게누스의 뒤를 이어 1920년부터 1948년까지 뉴욕 필하모닉의 수석을 지낸 인물이다. 나중에 기회가 되면 시몬 밸리슨에 대해 더욱 자세하게 설명해주마."

"네. 알겠습니다."

"철환이는 클로제 교수에 대해서는 좀 아는 게 있냐?"

"이반 뮐러 다음으로 파리 오페라 클라리넷 수석으로 활동했고, 파리음악원 교수를 지내며 교본도 다수 출판했다고 들었습니다."

"이반 뮐러도 알아?"

"김완재 선생님에게 들었어요."

"그랬구나. 그럼 지금은 이아쌍뜨 클로제 교수가 남긴 두 가지 유산 중, 먼저 한 가지에 관해 이야기 해주마."

"클로제 교수의 두 가지 유산이요?"

"그래. 클로제 교수는 1839년 뵘 시스템 Boehm System 클라리넷 발명에 크게 기여한 인물이다. 뵘 시스템이 뭔지는 알고 있지?"

"네. 운지 체계를 말하는 건데, 부페에서 만든 클라리넷이 뵘 시스템을 적용한 악기입니다. 독일과 오스트리아를 제외한 대부분의 나라에서는 뵘 시스템을 사용하고 있고요."

"그렇지. 뵘 시스템은 독일의 작곡가이자 거장 플루트 연주자 테오발트 뵘 Theobald Boehm (1794~1881)이 플루트를 위해 개발한 운지 체계를 말한다. 클로제 교수는 뵘이 고안한 이 플루트 운지 시스템을 적용해 효율적인 키 사용이 가능한 뵘 Boehm 시스템 클라리넷을 만들었는데, 이것은 당시에 대단히 혁신적인 것이었다. 클로제 교수는 여기에 만족하지 않고, 악기 제작자인 루이 오귀스트 부페 Louis August Buffet 와 협력 하며 1843년 키에 링을 부착해 더욱 효과적으로 키를 조정할 수 있는 링 키 시스템을 개발해 뵘 시스템을 더욱 발전시켰 다."

"대단한 분이시네요. 그런데 뵘 시스템이 개발되기 전, 그 러니까 클라리넷의 전신 악기가 샬뤼모 chalumeau 라고 들었는 데요. 샬뤼모는 언제부터 사용되었나요?"

Chalumeau (1700년대 초기의 샬뤼모) 출처_Wikipedia

"철환이가 호기심이 많구나. 그럼, 샬뤼모에 대해 알아보 자."

"대부분 목관 악기의 역사는 프랑스 바로크 음악의 대가 였던 장 바티스트 룰리 Jean-Baptiste Lully (1632~1687) 의 시대에서 거론된다. 그 이유는 아마도 오페라 작곡가로 잘 알려진 그가 플루트, 오보에, 바순, 샬뤼모 등의 목관 악기를 자주 사용했기 때문일 것이다."

"그렇다면 이 시기에는 아직 클라리넷이 존재하지 않았나요?"

"이때는 오직 샬뤼모 chalumeaux 만이 존재했다. 룰리 시대에 존재했던 샬뤼모는 프랑스에서 시작되어 독일과 전 유럽으로 퍼진 꽤 유명한 악기였다. 그리고 샬뤼모를 자주 사용한 작곡가는 게오르크 필리프 텔레만 Georg Philip Telemann (1681~1767) 인데, 혹시 텔레만의 음악은 들어 봤냐?"

"네. 텔레만의 두 대의 클라리넷을 위한 협주곡을 들어 봤어요."

"텔레만은 자신의 초기 작품에 샬뤼모를 자주 사용했고, 샬뤼모를 위한 두 개의 협주곡을 작곡하기도 했다."

- Concerto in C major for 2 Chalumeaux, 2 Bassoons and Orchestra, TMV 52:C1

- Concerto in D minor for 2 Chalumeaux and Orchestra, TMV 52:d1

"어?? 그렇다면 텔레만의 두 대의 클라리넷을 위한 협주곡 TWV 52:d1이 원래는 샬뤼모를 위한 작품이었나요?"

"그렇지. 철환이는 클라리넷 최초의 협주곡은 어떤 작품이라고 생각하냐?"

"요한 슈타미츠 Johann Stamitz (1717~1757) 협주곡 아닌가요?"

"요한 슈타미츠는 칼 슈타미츠의 아버지로 클라리넷 협주곡을 작곡한 1세대 작곡가라 할 수 있지. 하지만, 요한 슈타미츠 클라리넷 협주곡은 작곡 연도에 관한 확실한 기록이 없다. 이 때문에 전문가들은 현존하는 가장 최초의 협주곡을 요한 슈타미츠의 것이라고 말하는 것에 주저하고 있어."

"그럼 요한 슈타미츠 협주곡보다도 이전에 작곡된 작품이 있나요?"

"요한 멜히오르 몰터 Johann Melchior Molter (1696~1765) 의 작품이 있다. 몰터는 1745년부터 6개의 클라리넷 협주곡을 작곡했는데, 당시의 클라리넷의 형태는 단 두 개의 키만을 갖추고 있는 모습이었다."

"저는 몰터라는 작곡가는 오늘 처음 들었어요. 1745년이면 클라리넷이 아직 음정이나 운지가 불안정했을 것 같은데 어떻게 이렇게 많은 협주곡을 작곡할 수 있었을까요?"

"당시 클라리넷의 구조적 한계를 잘 이해하고 있었던 몰터는 저음역을 피하고 거의 중음역과 고음역으로 선율을 제한하면서 협주곡을 작곡했다. 여기에서 중요한 것은 몰터가 클라리넷 협주곡을 작곡한 시기에도 샬뤼모는 여전히 많은 작곡가에 의해 사용되고 있었다는 것이다."

"네? 그럼 클라리넷과 샬뤼모가 동시대에 함께 존재했다는 말씀이세요?"

"그렇지. 샬뤼모와 클라리넷은 서로 구별되는 악기로 동시대에 함께 사용되었는데, 몰터 역시 샬뤼모를 위한 두 개의 콘체르티노를 작곡한 기록이 있다.

Concertino for 2 Chalumeaux and 2 Horns in C major, MWV 8.8
Concertino for 2 Chalumeaux and 2 Horns in F major, MWV 8.9

우리가 잘 알고 있는 작곡가 안토니오 비발디 Antonio Vivaldi (1678~1741) 역시 작품의 성격에 따라 샬뤼모와 클라리넷을 구별하여 사용한 대표적인 작곡가로서, 자신의 작품 RV.560, RV.556은 클라리넷을 사용했고, RV.555, RV.558, RV.579, RV.779에서는 샬뤼모를 사용했어. 자, 이것들이 의미하는 바는 클라리넷과 샬뤼모는 구별된 악기로 같은 시기에 함께 공존했던 것임을 분명하게 보여주는 것이다."

"그럼 클라리넷과 샬뤼모는 작곡가의 취향에 따라 선택적으로 사용되었다는 말씀이시군요?!"

"바로 그거다."

Vivaldi's works lists for clarinet & chalumeau

Instrument	Antonio Vivaldi
chalumeau	Concerto violin, oboe, chalumeau, 3 viole all'inglese, strings B-flat major RV.579
	Concerto 2 violins in tromba marina, 2 recorders, 2 trumpets, 2 mandolines, 2 chalumeaux, 2 theorboes, cello, strings C major RV.558
	Concerto 3 violins, oboe, 2 recorders, 2 viole all'inglese, chalumeau, 2 cellos, 2 harpsichords, 2 trumpets, strings C major RV.555
	Sonata violin, oboe, obbligato organ, optional chalumeau C major RV.779
clarinets	Concerto 2 clarinets, 2 oboes, strings C major RV.560
	Concerto 2 oboes, 2 clarinets, 2 recorders, 2 violins, bassoon, strings C major RV.556

"그럼, 몰터와 비발디 외에 또 다른 작곡가들이 샬뤼모를 사용한 기록도 있나요?"

"많은 작곡가들이 있지만 그중 몇을 꼽아보자면, 몰터가 클라리넷 협주곡을 쓰기 이전에 샬뤼모를 사용한 작곡가로는 요한 요제프 퍽스 Johann Joseph Fux (1660~1741), 조반니 보논치니 Giovanni Bononcini (1670~1747) 가 있다. 그리고 몰터가 클라리넷 협주곡을 쓴 이후에 샬뤼모를 사용한 대표적인 인물로는 플로리안 가스만 Florian Gassmann (1729~1774) 이 있다. 이 가스만은 베니스의 샬리에리 Antonio Salieri 를 비엔나 궁정으로 데려온 인물로 자신의 발레 작품에서 주로 샬뤼모를 사용했다."

"아! 그렇군요. 저는 샬뤼모가 진화되면서 클라리넷이란 이름으로 교체된 것으로 생각했어요. 그런데 클라리넷이 발명된 이후에도 샬뤼모는 여전히 함께 존재했던 거네요.

작곡가들은 샬뤼모 또는 클라리넷의 특성에 따라 곡을 썼고, 18세기 후반에는 클라리넷이 샬뤼모를 완전히 대체하면서 19세기에 샬뤼모는 더 이상 선택받지 못한 채 점차 잊혀진 거군요. 갑자기 샬뤼모에 대해서 더 궁금해졌어요!"

"샬뤼모 Chalumeau 는 1630년대 프랑스어 사전에 그 흔적이 남아 있다. 거기에는 '갈대', 톤 홀이 총 8개가 있는 원통형 악기라고 기록되어 있지. 그러니까 악기 앞쪽에 7개, 뒤쪽 엄지 부분에 1개의 구멍을 갖춘 악기였다. 당시 샬뤼모는 소리가 불안정 했지만, 17세기 후반부터 독일과 전 유럽으로 빠르게 전파되며 활발히 사용됐다. 그리고 샬뤼모가 클라리넷으로 도약한 결정적 계기는 뉘른베르크의 악기 제작자 요한 크리스토프 데너 Johann Christoph Denner (1655~1707) 에 의해서였는데, 1690년 샬뤼모 앞쪽에 한 개의 키와 뒤쪽에 레지스터 키를 부착해 악기를 크게 발전시킨 것이다. 이렇게 만든 악기는 레지스터 키를 이용해 높은 음을 비교적 쉽게 얻을 수 있었고, 키가 부착되면서 연주자들은 왼손을 위쪽으로 오른손을 아래쪽으로 위치를 고정하기 시작했다."

"그러면 이전에는 샬뤼모 연주자들이 제각각의 방식으로 연주를 했다는 말씀이네요? 그럼 소리는 어땠나요?"

"당시 개량된 초기 악기는 소리가 거칠어 멀리서 들으면 트럼펫과 구별하기 힘들 정도였다. 여기에서 중요한 사실은 샬뤼모에 두 개의 키를 부착해 개발한 이 혁신적인 악기에 데너는 새로운 이름을 부여하지 않았다는 것이다."

"…… 네?! 클라리넷을 개발한 사람은 데너가 맞는데, 이름을 붙인 사람은 데너가 아니에요? 왜 데너는 자신이 만든 악기에 이름을 짓지 않았을까요?"

"어찌 생각해보면 자연스러운 상황이 아니었을까? 예를 들어 리코더에 몇 개의 키를 추가했다고 해서 그것을 리코더가 아닌 다른 악기로 이름을 지어야겠다고 생각하는 사람이 얼마나 될까? 데너는 단지, 자신이 샬뤼모를 획기적으로 개량했다고만 여긴 것이었다."

"네……. 어쩌면 그럴 수도 있었겠네요……."

"철환아, 데너가 이 샬뤼모를 개발했을 때 어떤 사람들이 가장 환영했을 것 같으냐?"

"당연히 연주자들 아니었을까요?"

"물론 연주자들도 좋아했지만 사실 누구보다도 이 악기를 환영한 사람들은 바로 작곡가들이었다."

"네?! 작곡가요?"

"작곡가들은 이 악기의 가치를 한눈에 알아봤다. 그래서 이 악기가 그들의 작품에 활발히 사용될 수 있었고, 점차 시간이 흐르며 클라리넷이라는 이름까지 얻게 된 것이다.

이후 50여 년 동안 클라리넷은 구조적으로도 더욱 발전할 수 있었는데, 이전의 샬뤼모와는 비교할 수 없는 따뜻하고 부드러운 음색을 갖게 되었고, 리코더와는 비교할 수 없는 풍부한 음량으로 자유로운 연주가 가능했다. 이때가 바로 1745년 몰터가 첫 클라리넷 협주곡을 쓰던 시기였던 것이다."

주철환은 무언가 이해되지 않는 듯 머리를 갸우뚱거렸다.

"선생님께서는 데너가 샬뤼모를 획기적으로 개량하고서도 악기에 새로운 이름은 붙이지 않았다고 하셨는데, 그 이유는 자신은 그저 샬뤼모를 혁신적으로 개량한 것으로 생각했기 때문이라고 하셨잖아요? 이 부분까지는 이해가 가요.

그런데, 클라리넷이라는 명칭이 작곡가들에 의해 쓰였다는 부분은 어째 잘 이해가 되지 않는데요……"

"그럼. 좀 더 자세한 설명이 필요하겠구나!

후기 바로크 시대에 바흐 Johann Sebastian Bach (1685~1750), 헨델 Georg Friedrich Händel (1685~1759) 과 같은 작곡가들은 점차 트럼펫 연주자들에게 더욱 높은 음역의 연주를 요구하고 있었다. 하지만 높은 음역의 연주는 전문적인 기술이 필요했기 때문에 별도의 파트로 구성하게 되었고, 이렇게 구성된 높은 음 연주를 위한 전문 파트를 '클라리온 Clarion'이라고 불렀다.

하지만, 이 클라리온 파트는 작곡가들의 많은 기대에도 불구하고 높은 음에서 끊임없이 실수를 반복했지. 작곡가들은 연주자가 느끼는 부담과 기술적인 어려움은 이해하면서도 작품의 내용을 변경하고 싶어 하지는 않았는데, 마침 이러한 시기에 샬뤼모에서 발전된 새로운 악기가 등장한 것이었다.

작곡가들은 이 악기의 소리가 커서 트럼펫과 유사하면서도 음역이 넓고 연주 방식은 편리해 클라리온의 역할을 충분히 감당할 수 있을 거라 기대했다. 그들의 고민거리를 한 방에 날려줄 최적의 대안을 찾은 셈이였지. 작곡가들은 악보를 그리는 과정에서 기존에 클라리온 파트와는 구분할 필요가 있었기 때문에 클라리온과 유사한 클라레니로 처음 사용하게 됐고, 점차 시간이 흐르며 자연스럽게 클라리넷이라 부르게 된 것이다. 그러니까 처음에는 악기 이름으로 사용된 게 아니라 하나의 중요한 역할을 맡은 파트로서 불린 것이었지."

"그럼, 클라레니가 사용된 기록은 남아 있나요?"

"물론이다. 비발디가 1716년 작곡한 오라토리오가 있다. 비발디는 자신의 작품에 2개의 '클라레니' clareni 를 포함 시켰는데, 학자들은 이것을 클라리넷 가장 초기의 오케스트라 사용이라고 보고 있다."

＊　　＊

주철환은 다리우스 미요 Darius Milhaud 의 카프리스를 시작으로 칼 베어만의 에튀드 Carl Bärmann Method Op.63 를 차례로 연주했다. 최용호 선생은 한 주 동안 주철환의 발전한 연주력에 만족해 했다. 소리의 중심이 분명하면서 부드럽게 연결되는 소리와 지난 수업에서는 느낄 수 없었던 음색의 통일성은 흠 잡을 곳이 없었다. 주철환이 레가토에 대해 얼마나 진지하게 고민했는지 알 수 있었다. 하지만, 여전히 소리의 폭이 좁았다. 역시 주철환의 앙부쉬르에 변화가 필요했다.

"철환아, 편안한 소리를 불어보자. 음…… 그래 왼손만 잡는 낮은 도가 좋겠다. 길게 불어봐라."

'후우–'

주철환이 소리를 냈다.

"자, 이번에는 리드를 조금 더 길게 울려보자. 리드를 길게 울린다는 것은 아랫입술을 1mm 정도 밑으로 내려 물고 소리를 내는 거다. 이때 턱이 뒤로 물러서면 안 된다."

주철환이 입술을 움직였다.

"윗니의 위치는 고정하고 아랫부분만 리드가 길게 울리도록 물어라."

주철환은 최용호 선생이 입술의 모양을 잡아준 상태로 소리를 냈다. 이전과는 소리가 달랐다.

"선생님, 소리가 커졌어요. 풍부한 울림이 느껴져요."

"자, 다시. 이전보다도 리드를 더 길게 물어."

'후우–' "조금 전보다 소리가 더 커졌어요. 바람이 마우스피스로 잘 들어가요."

"그렇지만 소리가 갈라질 것 같은 불안함이 있지 않냐?

리드를 길게 문다는 것은 윗니와 아랫입술의 사이 간격이 더욱 넓어지는 것이다. 다시 말하면 아래턱을 내려서 아랫입술과 잇몸을 사용해 리드 밑 부분을 더 받쳐주는 것인데……여기까지 이해가 되냐?"

"네, 이해돼요!"

"좋아! 그러면 이렇게 리드를 길게 물수록 양쪽 입술이 더욱 중앙으로 모여야 하는데 그 이유는 뭘까?"

"아랫입술이 이전보다 리드의 밑을 받치고 있어서……넓어진 리드의 면적이 비어있는 상태가 되기 때문에 입술로 감싸지 않고 그대로 두면 삑! 소리가 날 것 같은데요?"

"그래. 그럴 가능성이 이전보다 더 높아진 셈이지. 다시 말하면, 입안에서 리드의 빈 공간은 그 면적에 대해 적절한 입술의 커버가 필요한 거다. 리드를 길게 물수록 입술은 리드를 감싸야 하는 부분이 넓어지기 때문에, 그만큼 스큌이 발생하기 쉬운 환경이 되는 거야. 그렇다면, 왜! 이런 위험을 감수하면서 리드를 길게 울리는 노력을 해야 할까? 그건 조금 전의 경험으로 충분한 답이 됐을 거다. 어떠냐?"

"네, 선생님. 이전보다 아주 조금 더 리드를 길게 울렸을 뿐인데도 소리의 울림이 커지면서 바람도 걸림 없이 마우스피스를 통과하는 느낌이 들었어요. 이렇게 되면 레가토가 더욱 잘 될 것 같은데……. 맞나요?"

"그렇지! 리드를 받치는 중심점이 아래로 향할수록 리드의 울림 면적은 넓어지고 마우스피스를 통과하는 바람은 더욱 자유롭게 이동할 수 있기 때문에 소리에 힘이 생기고 또한 레가토 연주에도 도움이 되는 거다."

'리드를 받치는 중심점?'

"철환아, 마우스피스를 한 손으로 잡고, 그 손 엄지로 리드의 밑 부분을 힘껏 눌려봐라. 그리고 마우스피스와 리드 사이의 간격이 어떤지 살펴보고."

주철환은 리드의 아랫부분을 조심스럽게 눌려 보았다.

"더 힘껏 눌려!"

주철환은 리드의 밑 부분을 힘껏 눌렸다. 아무리 힘껏 눌러도 마우스피스와 리드 사이의 간격은 꿈쩍하지 않았다.

"이제는 조금씩 엄지를 리드 위쪽으로 옮기며 눌러라."

주철환이 리드의 중간 부분을 누르니 리드와 마우스피스 사이 간격이 좁혀 들었고, 리드의 가장 끝을 누르니 적은 힘에도 리드는 마우스피스에 쉽게 붙어버렸다.

순간 주철환은 무언가 깨달을 수 있었다.

"선생님! 제가 아무리 힘껏 바람을 불어 내도 소리가 정체된 이유가 바로 이거였나요? 저는 리드를 짧게 울리고 있다고 생각하지 못했었는데, 결국 제 앙부쉬르의 리드를 받치는 중심점이 높았기 때문에 입술의 적은 힘과 바람으로도 마우스피스와 리드 사이의 간격이 쉽게 좁혀졌던 겁니다. 그 때문에 바람은 제가 의도한 만큼 마우스피스에 들어가지 못했고 답답하게 걸렸던 거예요. 바람이 걸리니 레가토와 다이나믹을 효과적으로 연주할 수도 없었고요."

"맞다. 하지만 이것만으로 모든 문제가 해결 되는 것은 아니야. 바람이 걸리지 않기 때문에 자유로운 다이나믹을 표현할 수 있는 것이 아니고, 리드를 길게 울리는 것만으로 질 좋은 소리가 나는 것도 아니다. 중요한 것은 마우스피스로 들어가는 바람에 비례해 입안에서는 공기의 압력을 높이고, 이 원리를 이용해 소리를 발성할 수 있어야 자유로운 연주가 가능한 것이다."

"…… 선생님, 공기의 압력? 소리의 발성? 이것들은 잘 이해가 안 돼요."

"그래. 다른 생각은 잠시 접어 두고 먼저, 리드를 받치는 아랫입술의 중심점을 낮추는 연습에 집중해라!"

루이스 스포어

세종문화회관 소극장. 제43회 동아음악콩쿠르 결선.

서울예술고 2학년에 재학 중인 김수영은 클라리넷 부문 결선 무대에 오른 5명의 연주자 중 유일한 고등학생이었다.

결선 지정곡, 루이스 스포어 Louis Spohr 협주곡 3번.
「Concerto No 3 in F minor, WoO19」

악마의 바이올리니스트로 불린 파가니니 Niccolò Paganini 와 비견되었던 독일의 바이올린 연주자이자 19세기 낭만주의 음악을 대표하는 작곡가 루이스 스포어.

18개의 바이올린 협주곡과 36개의 현악 4중주를 작곡한 그는 바이올린 턱받이를 발명하고 지휘봉을 사용한 최초의 지휘자 중 한 사람이었으며, 오케스트라 리허설을 위해 악보에 기호를 도입하는 등 오늘날의 음악가들이 당연하게 여기는 많은 새로운 개념을 주도한 혁신가였다.

스포어가 남긴 4개의 클라리넷 협주곡은 독일 클라리넷의 거장 요한 시몬 헤름슈테트 Johann Simon Hermstedt 에게 헌정된 것이다. 그중 협주곡 3번은 음악적으로 가장 취약하다는 평가도 있지만, 기교적인 화려함과 전반적인 주제를 이끌어가는 웅장하고 불같은 에너지는 거장 헤름슈테트의 음악적 성격과 가장 일치하는 작품으로 평가된다.

"참가번호 6번, 김수영 학생. 무대로 입장하세요."

1악장 알레그로 모데라토 Allegro moderato.

협주곡은 오케스트라의 극적인 오프닝으로 시작된다. 전통적인 협주곡 형식을 따르지만 스포어는 열정적인 F단조 오프닝 튜티에서 선보인 트릴의 모티브를 중심으로 F장조의 다른 주제를 구성한 후 F단조에서 주제를 반복한다.

김수영은 여린음으로 시작되는 긴 크레셴도를 연주하며 자신의 존재를 알렸다. 정확한 리듬과 아름다운 음색으로 음악은 화려하지만 순간을 다스리듯 차분함을 잃지 않았다.

악센트는 한음 한음 힘이 있으면서 서로가 연결된 듯 부드럽기도 했다. 짧은 오케스트라의 튜티를 모방하되 더욱 가볍게 그리고 여유 있게 진행됐다. 흠잡을 데 없는 안정적인 연주, 수준 높은 음질의 클라리넷은 조용히 불타오르며 전진했다. 연주는 더욱 화려해지며 스포트라이트는 오직 클라리넷만을 비추었다. 김수영은 무대를 지배하고 있었다.

김현근 심사위원은 김수영의 음악을 깊이 이해하고 있었다. '겉으로 드러나는 화려함에 치중하기 보다 깊은 음악적 해석에 노력을 기울였군……. 뿐만 아니라 소리가 깔끔하게 정리되어 있어. 하지만, 지나치게 정돈된 소리로 일관하면 음악은 지루할 수 있지. 자, 이젠 어떤 차이를 보여 줄 테냐!'

2악장 아다지오 Adagio.
오케스트라의 도입부가 시작되자 클라리넷은 곧 오페라 아리아의 주인공이 된 듯 차분하고 때론 대담하게 시선을 사로잡았다. 클라리넷이 노래하는 D플랫 장조의 아름다운 아다지오는 모차르트의 협주곡과 5중주의 느린 악장의 메아리인 듯 한없이 아름답다.

하루 전.
"선생님, 아다지오를 연습하는데 갑자기 이런 생각이 들었어요. 아름다운 연주란 어떤 것일까? 아름다운 소리일까? 작곡가와 공감? 신을 위한 찬양….."
"그래서? 어떤 결론에 도달했냐?"
"아직은 잘 모르겠어요……. 사실 이제껏 한 번도 진지하게 생각해본 적이 없었던 것 같아요."
"수영아, 자연계가 그러하듯 음악의 세계 역시 색으로 가득한데, 색이란 어떠한 형상을 만들어내는 특별한 재료가 된다. 이 색을 자유롭게 다루어 작곡자가 그려 놓은 음악에 녹일 수 있다면, 어떤 음악보다도 더욱 아름답게 빛날 것이야. 더구나 이것을 네가 믿는 하나님께 감사하는 마음으로 드린다면 그것이야말로 최고의 아름다운 연주가 될 것 같구나."

김수영은 자신이 발휘할 수 있는 최고의 소리를 내뿜었다. 오케스트라와 아름답게 어우러진 연주는 마치 천국의 사닥다리를 오르내리는 천사들의 모습이었고, 그들의 노래였다.

3악장 비바체 논 트로포 Vivace non troppo.

F장조 피날레. 김수영은 주제 선율을 연주했다.

이어 오케스트라의 새로운 주제가 연주되고 클라리넷은 변주로 주요 선율을 반복했다. 김수영은 우아한 춤을 추듯 행복한 연주를 했다. 오케스트라 왈츠와 대조적인 클라리넷의 화려한 스타카토는 연주자를 한층 돋보이게 했고, 단조롭지만 우아한 춤의 노래는 계속되었다. 김수영은 음악의 끝을 향하여 모든 힘을 쏟아내고 있었다. 화려하고도 유연한 날갯짓. 클라리넷은 마지막 음을 향하여 춤을 추듯 날았다.

'완벽하다! 몸을 활용할 줄 아는 좋은 습관. 특히 2악장의 풍부한 감정이 담긴 소리가 인상적이었다. 호소력 있는 음색으로 각 악장의 캐릭터를 잘 살렸구나!'

김현근 심사위원은 자신이 줄 수 있는 최고의 숫자 '20'을 심사표에 적었다.

파리음악원과 클라리넷

구스타프 말러 교향곡 1번.

「Symphony No. 1 in D major」

1888년 3월, 말러가 라이프치히 시립오페라의 공동 지휘자로 활동하던 시절 완성한 교향곡이다. 당시 말러는 의심의 여지 없는 재능에도 불구하고 라이프치히 시립오페라로부터 5월까지 사임하라는 통보를 받았고, 불안정한 수입으로 인해 다른 극장의 대리 지휘자로서 일을 찾아 바쁘게 뛰어다니는 처지였다. 이 때문에 말러는 자신의 교향곡 1번을 성공시켜 경제적으로 안정적인 환경에서 오직 작곡에 전념할 수 있기를 기대했다. 하지만, 이듬해 열린 11월 20일 부다페스트 초연 공연에 대한 반응은 그의 기대와는 전혀 달랐다.

공연장에 모인 부다페스트의 대다수 청중들은 미지근한 박수를 보냈고, 일부 관객은 야유까지 퍼부었다. 이후에 개최된 베를린과 빈 공연 역시 관객들의 반응은 부정적이었다.

"안녕하세요, 선생님."

"어? 철환이 언제 왔냐?"

말러를 감상하던 최용호 선생이 오디오 리모콘의 정지 버튼을 눌렀다.

"문이 열려 있었어요. 음악 들으세요?"

"말런데. 말러 음악 좋아하냐? 들어 볼래?"

"전 아직 말러 음악은 한 번도 제대로 들어본 적이 없어서 잘 모르겠어요."

주철환은 평소 음악 감상을 즐기는 편이었지만, 말러는 우연처럼 스치듯 경험했을 뿐이었다.

"그럼 이 기회에 한번 들어볼까? 넌 음악 감상에서 중요한 것이 뭐라고 생각하냐?"

"감상 활동은 무엇보다도 감상자 스스로 아름다움을 발견하려는 태도를 지니는 것이 중요한 것 같아요. 그래야 선율의 미묘한 감성들과 아름다움을 맛볼 수 있고, 다양한 상상도 가능하잖아요."

"그래. 감상자는 음악적 즐거움의 근거가 되는 리듬, 선율, 화성과 함께 지각, 기억, 연상 그리고 상상적인 요소에 귀를 기울이면서 적극적으로 참여하는 태도가 필요하지."

최용호 선생이 리모콘의 플레이 버튼을 눌렀다.

"말러 교향곡 1번이다."

엄청난 긴장감. 들릴 듯 말 듯 끝을 알 수 없는 현악기들의 높은 지속음 속으로 피콜로, 오보에, 클라리넷이 어느덧 스며들었다. 멈추지 않는 현악기들의 사운드와 조심스럽게 등장하는 목관 악기 그룹은 듣는 이로 하여금 최고조의 긴장을 유지하게 했다. 주철환은 전체 4악장을 모두 들을 수는 없었지만, 말러 음악의 묘한 매력을 경험할 수 있었다.

"선생님. 말러 교향곡 1번은 브람스 교향곡 4번, 생상스의 오르간 교향곡과 같은 시대의 작품이잖아요? 그런데 이 음악은 그것들과는 확연히 다르네요? 순간적으로 변화되는 음악적 분위기와 대담한 사운드, 불협화음들이 소리치며 불에 타는 모습들은 정말 최고였어요."

"하하하! 정말? 어쨌든 말러 이전에 이런 작품이 없었을 정도로 규모 자체가 다르지. 두 대의 피콜로, 4대의 오보에, 3대의 클라리넷, 3개의 바순, 7대의 호른, 5대의 트럼펫, 4대의 트롬본, 튜바, 4악장에서는 팀파니 연주자가 두 명일 정도로 엄청난 사운드를 추구하고 있으니까 말이다."

"역시— 대단해요! 당시에 말러 작품을 처음 접한 사람들은 엄청난 충격을 받았을 것 같은데요?"

"그랬겠지. 당시 말러 교향곡 1번은 역사상 가장 놀랍고 대담한 최초의 교향곡이었을 것이다. 물론, 베를리오즈의 환상 교향곡 Symphonie Fantastique 만이 그 충격에 필적할 수 있었 겠지만……. 어쨌든 말러의 이 작품은 자신의 경험과 고통을 기록한 것으로, 자신의 지난 모든 삶을 담아낸 것이다.”

수업은 이미 두 시간째 계속되고 있었다.

“그래, 좋았어!”

“선생님, 다시 한번 해 봐도 될까요?”

“물론이지! 다시 시작하자.”

주철환의 아랫입술은 평소보다 2mm 정도 밑으로 위치했고, 양 입술은 리드를 비교적 잘 커버하고 있었다.

‘역시, 울림이 풍부해졌다. 마우스피스를 통과하는 바람이 걸리는 느낌이 없어’

주철환은 달라진 자신의 소리에 놀라워 했다. 하지만, 최용호 선생은 많은 양의 바람이 마우스피스로 들어가다 보니 낭비되는 호흡과 공기 압력이 낮아지는 부분이 신경 쓰였다. 자칫 입안에서 레가토 공간이 좁아질 수도 있었다.

“철환아, 호흡이 걸림 없이 마우스피스에 통과하는 것은 좋지만, 자칫 바람의 힘만으로 밀어서 연주하는 습관이 생길 수

있으니 주의해야 한다. 성악가들이 입을 크게 벌리고 노래하는
데도 입 바깥으로 소모되는 호흡이 적다는 점을 생각해 봐라.
나중에 배우게 될 발성의 모든 비밀이 거기에 있다."

"네. 그렇지않아도 바람을 가둘 수 없으니 지금 상태로는
레가토가 어렵겠다는 느낌이 들었어요. 호흡에도 무리가 가
고요."

주철환은 아르페지오를 활용해 레가토 연습을 반복했다.
처음에는 많은 힘이 필요했지만, 점차 자연스러운 연주를 할
수 있게 되었다. 입안의 공간을 레가토에 적합하게 확보하면
서 동시에 공기 압력을 높일 수 있었다.

"그래, 이제 됐다. 느낌이 왔구나!"

최용호 선생은 레슨실 문을 반쯤 열어 두고 상체만 밖으로
내밀었다. 누군가를 찾고 있었다.

"안미영! 미영아! 수업 끝났으면 이쪽으로 좀 와라!"

"네! 악기 정리하고 있어요. 바로 갈게요."

잠시 후 한 여학생이 들어왔다.

"왜요?"

"이거 한 번 쳐줘봐라."

주철환과 안미영은 자연스럽게 눈인사를 나눴다.

"미영이는 오늘 철환이 처음 봤지? 앞으로 자주 보게 될 사이니까 친하게 지내라. 미영이가 중학교 3학년, 철환이가 고등학교 2학년이니 미영이가 오빠라고 부르면 되겠구나."

지난해 여름, 피아니스트를 꿈꾸었던 안미영은 우연한 기회로 양혜숙 선생의 공연을 감상하게 되었다. 그날의 공연은 안미영의 진로를 완전히 바꾸어 놓았는데, 독주와 앙상블을 오가는 양혜숙 선생의 자신감 넘치는 연주와 플루트가 지닌 다채로운 빛깔에 완전히 빠져버린 것이다. 결국 공연의 감동은 가족을 설득하는 힘을 갖게 했고, 얼마 지나지 않아 양혜숙 선생의 제자가 되었다.

최용호 선생은 다리우스 미요의 카프리스 Darius Milhaud (1892~1974) Caprice 악보를 건넸다. 악보를 살피는 안미영의 손가락은 건반을 스치듯 날며 소리 없는 연주를 했다.

"선생님. 바로 해봐도 될 것 같아요."

편안하고 익숙한 멜로디를 연주하는 클라리넷. 피아노는 클라리넷의 리듬 사이를 자유롭게 드나들듯 파고들었다.

정해진 것 없는 음악, 언뜻 선율이 제멋대로 흐르는 것처럼 보이지만 두 소리는 조화를 이루고 있었다. 피아노는 클라리넷을 살피며 신중하게 고른 색을 뿌리듯 음악에 빛을 더하고,

클라리넷은 주저함 없는 강렬한 호소를 이어갔다. 방안에 가득한 감미로운 하모니, 길을 안내하는 피아노를 따라 클라리넷은 서서히 움직였다. 음악은 분명 두 사람의 대화였다.

'어떤 음악도 새롭게 해석되어 버리는구나……'

최용호 선생은 자신만의 방식으로 음악을 바라보는 주철환의 연주 스타일에 기대만 있는 것은 아니었다.

연주자에게는 정리된 이론을 적용해 작품을 분석하는 능력과 직관적인 해석 사이의 균형이 필요했기 때문이다.

최용호 선생은 밀려드는 복잡한 생각을 뒤로한 채 주철환이 지금 느끼고 있는 감각을 확실하게 습득할 수 있도록 연주를 멈추게 하고 싶지 않았다.

"둘의 호흡이 좋구나. 미영이 혹시 시간 좀 더 있냐?"

"저는 괜찮아요."

주철환과 안미영은 칼 베어만의 연습곡 Carl Baermann Method Op.63 의 No.14, No.18, No.24을 차례로 연주했다.

시간이 흐를수록 둘의 호흡은 완벽한 하나가 되었다.

주철환의 클라리넷은 아름다운 울림 그 자체였다. 불필요한 껍질이 없는 울림 가득한 소리는 세련미 넘치는 빛깔을 만들어냈고, 움직임은 눈에 들어올 만큼 분명하게 오고 갔다.

"어떠냐, 악기가 이전보다 편하지 않던?"

"소리가 그냥 연결돼요! 뭐랄까… 이전에는 입술을 바꾸고 몸을 비틀어 연결하려던 것을 지금은 크게 의식하지 않아도 쉽게 연결돼요. 하지만, 연주 중에 입술이 리드 커버를 잘못할 경우는 소리가 바로 갈라져서 불안해요."

"이전보다 스퀵이 자주 발생하는 것은 연습하는 과정상 그럴 수 있는 일이라도 결국은 해결해야 할 문제다. 다시 말하지만, 단번에 무리해서 턱을 크게 떨어뜨리지는 말아라. 조금씩 그리고 천천히 접근하는 것이 중요해. 알겠지?"

"네. 알겠습니다."

"미영이 수고했다. 네 덕분에 철환이가 좋은 소리를 내면서 느낌을 찾을 수 있었던 것 같다."

주철환이 손을 들어 인사했다.

"고마워!"

"아냐 오빠. 다음에 또 봐!"

"저 갈게요. 안녕히 계세요!"

주철환은 잠깐의 시간을 이용해 오늘 배운 내용을 메모하며 생각을 정리했다.

"선생님. 그런데 궁금한 게 한 가지 생겼어요. 앙부쉬르를 조금 바꿔서 리드를 길게 울리니 소리에 울림은 늘었는데…
다이나믹은 아직 부족한 것 같아요."

"지금 단계는 소리에 울림을 더하고 연결이 잘되도록 앙
부쉬르에 약간의 변화를 준 것뿐이다. 바람을 세게 불어 소
리를 크게 하는 것은 한계가 분명할뿐더러 초등학생도 다 아
는 사실이고, 최고의 레벨에서 경쟁하고 싶다면 발성이라는
개념을 반드시 이해해야 한다."

"발성이라면 성악가들이 노래하는 그런 것을 말씀하시는
건가요?"

"그래, 성악가들의 발성. 자, 잘 봐둬라!"

최용호 선생은 자신의 악기를 집어 들고 옥타브 '솔' 운지를
잡았다. 언제 시작되었는지 알 수조차 없었던 소리는 점점
커지고 더욱 커졌다. 소리는 실내 모든 유리창에 진동을 일
으키고 있었다. 주철환은 큰 충격을 받았다.

"선생님! 처음에 눈에 보였던 소리가 점차 커지며 아예 이
모든 공간을 채워버렸어요!!"

"철환아, 곧 알게 되겠지만 어떤 소리에 발성이 일어나면
음정에 변화없이 공간을 채우는 것뿐만 아니라, 공간을 채우
는 시간도 자유롭게 조절할 수 있다. 말 그대로 소리를 가지

고 놀이를 할 수 있게 되는 것이다."

"아……. 만약, 발성을 익혀서 다이나믹의 양극단인 피아노시모와 포르테시모를 자유롭게 오갈 수 있다면……. 음악의 전달력이 좋아지고, 디테일한 표현들도 살아날 것 같네요. 그럼, 성악가들은 입을 크게 벌리고 노래하잖아요. 클라리넷 연주자들도 그렇게 해야 하나요?"

"그래. 비슷한 부분이 있다. 발성을 제대로 하기 위해서는 입안의 공기 압력을 자유롭게 조절하고, 복식호흡의 도움으로 압력의 회전 수를 높일 수 있어야 한다. 마치 자전거 패달을 더욱 빠르게 돌리듯 말이지. 또한 성악가가 입을 크게 벌리고 노래하듯 클라리넷 연주자도 그와 같이 턱을 밑으로 내리며 연주할 수도 있어야 한다. 이때 턱을 앞으로 자연스럽게 움직여 위아래 치아열을 맞추고, 입술이 리드를 잘 받치듯 감싸는 형태를 잡아 줘야 한다. 이렇게 모든 것은 순서와 시간이 필요하니 일단은 오늘까지 배운 것에 집중하고, 점차 하나씩 배워가도록 하자. 자, 그럼 다음 주 과제는 클로제의 20개 유형과 메커니즘에 대한 에튀드 20 studies of type and mechanism Study 와 프란시스 풀랑크 Francis Poulenc (1899~1963)의 소나타 듀엣 Sonata for Two Clarinets 을 준비해라."

* *

"선생님? 클로제 교수님의 두 가지 유산이 있다고 하셨잖아요? 그중 두 번째 유산이 뭘까 궁금해요!"

"클로제 교수의 두 번째 유산은 바로 그의 제자들로 이루어진 프랑스 클라리넷의 계보라고 할 수 있다."

- 아돌프 르로이 Adolphe Leroy

- 샤를 튀르방 Charles Turban

- 샤를 프레데릭 셀머 Charles Frédéric Selmer

- 루이스 마이외르 Louis Mayeur

- 시릴 로즈 Cyrille Rose

이들은 모두 클로제 교수의 주목할 만한 제자들이다.

아돌프 르로이는 클로제 교수의 뒤를 이어 1869년부터 파리음악원 교수가 됐고, 샤를 튀르방은 생스상의 카프리스 Caprice sur des airs danois et russes Op.79 의 초연 연주자로 명성이 대단했다. 샤를 튀르방은 많은 제자를 두었는데, 그중 가스통 해멀린 Gaston Hamelin 은 미국으로 건너가 1926년부터 1932년까지 보스톤 심포니 수석으로 활동했고, 특히 미국 클라리넷 교육의 창시자로 불릴 만큼 학교 설립과 교육법 개발에 열정을 기울인 인물로 평가받았다.

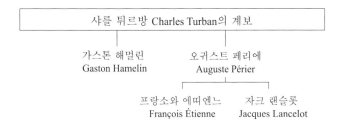

샤를 튀르방 Charles Turban의 계보

가스톤 해멀린
Gaston Hamelin

오귀스트 페리에
Auguste Périer

프랑소와 에띠엔느
François Étienne

자크 랜슬롯
Jacques Lancelot

카미유 생상스가 1921년 작곡한 클라리넷 소나타 Sonata for Clarinet and Piano in E-flat Major, Op.167 를 헌정 받은 오귀스트 페리에 Auguste Périer (1883~1947) 역시 샤를 튀르방의 제자였다.

오귀스트 페리에는 1919년부터 1947년 죽는 순간까지 파리 음악원의 교수를 지냈고, 오늘날까지 인기 있는 다수의 클라리넷 교본을 다수 출간한 인물이다. 그의 대표적인 제자는 프랑소와 에띠엔느 François Étienne 와 자크 랜슬롯 Jacques Lancelot 을 거론할 수 있는데, 프랑소와 에띠엔느는 오귀스트 페리에가 갑작스럽게 사망한 후 잠시 파리 음악원 교수직을 맡았고, 자크 랜슬롯은 1968년 7월 20일 장 프랑세 클라리넷 협주곡의 초연 연주자였다."

"와— 엄청난 인물들이네요!"

"클로제 교수의 제자 루이스 마이외르는 클라리넷과 색소폰을 잘 다루었고 작곡에도 재능 있었다. 또한 클로제가 가장 좋아했던 제자로 알려진 샤를 프레데릭 셀머는 악기 제작자 앙리 셀머의 아버지이다."

"클라리넷과 색소폰 회사로 유명한 그 셀머인가요?"

"그래. 샤를 프레데릭 셀머의 두 아들, 앙리 셀머 Henri selmer 와 알렉상드르 셀머 Alexander selmer 는 모두 파리음악원에서 시릴 로즈의 제자였다. 형 앙리 셀머는 1885년 파리 근교에 악기 제작 회사를 설립했고, 알렉상드르는 미국으로 건너가 1898년부터 1901년까지 보스턴 심포니 수석, 1909년부터 1911년까지 뉴욕 필하모닉 수석, 이후에는 신시네티 오케스트라에서도 활동했다. 1904년에는 미국에 셀머 컴퍼니 Selmer Company 를 설립하고 앙리 셀머가 제작한 악기를 수입하기도 했다. 미국에서 어느 정도 자리를 잡은 알렉상드르는 형 앙리의 악기 제작을 돕기 위해 다시 프랑스로 돌아갔는데, 알렉상드르에 이어 뉴욕 필하모닉 수석을 지낸 앙리 르로이 Henri Leroy 역시 시릴 로즈의 제자였다."

"선생님. 그런데 시릴 로즈의 제자가 엄청 많네요?"

"하하하! 그럼 이제 시릴 로즈에 관해 이야기해 보자.

시릴 로즈는 1876년부터 1900년까지 파리음악원 교수로 활동하며 제자들을 위한 에튀드 개발에 노력을 기울인 것으로 잘 알려져 있다. 그는 셀머 형제와 앙리 르로이 이외의 수많은 제자 중에서도 앙리 르페브르 Henri Lefèbvre (1867~1923) 를 자신의 최고의 제자이자 아들과 같이 여겼는데, 1902년 시릴 로즈가 세상을 떠났을 때 자신의 모든 연구 자료를 앙리에게 물려주었을 정도였다고 한다."

"와- 앙리 르페브르가 어떤 사람이었기에 스승으로부터 그렇게 큰 사랑을 받을 수 있었을까요?"

"앙리 르페브르는 시릴 로즈의 음악 스타일을 가장 잘 이해한 인물로 알려졌는데, 1897년 파리 오페라에 입단해 1923년 사망하기 직전까지 수석 연주자로 활동했다. 앙리는 파리음악원에서 가르친 적이 없었지만, 유럽 전역에서 인정받는 클라리넷 스승이었다."

앙리 르페브르는 오랜 기간에 걸쳐 수많은 학생을 가르쳤는데, 그중 35명 이상의 제자가 파리 음악원 콩쿠르에서 우승했다. 그의 대표적인 학생으로는 가스톤 헤멜린, -가스톤 헤멜

린은 샤를 튀르방의 제자이기도 했다.- 프랑스 루베 음악원과 릴 음악원에서 교수를 지낸 페르디난드 카펠 Ferdinand Capelle, 자신의 조카이자 교본 저자로 알려진 피에르 르페브르 Pierre Lefèbre 그리고 미국으로 이주해 클리블랜드 오케스트라, 필라델피아 오케스트라 수석 연주자로 활동한 다니엘 보나드가 있다.

"철환아! 앙리 르페브르의 제자 중에 다니엘 보나드는 커티스 음대, 클리블랜드 음대, 줄리아드 스쿨에서 프랑스의 전통적인 클라리넷 연주법을 전수하며 수많은 제자를 양성한 인물로 미국 클라리넷 계보에 있어서 매우 중요한 인물이니 꼭 기억해야 한다."

"네. 그런데 다니엘 보나드는 어떤 사람이었나요?"

"다니엘 보나드는 8살부터 앙리 르페브르의 제자 페르디난드 카펠에게 클라리넷을 처음 배웠고, 이후 앙리 르페브르에게 클라리넷을 배우며 파리음악원에 입학했다. 그리고 그의 아버지 루이스 보나드 Louis Bonade 역시 클로제의 제자로 대단한 클라리넷 연주자였다.

이번에는 시릴 로즈의 또 다른 제자들을 살펴보자. 스페인 출신의 마누엘 고메스 Manuel Gomez 와 프란시스코 고메스 Francisco Gomez 형제는 뵘 시스템을 영국에 도입했는데, 마누엘 고메스는 1903년 런던 심포니 오케스트라 초대 클라리넷 수석 연주자를 지냈다. 폴 장장 Paul Jeanjean 은 자신의 스승을 닮아 클라리넷 교본을 다수 출간했고, 프로스퍼 미마르 Prosper Mimart 는 샤를 튀르방의 뒤를 이어 파리 음악원 교수가 되었다. 그리고 루이 카후작 Louis Cahuzac 은 명연주자이자 작곡가로 알려진 인물이었다."

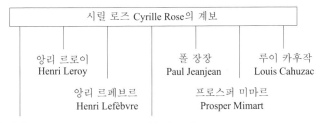

시릴 로즈 Cyrille Rose의 계보

앙리 르로이 Henri Leroy
앙리 르페브르 Henri Lefèbvre
폴 장장 Paul Jeanjean
루이 카후작 Louis Cahuzac
프로스퍼 미마르 Prosper Mimart
앙리 셀머 Henri selmer & 알렉상드르 셀머 Alexander selmer
마누엘 고메스 Manuel Gomez & 프란시스코 고메스 Francisco Gomez

"선생님. 루이 카후작은 전설적인 연주자로만 알고 있었는데, 작곡도 했다니 어떤 음악인지 한번 들어보고 싶어요!"

"그래. 내가 소장하고 있는 카후작의 레코드가 있으니 기회가 생기면 함께 감상해 보도록 하자."

"네! 그런데 카후작의 작품은 어떤 것들이 있나요?"

"카후작의 작품으로는 서정적 선율 Cantilène, 이탈리아 여인 Fantaisie italienne Opus 110, 변주곡 Variations Sur Un Air Du Pays d'Oc 가 유명하다. 카후작 역시 많은 제자를 양성했는데, 잘 알려진 연주자로는 제르바즈 드 페이에 Gervase de Peyer, 앙드레 부타르 André Boutard, 질베르 뷰에장 Gilbert Voisin, 에두아르트 브루너 Eduard Brunner 가 있다. 그중 에두아르트 브루너는 뮌헨의 바이에른 라디오 심포니 오케스트라의 초대 클라리넷 연주자로 30년 동안 활동하고, 독일 자브뤼켄 음악대학에서 클라리넷과 실내악 교수로서 후진 양성을 했다."

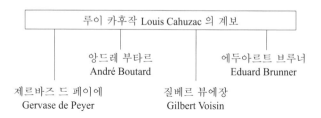

"선생님. 갑자기 궁금해졌는데요. 그럼 파리 음악원의 초대 클라리넷 교수는 클로제이었던 건가요?"

"그건 아니다. 파리 음악원의 초대 클라리넷 교수는 장 자비에르 르페브르 Jean-Xavier Lefèvre 로 알려져 있다."

"르페브르 소나타를 작곡한 사람인가요?"

"그렇지. 장 자비에르 르페브르는 1795년부터 1824년까지 30년 동안 파리음악원의 클라리넷 교수를 지내면서 제자들의 교육과 시험을 위해 여러 소나타와 협주곡을 작곡했다. 그리고 그의 후임에는 자신의 아들인 루이스 르페브르 Louis Lefèvre 가 임명되어 1824년부터 1832년까지 교수를 지냈다."

"그럼 혹시… 시릴 로즈가 가장 사랑했던 제자 앙리 르페브르가 장 자비에르 르페브르의 손자, 그러니까 루이스 르페브르의 아들인가요?"

"그건 아니다. 앙리 르페브르의 아버지는 우편 배달부로 그들과는 아무런 관계가 없는 인물이야. 그리고 루이스 르페브르 이후 파리음악원에는 독일 출신 프리드리히 베어 Friedrich Berr (1794~1838) 가 교수로 임명되었는데, 베어는 본래 바순 연주자로 활동했지만, 점차 클라리넷에 매료되어 악기를 전환해 거장의 반열에 올라선 인물이었다. 프리드리히 베어는 작곡가로도 활동했고, 1832년부터 1838년까지 세상을 떠나는 순간까지 파리음악원에서 학생들을 지도했다."

"선생님. 저는 칼 슈타미츠가 작곡한 11개의 협주곡 중 최소 한 개 이상은 베어와 함께 작업한 것이라고 들었습니다. 그럼, 이 프리드리히 베어가 바로 그 사람이겠군요?"

파리음악원 교수명단 List of Clarinet teachers at the Conservatoire de Paris	재임기간	교수명
	1795-1824	장 자비에르 르페브르 Jean-Xavier Lefèvre
	1824-1832	루이스 르페브르 Louis Lefèvre
	1832-1838	프리드리히 베어 Frédéric Berr
	1838-1868	이아쌍뜨 클로제 Hyacinthe Klosé
	1868-1876	아돌프 르로이 Adolphe Leroy
	1876-1900	시릴 로즈 Cyrille Rose
	1900-1904	샤를 튀르방 Charles Turban
	1904-1918	프로스퍼 미마르 Prosper Mimart
	1919-1947	오귀스트 페리에 Auguste Périer
	1947-1948	프랑소와 에띠엔느 François Étienne
	1947-1977	율리즈 들레클뤼즈 Ulysse Delécluse
	1977-1989	기 드플뤼 Guy Deplus
	1989-2009	미셸 아리뇽 Michel Arrignon

"칼 슈타미츠와 함께 협주곡을 작업한 사람은 요셉 베어 Joseph Beer (1744~1812)라는 다른 인물이다. 요셉 베어는 프리드

리히 베어 보다 한참 나이 많은 사람이지만 같은 독일 출신으로 프랑스에서 활동한 클라리넷 연주자라는 공통점이 있어 두 사람이 자주 비교되곤 했다. 하지만, 프리드리히 베어는 이를 매우 탐탁지 않게 여겨서 자신의 이름을 프레데릭 베르 Frédéric Berr로 바꾸어 버렸다."

"네에? 이름이란 자신의 부모가 지어주고 불러준 소중한 것인데, 그렇게까지 할 만큼의 어떤 이유가 있었나요?"

"요셉 베어는 역사상 최초의 국제적인 클라리넷 거장으로 불렸던 인물이었어. 그 시대의 많은 주요 작곡가들과 연결된 너무나도 유명한 연주자였지. 사람들은 파리의 클라리넷 연주자 '베어'라고 하면 요셉 베어를 먼저 떠올렸으니, 파리음악원 교수를 지내고 있는 프리드리히 베어 입장에서는 이런 상황이 탐탁치 않게 여겨지기도 했을 것 같구나."

"요셉 베어가 그 정도로 대단한 인물이었나요? 어떤 사람이었는지 궁금하네요."

"요셉 베어는 독일에서 태어나 오스트리아에서 트럼펫 연주자로 오래동안 활동한 후 1771년 파리로 가서 꽤 늦은 나이에 클라리넷을 배웠는데, 그는 순식간에 파리 최고의 연주자로 불리게 되었다. 1782년에는 파리를 떠나 네덜란드, 이탈리아, 러시아, 헝가리 등으로 연주 여행을 다니며 전 유럽에서 최고로 손꼽히는 거장으로 인정받았다."

"그렇군요……. 하지만 잘 믿기지가 않아요. 역사상 최초의 국제적인 클라리넷 거장이라 불린 요셉 베어가 트럼펫을 연주하다 늦은 나이에 클라리넷을 배웠다는 것과 파리음악원의 교수를 지낸 프리드리히 베어가 원래는 바순 연주자였다는 사실들이요……"

"물론 그렇지. 그저 그들이 평범한 사람들이 아니었다고 이해할 수밖에. 어쨌든 이 프리드리히 베어 다음의 파리음악원 클라리넷 교수가 바로 클로제였다."

"그런데 파리음악원 교수들은 모두 작곡을 병행한 것 같은데, 그럴만한 어떤 이유가 있었나요?"

"당시 파리음악원은 학생들의 졸업 시험을 콩쿠르 형식으로 매우 철저하게 진행했는데, 이 경연을 위해서 세계적으로 명성이 있는 교수나 연주자들을 심사위원으로 초청하기도 했다. 이 콩쿠르의 성적에 따라 졸업장의 등급이 나뉘었고, 졸업 가능 여부가 결정됐지. 또한, 콩쿠르를 위해서는 경연 작품을 담당 교수가 직접 준비해야 했는데, 예외적으로 파리 음악원 내의 동료 교수들에게 작품을 사전에 의뢰한 경우들도 있었다.

철환이는 혹시 앙드레 메사제 André Messager 의 솔로 드 콩쿠르 Solo de Concours 를 들어본 적 있냐?"

"네. 아직 연주는 해보지 않았지만, 경쾌하고 화려한 음악이라 가끔 감상하고 있어요."

"솔로 드 콩쿠르 Solo de Concours 는 파리음악원의 앙드레 메사제 교수가 1899년에 음악원의 졸업 시험을 위해 작곡한 작품이었다. 또한 앙리 라보 Henri Rabaud (1873~1949)의 작품 'Solo de Concours' 역시 1901년 같은 목적으로 작곡된 작품이었다.

생각해보면, 파리음악원의 콩쿠르가 우리에게 많은 레퍼토리를 제공한 것에 감사함을 느끼지 않을 수 없구나!"

"그렇군요. 선생님 혹시 이 작품들 외에 또 콩쿠르를 위해 쓰인 작품들이 더 있나요?"

"물론이다. 한 가지 작품을 더 꼽자면, 드뷔시의 프리미어 랩소디 Première Rhapsodie 라는 작품이 있다.

1905년, 파리음악원 학장을 지낸 모리스 라벨 Maurice Ravel

(1875~1937) 의 후임으로 그의 스승인 가브리엘 포레 Gabriel Fauré (1845~1924) 가 임명되었다. 포레는 곧바로 클로드 드뷔시 Claude Debussy (1862~1918) 를 학교 운영진으로 발탁했고, 드뷔시는 얼마 되지 않아 학교 측으로부터 클라리넷 졸업 콩쿠르에 사용할 작품을 의뢰받게 되었다. 바로 이때 만들어진 작품이 그 유명한 프리미어 랩소디 Première Rhapsodie 였다.

이 작품은 1909년에서 1910년 사이에 완성되어 당시 파리 음악원 클라리넷 교수였던 프로스페르 미마르 Prosper Mimart (1859~1928) 에게 헌정되었고, 1911년 그에 의해 초연되었다."

"선생님, 저는 드뷔시의 프리미어 랩소디는 연주해 보지 않았는데, 이 작품이 전체 클라리넷 레퍼토리에서 중요한 위치에 있는 작품인가요?"

"물론이다. 자, 먼저 드뷔시가 어떤 인물인지 알 수 있도록 간단히 설명해주마. 클로드 드뷔시는 10살에 파리음악원에 입학할 만큼 천재적인 재능을 지녔던, 19세기 말과 20세기 초에 가장 영향력 있는 작곡가 중 한 사람이었다. 최초의 인상파 작곡가 불리는 드뷔시의 작품은 바그너와 독일의 전통적인 음악과는 많아 달랐다. 그 때문에 당시에는 동료 작

102

곡가들에게 조롱을 받으며 성공적이지 못하다는 평가를 받기도 했지만, 점차 자신만의 스타일로 하모니와 색채를 발전시킨 작곡가로 인정받기 시작했다. 이 프리미어 랩소디에서도 그러한 특징이 잘 나타나 있는데, 피아노와 클라리넷이 함께 만드는 음악은 마치 색을 뿌리고 칠하듯 표현되는 독특한 색채감과 화음이 어우러진다. 이 작품이 발표된 이후 프리미어 랩소디는 유럽에서 필수적으로 거쳐야 하는 작품으로 인식되기 시작했고, 점차 세계의 주요 콩쿠르와 오디션 무대에서 등장하는 작품으로 자리잡게 된 것이다."

"그렇군요. 파리음악원은 콩쿠르를 통해 수준 높은 음악가를 배출함과 동시에 클라리넷 명곡들을 쏟아 냈던 것이군요……. 그곳에서 만들어진 수많은 작품들과 에튀드를 생각해 볼 때 파리음악원이 클라리넷 역사의 중심에서 엄청난 공헌을 했다고 할 수 있겠네요!"

"물론이지. 이러한 콩쿠르 시스템으로 만들어낸 그들의 노력이 오늘날의 음악을 더욱 풍요롭게 만든 커다란 밑거름이 된 것이다."

벨라 코바치의 오마주

벨라 코바치 Béla Kovács 의 '오마주' Hommages for Clarinet Solo 는 9명의 위대한 작곡가 바흐, 파가니니, 베버, 드뷔시, 데 파야, 슈트라우스, 바르톡, 코델리, 카차투리안 각각의 스타일에 따라 작곡한 콘서트 에튀드다.

김수영은 지난 달 코델리 오마주 Hommage a Zoltan Kodaly 를 마무리한 후 현재 슈트라우스 오마주 Hommage a Richard Strauss 에 도전하고 있다.

화려하면서도 안정감 있는 연주. 복잡하고 빠른 움직임에 화성이 꼬이고 풀어지기를 반복하면서 긴장감 가득했던 소리는 점차 사라졌다. 표정을 달리한 선율은 서정적이면서도 우아하게 흘렀고, 빈번하게 변화되는 템포는 연주자에게 더욱 치밀한 계산을 요구했다. 이내 음악은 다시 한번 화려함의 옷을 입고 빠르게 내달렸다. 때론 표정 없이 바쁘게 흐르지만, 리듬에 즐거움이 더해지는 순간, 연주자는 온 열정을 쏟을 수 있다. 음악이 절정을 향하며 더욱 바쁘게 움직이는 순간에도 김수영은 더욱 나타내야 할 음만을 골라 끄집어냈다.

"수영아! 바로 그거야. 지난번은 서두르기만 했는데, 오늘은 작품에 담긴 서로 다른 캐릭터의 특징을 아주 잘 살렸어. 템포 변화도 음악으로 잘 연결됐고!"

김수영은 가쁜 숨을 내쉬면서도 밝은 표정을 지었다.

'지난 한 주간의 노력이 헛되지 않아서 다행이다.'

벨라 코바치는 이 작품이 연주자와 관객 모두에게 슈트라우스 음악의 일부로 느껴지기 원했는데, 작품을 완성한 후 이런 말을 남겼다.

Ich begrüsse Sie, Herr Johann Strauss!

이히 베그뤼쎄 지, 헤르 요한 슈트라우스!

'당신을 환영합니다. 요한 슈트라우스. 선생님!'

마치, 코바치가 슈트라우스에게 '이제 당신을 맞이할 준비가 됐습니다.' 라고 말하듯……

"지난주에 선생님께서 슈트라우스의 오마주는 그의 작품 '장미의 기사 모음곡' Der Rosenkavalier Suite 을 모티브로 만들었다고 말씀해 주신 것이 도움이 된 것 같아요!"

"그랬구나. 그리고 지난번 공부한 스트라빈스키 Igor Stravinsky
(1882~1971) Three Pieces for Solo Clarinet (1918) 와 미클로스 로자
Miklós Rózsa (1907~1995) Sonata for clarinet solo Op.41 (1986) 의 무반주
작품 역시 도움이 된 것 같구나."

김수영은 처음 접한 스트라빈스키와 미클로스 로자의 작품
에 한동안 적응하지 못하고 애를 먹었었다. 한없이 자유로운
것 같지만 각 악장은 정해진 규칙이 있고, 소리의 시작과 끝
은 음악의 시작이자 마무리가 되고, 모든 음을 노래하듯 숨
을 쉬는 것조차 음악의 틀을 유지해야 하는 것에 어려움을
느꼈다. 무반주 작품은 동시에 너무 많은 것을 인식해야만
했다. 하지만 집요하게 파고들다 보니 선율의 의미들이 이해
되기 시작했고 작품의 묘한 매력까지 느끼게 되었다.

"선생님, 그런데 벨라 코바치는 클라리넷 연주자였나요?
악기를 모르고서는 이런 곡을 쓸 수 없었을 것 같아요."

"벨라 코바치는 헝가리에서 존경받는 클라리넷 연주자로
부다페스트의 리스트 음악원과 오스트리아 그라츠에서 클라
리넷 교수를 지냈다."

"어쩐지… 그런데 벨라 코바치는 어떤 계기로 이런 작품

을 쓸 생각을 했을까요?"

"그건 말이다. 벨라 코바치가 그라츠 음악대학 교수로 있었을 당시, 코바치는 '장미의 기사'에 영감을 받아 훌훌 적어 만든 슈트라우스의 오마주를 연습하고 있었다. 그때 음악을 듣고 있던 한 제자가 '선생님, 이런 작품들을 저희 제자들을 위해 써 주실 수는 없나요?'라며 질문하듯 요청한 거야.

코바치는 그 순간 제자의 이야기를 듣고 생각해보니, 이런 작품이 더 있다면 학생들에게 도움이 될 수도 있겠다는 생각을 하게 됐고, 곧바로 바흐의 오마주 Hommage a J.S. Bach 작업에 들어가게 됐다. 이런 계기로 탄생한 9개의 작품은 곧바로 출판되어 클라리넷 연주자들에게 큰 반향을 불러일으켰고, 국제적으로도 오디션에 사용되면서 큰 주목을 받게 됐다."

"선생님. 벨라 코바치는 어떤 연주자였나요? 그리고 제가 연주할 만한 다른 곡도 있는지 궁금해요."

"벨라 코바치는 모차르트부터 재즈에 이르기까지 다양한 장르를 능숙하게 마스터한 연주자였다. 젊은 시절에는 헝가리 국립 오페라와 부다페스트 필하모닉에서 오랫동안 수석 주자로 활동한 경험도 있다. 그리고 코바치에게는 오마주 외에 잘 알려진 작품으로 '숄럼 알레켐, 롭 페이드만!'이 있다.

'Sholem Alekhem, rov Feidman'

이 유명한 곡은 미국에서 활동한 클라리넷 연주자 지오라 페이드만 Giora Feidman (1936~)에게 경의를 표하는 마음을 담아 작곡한 곡으로, '평화가 당신과 함께하기를' 정도로 해석할 수 있다."

"지오라 페이드만이 그렇게 대단한 인물이었나요? 당시 유럽에도 명성 있는 연주자들은 많았을 텐데요. 코바치는 왜 저 먼 미국에 있는 페이드만을 위해 작품을 썼을까요?"

"지오라 페이드만은 이스라엘과 미국에서 활동한 연주자로 전통적인 클래식 연주자들의 기준으로는 매우 다른 음악 스타일인 '크레즈머 Klezmer'를 추구했다. 이 크레즈머는 독특하고 호소력 넘치는 장르의 음악인데, 페이드만은 '크레즈머의 왕!' King of Klezmer 으로 불린 인물이었다."

코바치는 '페이드만의 손에 연주되는 클라리넷은 웃고, 흐느끼며 인간의 가장 깊은 감정을 움직인다'고 평가했는데, 이러한 관점은 당시 대부분의 유럽 연주자들이 크레즈머를 하찮은 음악이라 여겼던 것과는 전혀 다른 것이었다.

"네? 크레즈머요? 저는 정말 처음 들어보는데, 갑자기 너무 궁금해졌어요!"

"그래, 크레즈머가 지금도 그리 익숙한 장르는 아니지. 크레즈머는 유럽 아슈케나지 유대인 Ashkenazi Jews 의 기악 전통 음악이다. 그리스와 루마니아 음악, 바로크 음악, 슬라브 민속 음악, 종교적인 유대 음악 등의 장르적 요소들을 통합한 음악이라고 이해하면 좋을 것 같다."

크레즈머는 결혼식과 종교행사 그리고 사회의 각종 사교 모임에서 주로 흥겨운 춤곡의 음악으로 사용됐는데, 페이드만의 가족은 전통적인 크레즈머 음악인들로 그의 증조부, 할아버지, 아버지는 지역의 행사를 위한 음악을 만들고 연주하는 사람들이었다.

크레즈머는 1920년대 미국에서 흥미로운 장르로 알려졌지만, 점차 크레즈머의 전통적인 요소를 잃어버리며 안타깝게도 재즈에 오히려 편입되는 모습을 보이다가 긴 쇠퇴기를 맞게 되었다. 하지만, 페이드만을 비롯한 몇몇 크레즈머 음악가들의 활약으로 1970년대 후반에 소위 크레즈머 부흥으로 다시 대중화되기 시작했고, 1980년대 이후 크레즈머 스타일이 주도하는 재즈, 펑크 스타일 등과 결합한 퓨전 앨범이 출시되면서 장르의 전통이 되살아나 오늘날까지 실험적인 활동을 이어가고 있다.

"그럼 지오라 페이드만 이전 세대에서 유명한 크레즈머 음악가로는 어떤 인물들이 있었나요?"

"크레즈머가 미국 내에서 최고의 전성기를 누릴 때에는 많은 크레즈머 연주자와 앙상블이 존재했기 때문에 재능있는 음악가들도 여럿 있었다. 그들 중 20세기 초반 최고의 크레즈머 음악가를 뽑자면 나프툴 브란드바인 Naftule Brandwein (1884~1963) 과 데이브 타라스 Dave Tarras (1895~ 1989) 를 이야기할 수 있다. 특히, 데이브 타라스는 크레즈머 음악으로 수많은 레코딩에도 참여한 인물이다."

"선생님, 저 크레즈머가 너무 궁금해서 집에 가는 길에 음반을 하나 사야겠어요!"

"그래. 코바치의 말처럼 웃고, 흐느끼며 인간의 가장 깊은 감정을 움직이는 크레즈머 음악이 무엇인지 조금은 이해하게 될 거다. 자, 다음 주는 오랜만에 듀엣을 해보자. 풀랑크 Francis Poulenc 의 소나타 듀오 Sonata for Two Clarinets 를 준비해와라!"

"그럼, 선생님이 함께 해주시는 거예요?"

"얼마 전에 익산에서 온 네 또래 남학생이 있는데, 그 아이와 함께하면 좋을 것 같구나."

"시골에서 올라오는 아이요?? 선생님! 저 그냥 독주곡으로 하면 안 될까요? 저 방학에 좀 더 배우고 싶어서 그래요. 장 프랑세 Jean Françaix 협주곡으로 기말고사도 보고 싶었는데……."

"수영아. 철환이와 함께해 보면 배울 게 있을 테니까 이번에는 듀엣으로 준비해라. 알겠지?"

'제가요? 그런 시골 아이에게 배울 게 있을 거라고요…… 도대체 걔는 뭘 얼마나 하길래 선생님께서 저렇게까지 말씀하시는 거지?'

김수영은 살짝 자존심이 상하면서도 시골 아이 주철환의 실력이 궁금하기도 했다.

"네……. 알겠어요."

"예후다 길라드 Yehuda Gilad 마스터 클래스 일정에 맞춰 비행기 예약은 다 마쳤지?"

"네. 중국 일정에 맞춰서 다 준비했어요."

"그러고 보니 예후다 길라드의 스승 중 한명이 바로 지오라 페이드만이구나."

제자라는 희망열차

비 내리는 토요일 오전. 익산역.

서울행 열차를 기다리는 주철환은 이 가을비에 어울릴만한 음악을 귀에 꽂았다.

'방황하는 젊은이의 노래'

「Lieder eines fahrenden Gesellen」

이 작품은 독일 카셀의 오페라 하우스 지휘자 시절에 만난 소프라노 요한나 리히터에 대한 말러의 불행한 사랑을 계기로 1884년에서 1885년경에 쓴 작품이다.

당시 말러는 자신의 친구 프리츠 뢰어 Fritz Löhr 에게 실연의 아픔을 고백했는데, 자신은 그녀를 위한 여섯 곡의 가곡을 쓰고 있으며, 운명에 지쳐 나그네 길을 떠나는 젊은이의 심경을 표현한 것이라고 했다.

하지만, 현재 이 작품은 네 곡만으로 이루어져 있다.

제1곡. 멀리서 들려오는 결혼식. 버림받은 젊은이는 사랑하던 여인이 다른 남자와 결혼하는 날에 느끼는 슬픔을 노래하지만, 새소리가 들리는 평화스런 전원의 모습은 젊은이의 심정과는 대조적으로 기쁨과 평화를 노래한다.

　제2곡. 젊은이가 화창한 봄날에 아침 들판을 거닐며 자연의 아름다움 속에서 위안을 찾는다. 새와 꽃들이 미소로 인사하며 그를 반긴다. 하지만, 곧 그의 마음은 우수와 슬픔으로 가득 차게 된다.

　아침의 들판을 거닐면 풀잎에 이슬은 빛나고,

　방울새는 즐겁게 노래하네.

　오! 안녕하세요? 좋은 아침이죠?

　세상은 정말 아름답지요? 참 아름답지요? 짹!짹!

　아름답고 찬란해! 전 세상이 정말 마음에 듭니다.

　들에 핀 방울꽃도 즐거운 듯 귀엽다.

　귀여운 종소리 딸랑! 딸랑! 딸랑! 딸랑!

　모든 아침 인사는 기쁨이 넘쳐흐른다.

　세상은 정말 아름답지요? 참 아름답지요?

　딸랑! 딸랑! 딸랑! 딸랑! 아름답게 울린다.

　저는 이 세상이 정말 마음에 들어요. 야호!

　이윽고 햇빛이 비치면 온 세상은 환히 빛나고,

　모든 음향과 빛깔이 짙어진다.

　햇빛을 받고서! 크고 작은 꽃과 새는 노래한다.

안녕? 안녕? 정말 아름다운 세상이죠?

그렇죠? 그렇죠?

아름다운 세상이죠?

이제 나의 행복은 시작되려는가?

이제 나의 행복은 시작되려는가?

아니! 아니! 이제 나의 행복은

다시 피어나지 않으리…….

제3곡. 젊은이의 가슴에 불처럼 달아오른 칼이 고통받는 마음을 표현한다. 사랑하는 여인을 떠올려 보지만 현실로 돌아온 자신은 어둠 속으로 깊이 빠져든다.

'실연의 아픔과 고통이 강하게 느껴진다. 억압된 감정이 폭발적으로 절규하듯 표현되지만, 곧 체념의 상태로 들어간다. 한숨처럼 힘없이 끝난다.'

제4곡. 희미한 장송행진곡이 흐르고, 보리수나무 아래에서 젊은이는 영원한 평화를 찾아 떠나간다.

내 가슴에 새겨진 그녀의 푸른 눈동자는

나를 홀로 방랑의 길에 내던졌노라.

나는 떠나야만 하네 그리운 고향을!

오 푸른 눈동자여!

어찌하여 나를 져버렸는가.

고민과 탄식만이 나의 것이어라!

고요한 밤 나는 길을 떠나네.

고요한 밤에 어두운 황야를 향하여,

작별을 고하는 이도 없이.

안녕! 안녕! 안녕!

내 길동무는 사랑과 괴로움이어라!

길가의 보리수나무 밑에서,

잠시 쉬며 지난날의 상처를 생각하네!

보리수나무 밑에서,

꽃눈이 내리는 속에

나 세상의 고통을 잊었노라.

모든 것은, 모든 것은 다시 좋아졌네!

아, 모든 것이 다시 좋아졌네!

모두 다! 모두 다! 사랑과 슬픔.

이 세상과 꿈까지도!

 최용호 선생의 자택.

주철환은 약속된 시간보다 한참이나 일찍 도착했다.

"어서 와라!"

거실에 들어서니 최용호 선생이 방으로 오라며 크게 손짓하고 있었다. 열린 문 사이로 악기 소리가 흘러나왔다.

'잘 정리된 소리… 누굴까?'

주철환은 깜짝 놀랐다.

'초등학생?!'

남자아이는 방을 드나드는 사람들을 의식하지 못한 채 오로지 연주에 몰입되어 있었다.

"철환이는 저기 소파에 앉아라."

"깜짝이야!!"

갑작스러운 최용호 선생의 목소리에 문예준은 화들짝 놀랐고, 그 모습을 바라 본 주철환은 어쩐지 좀 미안스러워 했다.

"어…… 선생님, 이 형 누구예요?"

"나는 주철환이야."

"철환아, 이 아이는 문예준이다."

"몇 학년이에요?"

"난 5학년이야. 선생님, 이 형도 잘해요?"

"그럼."

"수영 누나랑 이 형이랑 하면 누가 더 잘해요?"

"쓸데없는 소리 그만하고 폴라첵 Polatschek No.6 다시!"

문예준이 연주를 시작했다.

"잠깐! 호흡에도 리듬이 필요하다고 했지? 다시!"

문예준이 다시 연주했다.

"잠깐! 지금 첫 음은 텅잉을 하는 거냐 안 하는 거냐?"

"그러고 보니까…… 그때그때 좀 다르네요."

"예준아, 연주자가 악보를 보고 스스로 결정해서 일관성 있는 연주를 해야지."

"네……."

"첫 음의 시작이 메조 포르테 *mf* 이상의 음량이거나, 스타카토, 악센트와 같은 지시기호가 있을 때는 텅잉과 함께 시작하고, 그보다 작은 음량에서는 텅잉 없이 호흡만으로 시작하면 된다. 알겠어?"

"모든 곡을 다 그렇게 연주해도 되나요?"

"그래. 그렇게 하면 된다. 그리고 너는 지금 연주하면서 어떤 생각들을 하고 있었냐?"

"소리를 다음 음으로 정확한 박자에 맞춰 연결하려고 했어요. 그리고 프레이즈에 따라 적절한 호흡을 하려고 생각했고요."

"그래, 좋다. 하지만 연주자는 그 이상의 복합적인 요소를 함께 생각해야 한다. 첫째, 소리가 일단 생성이 되면 그 소리는 연주자가 의도한 방향을 충분히 나타낼 수 있어야 한다. 방향이란 점, 선, 면에 의한 2차원적인 것부터 3차원 공간의 요소까지 적용할 수 있는데, 그 중 선은 가장 기초로 여겨지는 것이다. 연주자는 선의 요소를 선율에 적용해 가깝게는 다음 음으로, 멀리는 프레이즈 전체로 흐르며 연결할 수 있어야 한다. 마치 강물이 수많은 장애물을 견디고 굽이굽이 흐르며 끝끝내 바다에 이르듯 소리도 이와 같아야 한다.

둘째, 소리의 방향은 음색과 함께 진행되야 한다. 이것은 앞서 설명한 방향의 요소 중 면에 해당하는 것으로 색은 화가가 선택한 도화지의 바탕색과 같다."

'소리의 방향에 음색이 더해져야 한다고?'

문예준은 음색이 소리 방향과 어떤 관계가 있다는 것에 대해 의아해했다.

"도화지는 화가가 그림을 그리기 전에 미리 생각하고 고르는 것이겠지? 앞으로 예준이가 이 의미를 더욱 생각해 보면 좋겠구나. 지금까지 이야기를 정리하기 위해 한 가지 예

118

를 들어보자. 100m 달리기를 할 때, 선수들은 각자의 트랙을 부여받는데 1번 트랙의 선수가 어느 지점에서 2번 트랙으로 달리는 것은 실격행위가 되는 것처럼, 악기의 소리도 기본적으로는 하나의 선율적 흐름을 유지하며 소리를 연결해 가는 것이다. 이것은 단순히 소리가 연결되어 좋은 연주를 했다는 개념이 아닌, 소리는 같은 방향과 음색으로 연결되어야 한다는 거다."

"선생님, 그럼 음색의 연주는 하나의 선율적 흐름으로 통일하는 것 말고는 예외적인 경우는 없나요? 드뷔시 음악은 이전 작품들에 비해 색채가 더욱 다양하게 사용됐잖아요.

색은 뿌리고 때로는 던져지듯 빠르게 변화되지 않나요?"

주철환은 초등학생이 드뷔시까지 거론하는 것을 신기하다는 듯 바라봤다.

'이 아이, 드뷔시를 얼마나 알고 이야기를 하는 거지?'

"물론 음악의 속성은 한없이 자유로운 것이다. 선생님은 예준이가 이렇게 똑똑한 줄도 모르고 고전 음악의 보편적인 기준으로만 제한해서 설명했구나. 하지만, 예준이가 기초를 더욱 다지기 위해서는 이렇게 정리하는 게 좋겠다.

에튀드를 포함한 고전 작품은 색이 일치되도록 노력하고, 낭만 이후의 작품은 서로 다른 색상이 자연스럽게 겹쳐지는 그라데이션의 범위 안으로만 제한해서 연주한다. 알겠어?"

"네."

문예준이 이해 못할 내용은 없었다. 이미 수차례씩 들어온 개념이었기 때문이었다. 단지, 아직은 귀가 음색을 완벽하게 구분하지 못할 뿐이었다.

"또한 연주자가 함께 생각해야 할 요소로 호흡을 이야기할 수 있다. 관악기 연주에서 호흡은 들이마시는 것으로 시작해서 안정적으로 유지하는 것, 효과적이면서 효율적으로 활용하는 것 그리고 다시 들이마시는 순환 활동이라고 할 수 있다. 이때 연주자는 어떤 자세와 방식으로 숨을 들이마시고 어느 위치에 얼마만큼의 호흡을 담을 것인가를 결정해야 한다. 결국 호흡의 메커니즘을 모르고서는 좋은 소리를 얻고 스스로 만족할 만한 연주를 한다는 것은 불가능한 것이야."

문예준의 눈은 생각에 잠긴 듯 지긋이 감겨 있었다.

잠시 후 문예준의 연주가 시작됐다. 최용호 선생은 문예준의 눈빛에서 이전보다 더욱 높아진 자신감을 확인할 수 있었다.

클라리넷은 아르페지오의 유연한 흐름을 타고 넘으며, 자유로운 춤을 췄다. 소리는 잔잔히 넘실대는 파도와 같았다.

보이지 않는 중력과 바람에 의해 움직이는 파도처럼, 흐름이 밀려오면 음악은 더욱 흐르고 물러서기를 반복했다.

주철환은 초등학생의 연주라고는 도저히 믿기 힘들 정도의 음악을 다루는 문예준의 능력에 충격을 받았다.

"좋았어. 실수도 없고, 소리 연결도 좋아졌구나. 오늘은 여기까지!"

"헤헤헤."

문예준은 순식간에 악기를 정리했다.

"안녕히 계세요! 형도 안녕!!"

"이 녀석! 너 또 악기 안 닦았지?"

문예준은 개구쟁이처럼 웃으며 사라졌다. 영락없는 초등학교 5학년의 모습이었다.

"예준이 클라리넷 너무 잘하네요. 초등학생 수준은 아닌 것 같은데요?"

"그래. 음악성을 타고난 부분도 있지만, 사실은 엄청나게 노력하는 스타일이야. 집에서 부모님이 연습시간 관리도 철저하게 하고 있어서 성장하는 속도가 빠르다."

"어린 아이가 참 대단하네요. 그런데 예준이가 연주한 곡
이 조금 어려워 보이던데 제목이 뭐예요?"

"빅토어 폴라첵의 12개의 연습곡.

12 Etudes for Clarinet by Viktor Polatschek

곡이 길지 않고 재미도 있어서 요즘은 중학생들이 한 번씩
거쳐 가는 에튀드가 됐다."

"빅토어 폴라첵은 작곡가 이름인가요?"

"빅토어 폴라첵 Viktor Polatschek (1889~1948) 은 오스트리아의
클라리넷 연주자로 빈 국립 오페라와 빈 필하모닉 그리고 보
스턴 심포니 수석 연주자로 활동했던 경험이 아주 많은 사람
이다."

*   *

레슨실 문을 노크하는 소리가 들렸다.

"안녕하세요! 제가 조금 늦었나요?"

김수영이 밝은 표정으로 들어 왔다.

"아니다. 어서 와라."

주철환과 김수영의 눈이 마주쳤다.

"두 사람 앞으로 자주 볼 사이이니 친하게 지내도록 해라. 너희들이 먼저 느끼겠지만, 서로 배울 점이 있을 거다."

주철환과 김수영은 어색한 인사를 나눴다.

"안녕." "어······"

두 사람은 누가 뭐라 하지 않았지만 악기를 조립하기 시작했다. 악보를 놓고, 리드를 적시며 당장이라도 수업을 시작할 수 있는 준비를 마쳤다.

"수영이는 듀엣 많이 해봤지?"

"네. 선생님과 크로이처와 모차르트를 했고··· 칼 슈타미츠도 했어요.

- Conradin Kreutzer _ 'Duo in C Major'
- Wolfgang Amadeus Mozart _ '12 Duets K487'
- Franz Hoffmeister _ 'Duo Concerto in E flat Major'

그리고 중학교부터는 선생님 캠프에서 언니들과 꼭 한두 곡씩은 했었어요. 크로머, 크루셀, 멘델스존, 칼 베어만의 듀오 콘체르탄테도 했었고요."

- Franz Krommer
  'Concerto Duo in E flat major, Op.35 & Op.91'

- Bernhard Henrik Crusell _ 'Duets. No.1 in F Major'

- Felix Mendelssohn _ 'Concert Piece No.1 in F Minor Op.113'

- Carl Baermann _ 'Duo Concertant, Op.33'

"그러고 보니 저도 듀엣을 꽤 많이 해봤네요."

"그럼, 앞으로는 크루셀 듀엣 3번과 멘델스존 Op.114 정도를 해보면 되겠구나."

- Bernhard Henrik Crusell _ 'Duets. No.3 in C Major'

- Felix Mendelssohn _ 'Concert Piece No.2 in D Minor Op.114'

"자, 오늘은 프란시스 풀랑크 Francis Poulenc 소나타 듀오를 해볼 텐데. 너희들은 풀랑크에 대해서 알고 있는 것이 있냐?"

"클라리넷 소나타와 플루트 소나타가 있어요. 특히, 플루트를 전공하는 친구들이 자주 연습하는 소리를 들었어요.

그리고 클라리넷과 바순을 위한 소나타도 있는 것으로 알고 있고요."

"그렇지. 수영이는 관악기 전공하는 친구들이 많아서 잘 알고 있구나."

"풀랑크의 클라리넷과 바순을 위한 소나타 Sonata for Clarinet and Bassoon 는 그가 1922년에 작곡한 작품으로 다음 해에 루이

124

스 카후작 Louis Cahuzac 에 의해 초연됐고, 1932년 BBC에서 클라리넷 연주자 레지날드 켈 Reginald Kell 과 바순에 길버트 빈터 Gilbert Vinter 가 연주해 영국에서 인기를 얻은 작품이다."

연주자들에 관심이 많은 주철환은 레지날드 켈의 이름을 듣고 무언가 떠오르는 것이 있었다.

"선생님, 레지날드 켈은 스타카토 교본으로 잘 알려진 교본의 저자 맞나요?"

"그래. 17 Staccato Studies 의 저자가 바로 레지날드 켈이다. 켈에 대해서도 할 이야기가 많지만 오늘은 간단하게만 알아보자. 레지날드 켈은 런던 필하모닉, 필하모니아 오케스트라, 리버플 오케스트라, 로열 필하모닉에서 수석 연주자로 활동했다. 그리고 미국으로 이주한 1948년부터는 수많은 콘서트와 녹음 경력을 쌓아갔다. 이때부터 스윙 킹으로 불리는 베니 굿맨 Benny Goodman 은 켈에게 배우기를 간절히 원했는데, 1952년이 되어서야 켈은 그를 제자로 받아들여 1958년 영국으로 돌아가기 직전까지 베니 굿맨을 지도하기도 했다. 이후 켈은 로열 컬리지 Royal Academy of Music 교수, 영국 출판사 Boosey & Hawkes 의 관악 부분 책임자를 지냈다."

"베니 굿맨은 1930년대에 이미 재즈 클라리넷의 스타이자 스윙 킹으로 불린 사람인데, 레지날드 켈에게 배우기 이전에는 어떻게 공부한 건가요?"

"베니 굿맨은 10살 때 지역에서 무료로 제공하는 음악 클래스에서 처음 클라리넷을 배웠고, 아들의 재능을 발견한 아버지는 시카고 심포니의 프란츠 쇼어프 Franz Schoepp 에게 더욱 전문적인 교육을 받을 수 있도록 했다. 이후 베니 굿맨은 뉴올리언스 New Orleans 에서 활동하던 재즈 클라리넷의 대가 지미 눈 Jimmie Noone, 조니 도즈 Johnny Dodds, 레온 로폴로 Leon Roppolo 에게 영향을 받아 1921년, 그의 나이 12살에 시카고 웨스트사이드에 있는 센트럴 파크 극장에서 프로 데뷔를 했다. 베니 굿맨은 클라리넷에 관한 한 무엇이든 배우려는 의지가 강했고 최고의 위치에서도 언제나 훌륭한 스승을 찾아다닌 것으로 유명했다. 그를 지도한 연주자로는 프란츠 쇼어프와 레지날드 켈 이외에도 당시 미국에서 큰 영향력 지녔던 데이비드 웨버 David Weber 와 친구로 지낸 구스타프 랑게누스 Gustave Langenus 가 있었다."

"랑게누스에게도요?"

"자, 다시 풀랑크 이야기로 돌아가 볼까! 풀랑크의 플루트 소나타는 1957년에 작곡해서 장 피에르 랑팔 Jean Pierre Rampal (1922~2000)이 초연한 풀랑크의 대표적인 작품 중 하나다.

플루트 레퍼토리 중에서 단연 최고의 작품이라고 할 만하지. 그렇지만 클라리넷 연주자들에게 현대 음악을 대표하는 곡으로 알려진 풀랑크의 클라리넷 소나타 역시 좋지 않나?"

"네, 당연하죠. 전 클라리넷 소나타가 더 좋아요! 그런데 왠지 두 소나타가 비슷한 느낌이 들더라고요. 혹시 이 두 작품이 같은 해에 작곡된 건가요?"

새로운 작품을 대할 때 언제나 학구적인 자세를 취하는 김수영은 이번에도 풀랑크에 대한 호기심이 발동했다.

"클라리넷 소나타는 풀랑크가 세상을 떠나기 직전 해인 1962년에 작곡한 작품이다. 그러니까 풀랑크의 생애 완성한 마지막 작품으로 풀랑크와 함께 프랑스 6인조, 레 시스 Les Six 그룹에 속했던 아르튀르 오네게르 Arthur Honegger를 추모하기 위해 베니 굿맨 Benny Goodman이 의뢰한 작품이었다.

이 완성된 소나타는 1963년 4월 10일 카네기 홀 Carnegie Hall 에서 베니굿맨과 레너드 번스타인 Leonard Bernstein의 피아노로 초연됐는데, 당시 베니 굿맨은 풀랑크와 함께 오네게르를 추모할 계획이었지만, 1963년 1월 30일 심장마비로 인한 풀랑크의 갑작스러운 죽음으로 인해 결국 이 작품으로 두 음악가를 추모하게 되었다."

"아… 그런 안타까운 사연이 있었군요."

김수영은 당시의 상황을 다 이해할 수는 없었지만, 음악가들의 서로를 위한 우정을 생각하며 진심으로 안타까워했다.

"또한, 수영이가 느끼는 것처럼 풀랑크의 작품들이 비슷하게 느껴지는 이유는 그의 작품들은 기본적으로 신 고전적 작곡 기법을 사용하면서도, 프랑스의 섬세하고 서정적인 표현을 담고 있기 때문이다. 여기에 화성, 리듬, 선율의 현대적인 성향이 유사하고, 작품마다 스타카토 staccato, 악센트 accent, 붙임줄 tie, 당김음 syncopation 을 사용해서 역동적인 리듬이 특징적으로 나타나기 때문에 작품을 비슷하게 느낄 수 있는 거다."

"아— 이런 공통적인 특징들이 작품에 녹아 있었던 거였군요. 그런데 '레 시스? Les Six' 이것은 무엇을 뜻하는 건가요?"

"프랑스 6인조라 불리는 Les Six 는 프랑스의 비평가 앙리 콜레가 프랑스에서 활동하는 젊은 작곡가 6명에게 처음 사용한 명칭이었다. 그들은 루이 뒤레 Louis Durey, 다리우스 미요 Darius Milhaud, 아르튀르 오네게르 Arthur Honegger, 조르주 오리크 Georges Auric, 제르맹 테유페르 Germaine Tailleferre 그리고 프란시스 풀랑크 Francis Poulenc 로, 이 멤버들은 낭만주의와 바그너주의를 거부하고, 드뷔시가 지닌 인상주의의 모호성에 대한 비판적인 자세를 견지하는 입장을 표명한 작곡가 그룹이었다."

"그럼 당시 이 프랑스 6인조가 추구하는 음악은 어떤 것이었나요?"

"사실, 프랑스 6인조라 불리는 작곡가들의 음악은 특징적으로 모두 제각각 달랐는데, 공통적인 것으로는 상징주의의 암시성과 인상주의의 모호성에 대해 벗어나 선율의 간결함과 대위법으로의 복귀 그리고 구조적 정확성 같은 특징적 음악을 주장했다. 자! 그럼. 연주를 시작해보자. 수영이가 퍼스트를 맡고 철환이는 A 클라리넷을 준비해라."

"네!"

연주가 시작됐다.

 매우 빠르게 Presto.

 복잡하게 배열된 박자와 반복되는 선율 그리고 당시로는 파격적인 1, 2 파트가 서로 다르게 진행하는 마디 구성. 하지만 김수영과 주철환의 연주는 즐거운 놀이와 같았다.

 느리게 Andante.

 김수영의 서정적인 클라리넷은 새벽 강바닥을 꼬물거리는 안개처럼 희미했고, 발레리나의 춤과 같이 가볍게 떠돌았다. 주철환의 무표정하고 절제된 움직임은 퍼스트 클라리넷을 지지하며 묵묵히 나갔다.

 생기있게 Vif.

 고요를 깨우는 힘찬 소리. 먼저 가고, 쫓아가고, 노래하며 음악은 놀이가 됐다. 즐거운 동양적인 선율은 무거운 마음을 쉽게 내려놓게 했고, 빠르고 까다로운 음계는 작곡가가 요구하는 다이나믹과 함께 처리됐다. 음악은 반복되며 결국 그 끝에 다달았다. 김수영과 주철환은 마치 오래전부터 함께한 사이인 듯 완벽한 호흡의 연주를 했다.

 "야! 주철환. 어떻게 내가 하는 노래를 그렇게 곧바로 따라 할 수 있어? 그리고 악보에도 없는 다이나믹 표현으로 달리하면서 묘한 분위기를 만들었잖아!"

주철환은 갑작스러운 김수영의 반말에 조금 당황스러웠지만, 왠지 마음은 편했다.

"어… 미안! 그런데 그게 느껴졌어?"

"내가 연주한 프레이즈와 호흡의 위치를 순간적으로 확인하고 정확하게 나한테 맞췄잖아! 살짝 강조한 노래의 뉘앙스도 소리 색깔도 어떻게 한 번에 기억하고 따라 할 수 있어? 그리고 다시 반복되는 부분에서는 이전과는 전혀 다른 음악을 만들었잖아! 그럼. 그걸 모르고 한 거야!!"

"그건, 아니고…….."

최용호 선생은 김수영과 주철환이 나누는 대화를 흐뭇하게 들었다. 그리고 악보에 가만히 다가가 애매한 프레이즈와 호흡의 위치를 정리해주었다.

"시작 템포 잘 잡았고, 균형감 좋았고, 음악도 다양하게 표현하면서 들을 거리도 많아서 좋았다. 지금 바로 예술의 전당에서 공연해도 되겠어."

"선생님, 너무 놀리지 마세요!"

"수영아, 정말 잘했는데 뭐. 철환이랑 함께 하니 어떻냐?"

주철환은 자신을 앞에 두고 아무렇지 않게 나누는 두 사람의 대화가 조금은 쑥스러웠지만, 김수영의 입에서 어떤 이야기가 나올지 궁금하기도 했다.

"설명하기 좀 힘들어요. 선율이 수평으로 흐르는데, 갑자기 사선으로 선율이 몰아치기 시작하니까 음악에 생동감이 있고, 그러면서 전체적으로 묘하게 어울리는 것 같았어요."

"수영이도 나와 비슷하게 느꼈구나! 수평적이고 수직적인 선율에 동일한 각의 사선 연주는 통일감뿐만 아니라, 뭐랄까 알 수 없는 생동감을 느끼게 하는 것 같구나!"

"너 언제부터 클라리넷 했어?"

김수영은 기분 나쁘지 않을 정도의 신경질적인 말투로 주철환에게 물었다.

"중학교 때 조금하고 다시 시작하는 거야."

"뭐?! 그럼, 방금 연주는 무슨 생각으로 한 거야?"

주철환은 무어라 말을 할까 주저하다 김수영의 호기심에 가득 찬 눈빛과 마주치자 곧바로 입을 열 수밖에 없었다.

"조금 전에 선생님께서 프랑스 6인조라 불리는 작곡가들

의 특징이 대위법으로의 복귀 그리고 구조적 정확성을 주장
했다고 하셨잖아? 거기에서 힌트를 얻었어. 생각해 보니까
대위법이 상대적 균형의 기본 원리와 동일한 것 같았어.

 너도 대응되는 요소들을 활용해서도 균형을 이룰 수 있다는
것은 알고 있지? 그래서 단순하게 생각하고 눈에 보이는 데
로 연주한 것뿐인데······."

 김수영이 말을 잃었다.

 "선생님, 쟤 지금 뭐라고 하는 거예요??"

 주철환의 이야기에 놀란 사람은 김수영뿐만이 아니었다.
최용호 선생도 이제는 주철환이 음악을 구조적으로 바라보
고 만들어가는 능력을 지녔다는 것에 확신을 갖게 되었다.

  "수영아, 철환이는 사정이 있어서 2년 정도 악기를 쉬었
고, 지난달부터 다시 시작했다."

 김수영은 충격을 받은 듯, 그리고 정말로 화가 난 표정을 지
었다.

'나는 초등학교 2학년부터 단 하루도 쉬지 않고 지금까지
최선을 다해왔는데······.'

 최용호 선생이 나머지 설명을 이어갔다.

"풀랑크의 음악에서 가장 본질적인 요소는 선율이다. 이 선율은 매우 투명하고, 단순하면서도 세련미가 있는 음악이지. 그래서 꾸밀 것도 없이 솔직하고 재치있게 연주하면 되는 거다. 복잡하게 보일 뿐 사실은 음악 자체는 복잡한 구석이 별로 없는 음악이다."

최용호 선생이 두 제자를 번갈아 쳐다보니 어딘가 퍽 닮은 얼굴들을 하고 있었다. 그것은 연주를 통해 새롭게 느낀 것을 다시 확인해보고 싶은 간절한 표정이었다.

"자, 이번에는 수영이가 A조 클라리넷을 준비하고, 철환이가 퍼스트를 맡아라!"

"네." "네, 알겠습니다!"

최용호 선생은 자신의 제자들이 풀랑크를 연주하며, 시대 전반에 걸친 포괄적인 지식을 키우고, 독특하고 새로운 현대 음악에 흥미를 갖기를 바랬다. 또한, 김수영과 주철환이 서로에게 긍정적인 자극이 되어주길 기대했다.

미묘하게 괴롭히는 신맛처럼 우리의 귀를 예민하게 하는 음악, 그게 바로 풀랑크의 음악이었다.

금호 영재콘서트

금호 문화재단은 대한민국 클래식의 미래는 차세대 음악 영재의 발굴과 지원에 달려있다는 믿음으로 1998년부터 뛰어난 실력을 갖춘 어린 음악인들을 선발하여 데뷔 무대를 마련해 주고 있다.

금호 영재콘서트의 참가 연령은 1세부터 만15세까지이며, 선발 기준은 음악성·기술·성장성 그리고 1시간 분량의 독주 가능 여부 등을 종합적으로 평가한다.

대기실에서 차례를 기다리는 문예준은 이전의 오디션 경험들을 복기하고 있었다. 예상치 못한 돌발 상황에 대비한 여러 가지 경우의 수를 시뮬레이션하는 것이었다.
'피아노의 템포가 연습과 다르다면… 공간의 울림이 예상보다 작을 경우… 갑작스럽게 어긋나는 부분에서는….'

문예준은 얼추 꼬일 가능성 있는 부분을 꼭 집어 빠르게 생각을 정리했다.

'지금까지 최선을 다해 온 나를 믿어야 한다. 음악은 시작과 동시에 모든 것이 과거가 된다. 현재를 놓치지 않고, 한 단락의 멜로디 라인을 미리 준비한다.'

- 주세페 타르티니의 클라리넷 콘체르티노
  'Giuseppe Tartini 'Concertino'
- 요한 슈타미츠 협주곡 Bb 장조
  'Johann Stamitz 'Concert in B flat major'
- 로베르트 슈만의 세 개의 환상곡
  'Drei Fantasiestücke Op.73'

오디션을 위해 준비한 작품들이다.

행사 관계자가 손에 쥐고 있는 참가자 명단을 살폈다.

"문예준 맞죠?"

"네."

"지금 바로 무대로 이동하면 됩니다. 연주는 꼭 오디션 지원서에 작성한 순서로 해야 합니다. 알죠?"

"네."

"참가번호 14번, 관악초등학교 5학년 문예준입니다."

문예준은 무대 중앙에서 주의를 둘러봤다.

'공간이 생각했던 것보다 크다. 울림은 어떨까…….'

잊지 않고 튜닝을 했다.

튜닝의 목적은 세 가지다.

첫째, 음을 맞추는 것.

둘째, 리드를 적시며 상태를 확인하는 것.

셋째, 공간의 울림을 파악하는 것.

'역시, 공연에 최적화된 무대구나.'

문예준은 심사위원들을 향해 가볍게 인사한 후 준비 자세를 취했다.

주세페 타르티니의 클라리넷 콘체르티노

「Giuseppe Tartini 'Concertino'」

타르티니 (1692~1770) 는 이탈리아 바로크 작곡가이자 '악마의 트릴' 로 유명한 바이올린 연주자다. 또한 안토니오 스트라디바리 Antonio Stradivari 의 1,116개의 악기 중 1715년에 제작된 당대 최고의 바이올린을 사용한 것으로 알려졌다.

타르티니 클라리넷 콘체르티노의 원곡은 바이올린 소나타로 클라리넷을 위해 편곡된 작품이었다.

오늘은 오디션 지침상 1, 2악장만을 연주한다.

1악장 엄숙하게 Grave.

고풍스러운 멜로디. 따뜻한 클라리넷 음색은 평온했다.

정적인 안도감과 느리지만 우아하게 움직이는 선율은 듣는 이의 가슴을 평온하게 다스렸다. 그저 자유롭고 아름답게… 그렇지만 과하지 않게 소리가 흘러갔다. 잠시 후 간결한 화성에 독특하고 매력인 1악장이 끝났다.

2악장 빠르고 경쾌하게 Allegro molto.

이전의 고요함을 깬다. 빠르고 열정적인 연주는 공간을 압도했다. 비범한 아르페지오에 화려한 아티큘레이션과 트릴을 더하여 연주했다. 수준 높은 테크닉으로 조금의 빈틈도 허락하지 않으며 숨막히는 연주를 이어갔다.

'예상보다 공간의 울림이 크다… 더욱 짧은 스타카토로 명료한 소리를 나타내야 한다!'

문예준은 소리가 심사위원에게 어떻게 전달될 것인가를 의식했다. 안정적인 첫 번째 연주가 끝이 났다.

심사위원석이 술렁였다.

'좋은 울림과 정리된 음색의 연주로군요.'

'그렇습니다. 기술적으로도 두말할 것 없이 완벽합니다.'

'개성을 표출하는 솔리스트로서의 면모를 고스란히 드러낸

138

멋진 연주였습니다.'

문예준은 호흡을 가다듬기 위해 느릿하게 악기를 살폈다. 리드에 침을 제거하고, 자주 침이 고이는 구멍을 꼼꼼히 살폈다. 어느새 호흡은 안정을 되찾았다.

'시작이 좋았다. 이젠 정말⋯ 즐길 차례다!'

「요한 슈타미츠 Johann Stamitz (1717~1757) 」

보헤미아 태생의 독일 작곡가이며 바이올린 연주자.

프라하에서 120km 떨어진 작은 마을 도이치브로트에서 세례명 얀 스타미츠로 태어난 슈타미츠는 오늘날 우리가 아는 교향곡의 형태를 만들어낸 인물이다. 또한 만하임 악파의 창시자로 만하임의 궁정 악장 겸 음악감독을 지냈다.

요한 슈타미츠의 만하임 오케스트라는 바이올린 20명, 비올라 4명, 첼로 4명, 콘트라 베이스 2명, 플루트 2명, 오보에 2명, 바순 2명, 호른 4명 그리고 당시로는 매우 새로운 악기였던 클라리넷 2명으로 구성되었다. 작품의 규모에 따라 트럼펫, 팀파니가 추가되기도 하는 이러한 악기 편성은 이후 하이든, 모차르트, 베토벤, 슈베르트가 사용한 고전적인 오케스트라의 표준이 되었다.

「요한 슈타미츠 클라리넷 협주곡 Concert in B flat major」
'밝고 힘찬 선율, 유쾌한 리듬은 간결하게 처리한다.'

문예준은 음악과 같이 밝은 표정으로 음 하나하나에 생기를 주었고, 이에 답하듯 소리는 살아 움직였다.

요한 슈타미츠의 음악은 깊이 있는 감동을 주는 스타일과 거리가 있지만, 귀를 즐겁게 하는 리듬과 균형 있는 대칭적 선율이 특징이다. 같은 길이와 모양의 반복은 대칭적인 형식의 음악을 더욱 단조롭게 느껴지게 했다.

'간결하게 처리하되 흐름은 놓치지 않는다. 점차 고조되며 화려해지는 음악. 나는 이 화려한 선율에 날개가 되어 더욱 높이 날아오르고 싶다.'

요한 슈타미츠의 만하임 오케스트라는 과감한 강약의 대비, 크레셴도와 디크레셴도의 극적인 움직임, 갑작스럽게 큰 소리로 연주하고 재빨리 사라지는 스포르찬도, 긴장감을 나타내는 트레몰로 등의 효과를 자주 사용했는데, 이것은 만하임 악파의 중요한 특징으로 당대 유럽에 널리 알려졌다.

그러나 슈타미츠 클라리넷 협주곡에는 이러한 극적 요소들이 적극적으로 쓰이지는 않았다. 아마도 당시 독주 악기로써 초기 단계에 불과했던 클라리넷의 불완전성 때문이었을 것이다. 그러나 요한 슈타미츠의 클라리넷 협주곡은 당시 악기가 지닌 한계를 넘어서는 미래지향적인 작품이었다.

　이제 마지막 작품의 마지막 악장만을 남겨두었다.

슈만의 세 개의 환상곡 1, 2악장을 무리없이 마무리한 문예준은 3악장에 이르자 확연히 지쳐있는 자신을 발견했다.

'이런… 소리에 힘이 떨어지니 온 몸에 힘이 들어간다. 섬세한 연주가 요구되는 부분에서 몸이 말을 듣지 않아!'

　급격하게 호흡이 가빠지고 자세가 불안정했다.

'이제까지 만족스러운 연주를 해왔는데…….'

　생각처럼 음정이 컨트롤 되지 않았고, 소리의 움직임이 약해지니 힘과 연결성이 떨어졌다.

'프레이즈를 더욱 짧게 하자. 큰 흐름은 내어주되 가까운 음들은 실수 없이 연결한다.'

　위기가 찾아왔다. 음악이 더욱 흔들렸다.

'절대로 한 음도 놓쳐서는 안돼. 절대! 조금만 더…….'

　대한민국 클래식 음악의 대표적인 등용문으로 자리 잡은 금호 영재콘서트는, 현재까지 1천여 명이 넘는 음악가를 발굴하고 길러냈다. 문예준은 음악 영재들의 명예의 전당과 같은 이곳에 자신의 이름을 올리고 싶은 마음이 간절했다.

모든 연주가 끝이 났다. 문예준은 자신의 연주에 만족할 수는 없었지만 심사위원들의 생각은 달랐다. 연령을 초월한 연주력과 음악을 이해하고 다루는 능력을 높게 평가한 것이다.

최용호 선생 자택.

"예준이 축하한다! 열심히 준비한 만큼 좋은 결과가 나와서 선생님 기분이 좋구나. 콘서트는 날짜는 정해졌냐?"

"정확한 날짜는 모르겠어요. 10월 중순 정도로 알고 있으면 된다고 들었어요."

"앞으로 한 달 정도 시간이 있으니 이제는 작품의 완성도를 높이는 데 주력해라."

"네. 그런데… 저, 리골렛토 한 곡만 추가하면 안 돼요?"

"리골렛토?" *Fantasy on "Rigoletto" for clarinet and piano*

"안 돼요?"

"글쎄다. 아직은 너에게 벅찰 것 같은데……. 왜 그 곡이 하고 싶어졌어?"

"작년에 파리음악원에 들어간 권혁 형이 연습하는 걸 봤는데, 너무 멋져서 그때부터 꼭 해보고 싶었어요."

"너 권혁이 따라쟁이냐? 가족들에게 너도 곧 파리로 유학 간다고 이미 선전포고했다며?"

"네. 꼭 갈 거예요!"

문예준은 최용호 선생의 제자 권혁을 좋아하기는 했지만, 단지 그런 이유만으로 리골렛토를 하고 싶었던 것은 아니었다. 이것은 권혁을 넘어서려는 몸부림이었다. 문예준은 리골 렛토를 통해서 자신이 기억하는 권혁과의 수준을 가늠해 보고 싶었던 것이다.

"누가 널 말리겠냐. 리골렛토… 그래 한 번 해보자!"

"히히히, 감사합니다!"

"그건 그렇고…… 너는 이번 오디션을 준비하면서 어떤 것들을 배웠냐?"

"그게…… 선생님께서 오디션에 사용하는 리드 reed는 울림이 좋은 것으로 사용하라고 하셨잖아요? 조금 얇아도 울림이 좋으면 소리는 힘을 잃지 않는다고요……."

문예준은 조금 전과는 달리 목소리에 기운을 빼고 머뭇거리는 말을 했다.

"오디션 날에 제가 가지고 있는 리드가 하나는 조금 얇고 다른 하나는 두꺼웠는데, 두꺼웠던 그 리드가 울림은 적었지만 튼튼한 소리가 났어요. 그래서 고민 끝에 선생님 말씀을 안 듣고 두꺼운 것을 선택했어요. 그런데 그게 실수가 돼서… 연주하는 동안 평소보다 많이 힘들었어요. 그러다 마지막에 가서는 힘이 다 떨어지고, 정말 생각하고 싶지 않을 정도로 망가졌어요. 죄송해요…….”

“그래서 힘이 모자란 것 말고. 다른 것은?”

“소리가 울림 없이 둔탁했어요. 그래서 평소보다 제가 표현할 수 있는 것이 별로 없었고요…….”

“그래, 좋은 경험했다. 하지만 힘들었던 순간을 끝까지 버텨내고 마무리한 것은 칭찬해주고 싶구나! 그것도 평소 연습이 부족했다면 할 수 없는 거야.”

“그런데 선생님, 저 리드에 대해 궁금한 게 생겼어요.”

“뭐가 궁금하냐?”

“클라리넷 리드를 오보에나 바순처럼 깎아서 사용하는 사람들이 있잖아요? 저도 그걸 배워야 하나요? 배운다면 리드를 더 이해할 수 있을 것도 같은데요.”

“그럴 필요까지는 없다고 생각한다. 리드를 이해하기 위해서는 많은 시간이 필요하고, 또 깎아서 사용한다고 리드를

144

다 이해할 수 있는 것도 아니야. 선생님은 악기를 시작하면서 리드를 깎는 것을 함께 배웠는데, 어느 순간 내가 리드에 너무 많은 시간을 낭비하고 있다는 생각이 들더구나. 리드를 깎다 보면 한두 시간은 훌쩍 지나가거든."

"리드를 한두 시간이나 깎을 게 있어요? 다 사라지고 없는 거 아닌가요?"

"하하하! 그러게 말이다. 신기하게도 그 얇은 리드가 한두 시간을 깎아도 또 깎을 게 있다."

"그럼, 선생님 시절은 리드 깎는 것을 꼭 배워야 했어요?"

"그런 건 아니었지만 선생님이 악기를 배웠던 시절은 지금처럼 리드를 쉽게 구할 수가 없었다. 그래서 귀한 리드를 하나라도 낭비하지 않고 사용하려고 깎아서 사용했었던 목적도 있었지."

"그래서 선생님은 클라리넷 소리만 들어도 리드 중심이 튼튼한지, 양측 날개의 균형은 좋은지, 팁이 두꺼운지 얇은지, 리드가 밑까지 길게 울리는지 아닌지, 리드가 내일이면 좋아질지 아니면 나빠질지, 최고로 높은음은 나겠는지 아닌지를 아시는 거군요. 그럼 좋은 리드는 어떻게 골라요?"

"새 리드를 불어보면 이거다! 싶은 것이 있고, 도저히 가

망 없어 보이는 것도 있지. 하지만 즉시로 판단하지 말고 한 개의 리드마다 하루 3분 씩 일주일 정도를 지켜보는 게 좋다.

1주일 이후에는 2~3일 간격으로 10분 정도 리드 상태를 확인하면서 등급을 나누고, 이것을 3회 정도 반복하다 보면 어떤 것이 좋은 리드인지 자연스럽게 알게 되는거지."

"그럼, 연주자는 몇 개 정도 리드를 관리해야 해요?"

"연주자에 따라 다르겠지만 일반적으로는 20개 정도. 예민한 사람들은 그 두 배가 넘는 리드를 관리하기도 한다."

"정말요? 그 많은 리드를 관리할 수 있어요? 어떻게요?"

"그야 리드 케이스를 활용하면 된다. 최상급 리드를 보관하는 케이스에는 10개 정도를 보관하고, 중급 리드 케이스에는 15개 정도를 보관하는데, 언제든 최상급으로 이동이 가능한 리드를 1/3 정도 포함하고 있어야 한다. 마지막 대형 케이스에는 이제 등급을 매기고 있는 리드 20개 정도를 보관한다. 이렇게 관리하는 리드는 상태에 따라 적절하게 위치를 바꿔주면 되는데, 무엇보다 최상급 리드가 부족하지 않도록 유지하는 것이 리드 관리의 핵심이다."

"그렇군요."

"일단 예준이는 케인을 선별하는 방법과 얼마만큼의 시간이 지나야 좋은 소리가 나는지와 같은 케인의 성질 정도를 알고 있는 것만으로도 충분할 것 같구나.”

“선생님, 저도 이미 꽤 많이 알고 있어요! 케인의 반질거리는 피부 겉면은 지저분한 무늬가 섞여 있는 게 질이 좋은 것이고, 리드는 네 번이 변화되는 과정을 거치도록 숙성시키고, 숙성된 리드는 공기 노출을 최소한으로 한다. 또한, 리드가 변화되는 과정은 경험으로 익혀야 하는데, 연주 일정에 맞추어 최고의 소리를 낼 수 있는 시기를 예상할 수 있어야 하기 때문이다! 그리고 잠깐!! 오늘 느낀 것 하나 추가!

리드에 세 번의 등급을 기록하는 동안 두께, 울림 등의 특징을 기록하면 나중에 리드의 변화를 역추적하는 자료가 되어 리드를 더욱 폭넓게 이해할 수 있을 것 같습니다. 이상!!”

“하하하! 그래그래. 어쨌든 그렇게 하나씩 몸으로 익힌 것은 평생 사용할 만한 지식이 되니 잘 배워 가도록 해라.

선생님이 다시 한번 당부하자! 리드가 연주자에게는 무엇보다 중요하다 보니 예민해지는 것은 어쩔 수 없겠지만 너무 많은 시간은 허비하지 말아야 한다. 좋은 리드는 시간과 함께 만들어가는 것이고, 그 시간이 나를 돕도록 활용할 수 있는 사람이 바로 지혜로운 연주자가 되는 것이다.”

로버트 무친스키의 시간의 조각

중국 상하이.

2003년 예후다 길다드 국제 클라리넷 마스터 클래스.

「*Yehuda Gilad International Clarinet Master Class*」

김수영은 상하이교향악단 음악청 Shanghai Symphony Hall 에서 진행되는 오리엔테이션에 참석했다.

상하이교향악단 음악청은 일본의 저명한 건축가 '아라타 이소자키 신'이 건축한 공연장이다. 이 공연장은 특이하게도 가까운 지하철에서 나오는 소음과 진동을 막기 위해 용수철 위에 지어진 공중에 떠 있는 건축물로 알려졌다. 이곳은 1200석 규모의 메인 공연장과 400석 규모의 예술공연장이 있으며, 대한민국의 세계적인 음악가 백건우, 정경화, 재즈 뮤지션 나윤선 등이 무대에 오른 바 있다. 또한 아라타 이소자키 신은 로스앤젤레스 현대미술관을 디자인했는데, 이곳은 예후다 길다드 교수가 소속된 콜번 스쿨 Colburn Conservatory 과 도보로 불과 10분 거리에 위치했다.

콜번 스쿨은 전체 학생 수를 110명 정도로 유지하는 규모 면에서는 작지만 입학 수준이 높기로 유명하다. 이 대학의 지원자는 언제나 넘쳐나 합격률이 응시자의 5% 수준에 불과하다. 이렇게 지원자가 몰리는 이유는 수준 높은 교수진의 참여와 미국에서 기대하기 어려운 무상교육, 숙식 제공 등의 파격적인 장학제도에 있다. 지리적으로는 월트 디즈니 콘서트 홀 (Walt Disney Concert Hall, LA 필하모닉의 본부), 도로시 챈들러 파빌리온 (Dorothy Chandler Pavilion, 로스앤젤레스 오페라의 본거지), L.A.공립 도서관(L.A. Public Library) 인근에 위치해 있다.

사회자의 안내로 오리엔테이션이 진행되고 있었다.

"이곳 상하이에서 국제 클라리넷 마스터 클래스를 개최할 수 있어서 큰 기쁨으로 생각합니다. 올해 행사는 세계 각국에서 모인 13세에서 25세 사이의 연주자 60명이 참석했습니다. 예후다 길다드 교수님을 모시기에 앞서 그분의 약력을 간략히 소개하겠습니다. 교수님은 1982년부터 1988년까지 산타 모니카 심포니 오케스트라의 음악감독을 지내셨고, 1982년부터 1993년까지 말리부 스트로베리 크릭 뮤직 페스티벌의 음악감독을 지내셨습니다. 현재는 쏜튼 음악대학 USC

Thornton School of Music 과 콜번 스쿨의 교수로 재직하고 계십니다. 또한 스웨덴의 킹스 컬리지, 스페인의 겨울 축제, 커티스 음대, 맨하튼 음대, 줄리아드 스쿨, 시벨리우스 오슬로 아카데미, 베이징 콘서바토리와 같은 기관에 주요 초청 교수로도 활동하고 계십니다. 그리고……"

사회자의 소개가 채 끝나기도 전에 예후다 길다드가 무대에 모습을 보였다. 청바지에 화려한 반팔 셔츠를 걸친 모습은 나이를 가늠하기 어려웠다. 갑작스러운 그의 등장에 참가자들은 환호했고 사회자는 자연스럽게 마이크를 넘겼다.

"여러분 반갑습니다! 예후다 길다드입니다."

참가자들은 흥겨운 박수로 호응했고 차분했던 실내 분위기는 순식간에 축제의 열기로 뜨겁게 달아올랐다.

"우리 모두가 기다려온 국제 클라리넷 마스터 클래스가 시작됐습니다. 먼저, 이번 행사를 주최한 국제 클라리넷 협회 상하이 지부 관계자분들께 감사의 말씀을 드립니다. 이번 행사는 여러분들도 이미 알고 있는 바와 같이 4개의 그룹으로 나뉘었고, 각 그룹에는 한 명의 전담 코치가 배정됩니다. 그럼, 지금 바로 전담 코치들을 소개하겠습니다."

'A그룹 전담 코치, 리카르도 모랄레스 Ricardo Morales.'

객석 맨 앞줄에 앉아 있던 리카르도 모랄레스가 일어나 가볍게 손을 흔들었다.

'B그룹 앤서니 맥길 Anthony McGill'

'C그룹 세이지 요코가와 Seiji Yokokawa'

'D그룹 니콜라스 발데이루 Nicolas Baldeyrou 입니다.'

"이분들은 마스터 클래스 기간 동안 저와 함께 여러분의 성장을 위해 최선을 다할 것입니다. 다음으로 안내할 내용은 마스터 클래스에서 가장 흥미로운 '오픈 콘서트'에 관한 것입니다. 이것은 사회자께서 설명해 주시겠습니다."

마이크가 다시 사회자에게로 넘겨졌다.

"오픈 콘서트 참가자는 화상 오디션을 통해 선발된 15명입니다. 오늘부터 매일 진행될 오픈 콘서트는 이곳 메인 공연장에서 펼쳐지며⋯⋯⋯⋯"

마스터 클래스 각 그룹은 15명으로 이루어졌다.

김수영이 속한 A그룹은 오픈 콘서트에 참가하는 최고 수준의 연주자들이었다. 오픈 콘서트는 매일 3명의 연주자가 참가하는데, 최고 득점자 2인에게는 상하이교향악단과 협연하는 특전이 주어진다.

오리엔테이션이 끝나자 김수영은 곧바로 그룹별 미팅에 참석했다. 같은 그룹에는 영국의 클라리넷 천재로 불리는 줄리안 블리스 Julian Bliss 를 포함해 국제적으로도 잘 알려진 연주자들이 있었다.

"반갑습니다. A그룹 코치, 리카르도 모랄레스 Ricardo Morales 입니다. 저는 여러분들의 화상 오디션 평가에 참여했습니다. 그래서 그런지 여러분들이 낯설지가 않군요."

"혹시, 메트로폴리탄 오페라 수석 연주자이신 리카르도 씨가 맞나요?"

"하하하— 작년까지는 그랬습니다. 지금은 필라델피아로 자리를 옮겼고, 현재 메트로폴리탄 오페라는 B그룹 코치, 앤서니 맥길 Anthony McGill 이 맡고 입니다. 그럼 지금부터 간단한 자기소개 후에 오픈 콘서트 참가 순서를 정하도록 하겠습니다. 먼저 저를 알아본 참가자부터 시작해 볼까요?"

"안녕하세요. 이스트반 코엔 István Kohán 입니다. 제가 참가자 중 가장 어리다고 들었습니다. 헝가리에서 왔습니다."

"반가워요! 이스트반 코엔. 부드러운 음색과 안정적이고 환상적인 테크닉이 인상적이었어요. 나이에 비해 엄청난 성취를 이루었더군요."

152

"감사합니다. 한 가지 질문을 드려도 될까요?"

"물론입니다."

"오픈 콘서트 심사는 어떤 분들이 하시나요?"

"예후다 길다드 교수님과 함께 네 명의 전담 코치가 참여합니다."

"그렇군요."

"안녕하세요. 저는 줄리안 블리스 Julian Bliss 입니다. 영국인이고, 자비네 마이어 선생님에게 배웠습니다. 지금은 미국에서 공부하고 있어요."

"반가워요! 줄리안. 작년 버킹엄 궁전에서 열린 기념 음악회는 아주 인상적이었어요."

"엘리자베스 여왕 재위 50주년 기념 음악회를 보셨군요!"

"줄리안과 코엔은 비슷한 또래이니 서로 가깝게 지내면 좋을 것 같네요. 자, 다음은 다니엘!"

"저는 다니엘 오텐자머 Daniel Ottensamer 입니다."

"안녕하세요. 저는 동생 안드레아스 오텐자머 Andreas Ottensamer 입니다. 저희는 오스트리아에서 왔습니다."

"반가워요! 다니엘과 안드레아스! 이 멋진 형제의 아버지께서는 유명한 클라리넷 연주자인데, 혹시 누구 짐작이 가는 사람 없나요?"

 김수영이 손을 들었다.

 "패밀리 네임이 오텐자머 Ottensamer 라면 빈 필하모닉의 에른스트 오텐자머 Ernst Ottensamer 아닌가요?"

 "네, 맞습니다. 혹시 에른스트 오텐자머에 대해 더 알고 있는 게 있나요?"

 "제가 알기로는 에른스트 오텐자머는 빈 필의 전설적인 연주자 피터 슈미들 Peter Schmidl 의 제자로 1979년에 빈 국립 오페라 수석, 1983년부터는 빈 필하모닉 수석으로 활동하셨습니다. 또한 빈 목관 앙상블, 빈 비루투오소 앙상블, 빈 솔리스트 트리오를 창단하셨습니다."

 오텐자머 형제는 호기심 가득한 눈으로 김수영을 바라봤다. '어떻게 우리들보다 아버지에 대해 더 잘 알고 있지?'

 "그렇습니다. 쓰용. 쑤훙? 미안합니다. 맞나요?"

 "수영! 입니다."

 "수! 영! 고맙습니다. 수영이 잘 알고 있군요.

 에른스트 오텐자머는 빈 클라리넷 역사의 중심에 계신 분이라 해도 과언이 아닐 겁니다. 혹시 더 궁금한 것이 있다면, 오텐자머 형제와 이야기 나눠보면 좋을 것 같습니다.

그럼 계속해서 수영이 소개를 이어갈까요?"

"저는 서울에서 온 김수영입니다."

"반가워요! 수영. 예후다 길다드 교수님께서 수영 학생은 잠재력이 큰 연주자라고 칭찬하셨어요. 이번 마스터 클래스에서 더욱 성장하는 계기가 되길 바랍니다."

"감사합니다."

김수영은 낯선 장소, 낯선 사람들과 함께하는 것에 약간의 긴장과 피로를 느끼고 있었다. 하지만 예후다 길다드 교수가 자신의 잠재력을 높게 평가하고 있다는 이야기를 듣는 순간 무거웠던 몸이 가벼워지고 자신감이 꿈틀거리기 시작했다.

"다니엘? 수흥? 노노. 수영!"

참가자 리스트를 살피던 리카르도가 두 사람을 불렀다.

"네!" "네."

"다니엘과 수영은 태어난 날이 같군요. 1986년 7월 26일"

"오, 신이시여! 형!!"

안드레아스의 느글거리는 말투와 짓궂은 표정이었다.

이외 A그룹의 주목할 만한 연주자로는 이스라엘 태생 셜리 브릴 Shirley Brill 과 이탈리아 남부 항구도시 살레르노 태생의 지오반니 푼찌 Giovanni Punzi 가 있었다.

A그룹 첫 수업.

마스터 클래스는 100석 규모의 공연장에서 진행되었다.

수업에는 A그룹 참가자뿐만 아니라 상하이 언론인, 상하이 심포니 오케스트라의 단원 그리고 지역의 관심 있는 음악인들이 참석해 객석을 가득 메웠다.

"첫 번째 참가자는 안드레아스 오텐자머입니다.

안드레아스! 준비가 되는대로 무대로 올라와 주세요."

무대에 오른 안드레아스는 튜닝을 마치고 습관적인 동작인 듯 악기 정렬상태를 여러 차례 확인했다.

말콤 아놀드 클라리넷 협주곡 2번.

「Malcolm Arnold Clarinet Concerto No. 2 op.115」

알레그로 비바체 Allegro vivace. 빠르고 생기있게 시선을 끌며 시작되는 첫 번째 악장은 재즈처럼 자유롭게 진행하는 카덴자가 포함되어 있다.

두 번째 악장 렌토 Lento 는 서정적이지만, 어떤 사람들은 이것을 '우아함을 가장한 공포 영화'라고도 말하기도 한다.

마지막 악장. 알레그로 논 트로포 Allegro non troppo. 빠르지만 지나치지 않도록. 1880년대 미국의 미주리주를 중심으로 유

행한 피아노 연주 스타일인 래그타임 ragtime 을 말콤 아놀드
는 베니 굿맨을 위한 스타일로 자유로운 연주가 가능한 '굿
맨을 위한 래그' Pre-Goodman Rag 로 불리는 작품을 썼다.

　말콤 아놀드의 협주곡 2번은 안드레아스의 밝고 자유로운
성격과 잘 어울렸다. 특히, 마지막 악장은 미국의 스윙밴드
의 주인공처럼 흥겨운 춤과 표정 연기를 가미한 공연을 선보
였다. 연주자 끝나자 객석에서 환호성이 터져 나왔다.
　"브라보! 대단합니다. 배니 굿맨이 무덤에서 나온 줄 착각
할 만큼 대단했습니다."
　안드레아스는 예후다 길다드 교수에게 먼저 인사를 한 후
객석의 환호에 답하듯 가볍게 손을 들어 보였다.
　"안드레아스는 말콤 아놀드에 대해 얼마나 알고 있나요?"
　"말콤 아놀드는 20세기 후반 영국을 대표하는 작곡가 중 한
명으로, 1937년 영국의 로얄 컬리지 Royal College of Music 에서 트
럼펫과 작곡을 공부했습니다. 이후에는 런던 필하모닉의 트럼
펫 수석 연주자로 경력을 쌓았고, 1948년부터는 작곡가의 길
의 걸었습니다. 또한 영화음악 작곡가로도 알려졌는데, 오
스카상을 받은 데이비드 린 David Lean 감독의 콰이강의 다리

Bridge on the River Kwai 가 그의 대표적인 작품입니다."

"그렇습니다. 이렇게 말콤 아놀드는 대중과 친숙한 작곡가였습니다. 베를리오즈의 영향을 받았고 말러와 바르톡 그리고 재즈에도 관심이 많았습니다. 지금 안드레아스가 연주한 말콤 아놀드의 두 번째 클라리넷 협주곡은 배니 굿맨을 위한 헌정 작품입니다."

"아! 그래서 이 작품을 재즈적인 클라리넷 협주곡 2번이라고 부르는군요."

"이 작품에는 유명한 일화가 있습니다. 먼저, 말콤 아놀드의 클라리넷 협주곡 1번에 관한 이야기를 나눠야 할 것 같습니다. 안드레아스는 아놀드의 클라리넷 협주곡 1번이 프레데릭 서스톤 Frederick Thurston 에게 헌정된 것을 알고 있나요?"

"아니요. 프레데릭 서스톤은 어떤 인물이었나요?"

"프레데릭 서스톤은 다수의 클라리넷 작품을 초연했고 또한 헌정 받은 인물입니다. 그가 초연한 대표적인 작품으로는 아놀드 벡스의 클라리넷 소나타 Arnold Bax's Clarinet Sonata, 아서 블리스의 5중주 Arthur Bliss's Clarinet Quintet, 제랄드 핀지의 클라리넷 협주곡 Clarinet Concerto op. 31 이 있습니다. 또한, 그가 헌정 받은 작품들로는 지금 이야기하는 말콤 아놀드의 클라리넷 협주곡 1번, 이아인 해밀턴의 세 개의 녹턴 Iain Hamilton's Three Nocturnes, 허버트 하웰스의 소나타 Herbert Howells's Clarinet Sonata, 존 아이럴랜드의 환타지 소나타 John Ireland's Fantasy-Sonata, 고든 제이콥의 5중주 Gordon Jacob's Clarinet Quintet, 엘리자베스 머콘치의 콘체르티노 Elizabeth Maconchy's Clarinet Concertino 그리고 앨런 로스톤의 클라리넷 협주곡 Alan Rawsthorne's Clarinet Concerto 이 있습니다."

1930년부터 로얄 컬리지 교수로 활동한 프레데릭 서스톤은 1953년 은퇴하며 자신의 제자 테아 킹 Thea King 과 결혼했지만, 안타깝게도 그해에 폐암으로 세상을 떠났다.

"대단하군요……. 그런데 저는 이렇게 클라리넷 역사에서 중요한 인물을 모르고 있었네요. 무엇보다 그가 헌정받은 작품들에 대해서도 전혀 모르고 있었습니다. 오스트리아로 돌아가면 그들의 작품들을 먼저 살펴보고 싶습니다."

"새로운 레퍼토리를 발견하고 그 음악을 해석해 세상에 알리는 것은 연주자에게 의미 있는 작업이 될 수 있습니다."

안드레아스는 새롭게 알게 된 작곡가들의 작품이 너무나 궁금했다.

'허버트 하웰스, 존 아이럴랜드, 고든 제이콥, 엘리자베스 머콘치… 또 누구였지?… 아! 앨런 로스톤.'

"자, 계속 이야기를 나눠 보겠습니다. 말콤 아놀드는 1948년 자신이 작곡한 클라리넷 협주곡 1번을 프레데릭 서스톤에게 헌정했고, 베니 굿맨은 1967년이 되어서야 이 협주곡을 발견해 미국에서 초연을 하게 됩니다. 이를 계기로 베니 굿맨은 1969년 아놀드에게 전화를 걸어 이렇게 이야기했습니다.

'여기는 미국이고 저는 베니 굿맨입니다. 당신의 클라리넷 협주곡 1번을 미국에서 처음으로 연주한 사람이지요. 나는 당신의 협주곡이 정말 훌륭하다고 생각합니다. 혹시 나를 위한 협주곡을 작곡해 줄 수 있나요?' 라며 협주곡 2번을 의뢰한 것입니다. 자― 과연 말콤 아놀드는 뭐라고 답했을까요?"

"제 생각에는… 베니 굿맨은 당시 세계에서 가장 인기 있는 음악가 중 한 명이었고, 재즈, 특히 '스윙 킹'으로 불렸습니다. 그런 사람이 당신의 곡이 좋다며 부탁하는데, 저 같았으면 기분이 무척 좋았을 것 같은데요? 어땠나요?"

"그게 참 어이없게도 말콤 아놀드는 이것을 장난 전화라 생각한 나머지 '저리 꺼져' Sod off! 라고 소리치며 전화를 끊어버렸습니다. 한참이 지난 후에 이러한 상황들의 오해가 풀리게 됐고, 우리가 아는 것과 같이 말콤 아놀드는 베니 굿맨의 제의에 흔쾌히 동참했습니다.

결국 1974년 4월. 협주곡 2번이 완성됐고, 이 작품을 받기 위해 베니 굿맨은 당시 말콤 아놀드가 살고 있던 아일랜드 더블린으로 갔습니다. 미국에서 더블린으로 간 것입니다.

이 모습을 상상해 보면 베니 굿맨이 얼마나 이 작품을 간절히 원했던 것인지 짐작할 수 있습니다."

"아— 이런 이유로 말콤 아놀드의 클라리넷 협주곡 2번이 베니 굿맨의 스타일에 어울리도록 작곡된 것이군요!"

"그렇습니다. 이 곡이 작곡되었을 당시 클래식 연주자들에게 마지막 악장은 '너무나 충격적'인 작품이었고, 당시 영국에서는 잭 브라이머 Jack Brymer 외에 이 작품을 제대로 이해하고 표현할 수 있는 사람은 거의 없었습니다."

예후다 길다드 교수의 수업은 계속되었다.

줄리안 블리스는 아론 코플란드 협주곡 Aaron Copland Concerto 을 셜리 브릴은 앙리 토마시 협주곡 Henri Tomasi concerto 을 무난하게 연주했다.

드디어, 김수영의 차례였다.

김수영이 준비한 작품은 로버트 무친스키가 1984년에 발표한
클라리넷과 피아노를 위한 시간의 조각 Time Pieces Op. 43 이었다.

「로버트 무친스키 Robert Muczynski (1929~2010)」

폴란드계 미국인 작곡가. 동시대의 미국인 작곡가로는 아론
코플랜드 Aaron Copland, 찰스 아이브스 Charles Ives, 사무엘 바
버 Samuel Barber 가 있다.

20세기 미국의 작곡가들은 그들의 정체성을 찾으며 기존의
서양 음악에 변화와 혁신을 나타내고 싶어 했다. 이들은 미
적 영감이나 메시지와 상관없이 미국 음악에 기여 하는 현실
적인 방법 중 하나는 현대 음악을 작곡하는 것이라고 생각했
다. 하지만 1935년 미국으로 망명한 독일 작곡가 한스 아이
슬러의 생각은 달랐다. 그는 현대 음악의 실험은 그것이 작
곡가에게 아무리 흥미롭고 유익할지라도 대중에게 호소력을
가지지 않으면 아무런 도움이 되지 않는다고 생각한 인물이
었다. 이것은 무친스키가 추구하는 음악의 본질과 같은 것이
었다. 이전의 고전 음악이 지녔던 아름다움, 뛰어난 구성, 열
정을 선호한 무친스키는 실험적인 음악에 대해 한스 아이슬

러의 의견에 동의했다. 이 때문에 무친스키는 당시 미국 내 주류 작곡가들로부터 작곡 스타일에 실험적인 접근 방식을 취하지 않는다는 이유로 오랜 시간 외면을 당하기도 했다.

예후다 길다드 교수가 김수영의 악보를 살폈다.

"수영은 왜 협주곡을 준비하지 않았죠? 상하이 교향악단과 협연은 기대하지 않는 건가요?"

"저는 협연보다는 평소에 궁금했던 것들을 교수님께 배우고 싶었습니다. 그것이 더 중요하다고 생각했고, 제가 지금 이곳에 있는 이유입니다."

"오호! 무친스키의 시간의 조각, 한 번 해 봅시다!"

2주 전.

서초동 음악 전용 연습실 '아르떼'

김수영은 주철환을 앞에 두고 '시간의 조각'을 연주했다. 김수영은 아무리 연습해도 도대체 무엇을 어떤 마음으로 표현해야 할지 도무지 감을 잡지 못했다.

"어땠어? 별로야?? 내가 너무 욕심냈나……. 선생님께서는 스포어 3번을 더 깊이 있게 준비하라고 하셨는데……."

"이 곡 제목이 뭐야?"

"로버트 무친스키의 시간의 조각"

"시간의 조각?"

주철환은 혼자서 중얼거렸다.

"피카소 코스프레 아냐? '모든 것이 시간 속에 존재한다. 우리의 삶과 가족 그리고 역사……' 나쁘지는 않은데."

"뭐가 나쁘지가 않아! 나는 허공에서 허우적거리고 있는데. 아, 정말 미치겠다."

"피아노 반주가 없으니까 그렇게 느껴지는 게 아닐까?"

"그럼, 어떻게 해야 하는데? 어떻게 할까?! 어??"

"수영아, 일단 하나씩 생각을 정리해 보자. 너는 이 작품에서 어떤 것들이 느껴져? 연습하면서 발견한 것은 어떤 것들이 있어?"

"4악장 모두 분위기가 완전히 달라…… 그냥 그 정도야."

"그래, 그렇긴 하지……. 내가 느낀 것은 이런 거야.

클래식의 전통적인 형태가 바탕이 되고, 그로부터 전환된 음악은 여러 시대를 거쳐 우리에게 왔는데, 이것이 재즈 같기도 하면서 남미 음악 같고, 서정성 있는 선율에서 타악기가 등장할 만한 경쾌한 리듬으로 변화되고, 또 이것들의 모습이 유사하게 반복되면서 펼쳐지는 거야."

"철환아… 주철환!! 그러니까 다시 쉽게 말해봐. 내가 어떻게 연주하면 좋겠냐고?!"

주철환은 피아노 악보를 살펴보며 혼잣말처럼 중얼거렸다.

"폭넓은 음역의 자유로운 이동, 수준 높은 기술적 요구와 각 악장의 서로 다른 색채감, 시시각각 변화되는 감성적 표현…….이 작품 자체가 마스터다! 연주자의 도전을 가소롭게 바라보는 마스터의 강한 기운이 느껴지는 작품이야!"

"뭐라는 거야. 장난치지 말고!"

"이 작품은 클라리넷과 피아노가 동등한 역할을 하는 진정한 실내악 작품이야. 수영아. 중국에 가면 피아노 연주자를 빨리 만나서 작품에 대해 충분히 이야기를 나눠야 할 것 같다. 그리고 작곡가의 의도는 4개의 악장을 모두 대조적으로 작곡하는 것이지만… 각 악장의 특정한 동기 요소와 구조가 설명하기 어려운 무언가로 얽혀 있는 것 같다. 그것은 반복되는 음계와 코드 진행이 그 역할을 하기도 하고, 어떻게 생각하면 서로 다른 구조와 선율에서도 겹쳐지는 감성적 동질감이 형성되기도 하는 것 같은데……"

"아직 멀었어?"

"이제 시작! 1악장. 소나타 형식으로 피아노는 피아노가 아닌 타악기라고 생각해. 마치 캐스터네츠와 함께한다고 생각하고, 리듬이 여유 있거나 아니면 조금 느슨한 느낌이 들어도 괜찮을 거야. 그렇다면 남미 음악의 여유와 향기가 더 느껴질 수 있거든. 7th 코드가 들리면 재즈 감성으로 연주하고, 이때의 3+3+2 리듬이 함께 어우러지면 더욱 남미 감성으로 흐르듯 연주하고…"

"남미 감성이 뭐야?"

"*South American feel……*."

"그러니까 그게 뭐냐고?!"

"그건 설명하기 힘들지. 그냥 좀 알아서 해봐."

"알았어!! 그리고."

"장조 또는 단조와 완전 4도로 구성된 특징적인 트리 코드가 자주 등장하니까 미리 준비하고, 옥타 토닉과 펜타 토닉 스케일이 이 작품 *Time Pieces* 에서 끊임없는 대칭으로 이어지고 있으니까…"

"야! 주철환. 내가 못 알아듣는 이야기는 좀 빼줄래!!"

"어? 그래그래. 알았어. 악장의 전개 구간에서 서정적인 발라드 같은 프레이즈가 등장하는 이유는 조직적이고 역동적

166

인 클라이맥스가 나오기 이전에 안도감을 주려는 의도이니까 그 부분을 더욱 평화롭게 연주하고 이후에는 이상하다고 생각하지 말고 힘차게 진행하면 될 것 같다.”

“알았어. 다음!!”

“2악장. 감성적으로 더욱 애절하게 노래하고, 비브라토를 적절하게 사용하는 것도 괜찮은 방법이야. 애절한 오프닝 테마, 루바토의 자유로운 연주는 멜로디 라인에서 낭만주의를 암시하는 것 같고, 이어 다시 3+3+2 강조 부분은 더 강렬한 탱고를 나타내야 하고, 또……”

“뭐? 탱고!”

“어. 잘 들어봐. 이거 탱고야.”

“알았어! 계속해봐.”

“클라리넷이 첫 번째와 세 번째 비트의 악센트가 더 길게 연주되는 부분에서 피아노는 반대로 좀 더 각진 차가운 악센트를 사용하면서 싱코페이션을 강조할 거야! 그래야 남미 스타일의 감성이 묻어날 것 같거든. 그러니까 반주자의 해석을 이상하게 생각하지 말라고.”

“알았어. 다음 3악장!!”

"3악장. 탱고를 연주한다고 생각하면 좋을 것 같은데, 첫인상은 래너드 번스타인 Leonard Bernstein 의 클라리넷 소나타나 거쉰 Gershwin 과 같은 느낌으로 편하게 연주해. 긍정적이면서 유머러스한 분위기, 즐거운 캐릭터로 행복한 소리로 노래하는데, 충분하게 움직임이 나타나면 좋을 것 같다. 탱고, 재즈 그리고 남미 스타일의 조합이 다시 한번 몰아치는 곡이야.

마지막 악장은 클라리넷 솔로 악절로 시작되잖아?

루바토의 감성에서 상반되는 분위기로 피아노와 함께 들어가게 되고, 감정의 폭발을 묘사한 다음 다시 진정되고, 메인 테마로 이어지게 되지… 피아노의 베이스 음은 악센트로 플라멩코 풋 스탬핑을 나타내고 클라리넷은 캐스터네츠와 같은 리듬 효과를 흉내 내는 느낌도 들거야."

"플라멩코 풋 스탬핑?"

"그래. 플라멩코 춤 알지? 댄서가 손은 위로 올리고, 양 무릎을 엉거주춤 굽힌 자세에서 발을 힘차게 구르는 동작.

댄서가 발을 구르며 리듬을 타고 온몸에 에너지를 전달하고 음악을 이끌어 가는 것처럼, 피아노가 그런 춤을 추는 거라고 상상해 봐. 이후로 클라리넷은 이전과 같이 번스타인과 같은 대중적인 노래처럼 쾌활하게 연주하고.

다음 섹션은 마치 피아노와 클라리넷이 논쟁하는 것처럼 대립하듯 공격적으로 연주해도 될 것 같다. 그런 연주가 지난 후 클라리넷은 격렬한 카덴자에 들어가서 하나의 정리된 음악을 완성하게 되는데……. 여기에서 서정적인 라인은 뒤따르는 강력한 캐릭터와 대조를 보여 주게 되는 것을 염두에 두고 연주하면 좋을 것 같다. 그런 다음 클라리넷은 선언적 리듬으로 되돌아가기 전에 이전의 모티프와 멜로디를 즐기고, 결국은 끝을 향해 달려가는데, 소리가 상승하며 의기양양한 표정과 함께 마무리하면 될 것 같다."

"뭐? 의기양양?"

예후다 길다드 A그룹 공개 수업.

김수영의 연주가 마무리됐다. 각 악장의 캐릭터를 잘 나타내면서도 서로 연결된 작품인 듯 정돈된 음악을 선보였다.

예후다 길다드는 김수영의 연주에 진심으로 놀라워했다.

"훌륭합니다! 아주 수준 높은 연주였습니다.

로버트 무친스키의 가장 인기 있는 작품은 의심할 여지 없이 '시간의 조각' 입니다. 하지만, 그렇다고 이 작품이 자주 연주된다는 것은 아닙니다. 그 이유는 작품의 의미를 해석하기 어렵고 연주자들에게 까다로운 기술들을 요구하기 때문입니다. 수영은 '시간의 조각'을 연주하면서 이 작품에서 나타내고자 하는 작품에 담긴 진정한 의미가 무엇이라고 생각했나요?"

김수영은 주철환의 느릿한 입에서 흘러 나오는 목소리를 떠올렸다.

'피카소 코스프레 아냐?'

김수영이 나직하게 읊었다.

"모든 것이 시간 속에 존재한다. 우리의 삶과 가족 그리고 역사……"

"놀랍습니다. 바로 그겁니다!! 로버트 무친스키가 이 작품을 작곡한 직후 한 말.

'모든 것이 시간 속에 존재한다!'

무친스키는 각기 다른 시간의 기억들을 이 4개의 악장에 담아 놓은 것입니다. 자신의 말처럼 자신의 음악이 무엇을 의미하는지 절반도 모르지만, 직관적으로 자신에게 좋게 들리는 요소들을 자신의 독특한 방식으로 쓴 것입니다."

　김수영은 왠지 모르게 자신의 몸이 어색하게 굳어 가는 것
을 느꼈다.

'뭐냐, 너. 주철환…….'

　"로버트 무친스키의 시간의 조각은 미첼 루리 Mitchell Lurie
가 1983년 의뢰한 작품입니다. 미첼 루리는 피츠버그 심포
니 (1946~1948) 와 시카고 심포니 (1949~1950) 에서 활동했고,
1952년부터 USC 쏜튼 음악대학, 1960년대부터는 UCLA 산타
바바라 음악 아카데미 교수를 지냈습니다. 또한 1950년부터
1970년까지 당시 유명한 RKO 라디오 픽처스에서 작업하며
할리우드 영화음악의 최고 클라리넷 연주자로 경력을 쌓았
습니다. 1960년 개봉한 영화 아파트 The Apartment, 뮤지컬 메
리 포핀스 Mary Poppins, 닥터 지바고 Dr. Zhivago, 그래이트 언팬
스드 The Great Unfenced 를 포함한 50여 편의 영화음악을 녹음
했고, 영화음악 작곡가 디미트리 티옴킨 Dimitri Tiomkin, 모리
스 자르 Maurice Jarre, 앙드레 프레빈 Andre Previn 및 엘머 번스
타인 Elmer Bernstein 을 포함한 많은 작곡가들이 그를 위해 작
품을 쓰기도 했습니다.

레너드 번스타인은 그를 '세계 최고의 클라리넷 연주자'라고 불렀고, 위대한 첼리스트이자 지휘자인 파블로 카잘스 Pablo Casals 는 '자신의 이상적인 클라리넷 연주자'라 평가하기도 했습니다."

"교수님, 저는 미첼 루리라는 마우스피스와 리드를 판매하는 회사 Mitchell Lurie 'Rico' 를 알고 있는데, 혹시 지금 말씀하신 미첼 루리가 동일 인물인가요?"

"그렇습니다. 미첼 루리 교수는 쏜튼 음악대학에 재직 당시 마우스피스와 목관 악기의 악세서리를 디자인하며 자신만의 제품 라인을 만들었습니다.

혹시 수영 학생은 질리오티 Gigliotti 마우스피스에 대해서 좀 알고 있나요? 대한민국에서 질리오티 마우스피스가 오랫동안 인기를 얻고 있다고 하던데요?"

"네, 그렇긴 합니다. 지동진이란 선생님께서 질리오티 마우스피스의 안쪽을 깎아 자신만의 독특한 사운드를 만들어 내기도 했습니다."

"그래요? 그게 어떤 것인지 참 궁금하군요? 앤서니 질리오티 Anthony Gigliotti (1922~2001) 는 1949년부터 47년간 필라델

피아 오케스트라의 수석 클라리넷 연주자로 활동하며, 20세기 중반 미국에서 가장 뛰어난 연주자이자 교사로 존경을 받았던 분입니다. 미첼 루리 교수님과는 같은 스승 밑에서 공부한 동갑내기 친구로 평생 클라리넷에 대한 의견을 나누었던 분입니다."

"그렇군요. 그러고 보니 미첼 루리 교수님이 계셨던 쏜튼 음악대학은 현재 교수님께서 콜번 스쿨과 함께 지도하시는 학교 아닌가요? 그럼, 혹시… 미첼 루리 교수님을 개인적으로 알고 계셨나요?"

"사실 나는 미첼 루리 교수님의 제자입니다."

"네? 저는 교수님께서 지오라 페이드만 Giora Feidman 선생님의 제자인 것으로 알고 있었는데요."

"하하하. 그건 또 어떻게 알았나요? 수영 학생도 참 많은 걸 알고 있군요! 나는 여러 선생님께 작곡과 지휘 그리고 클라리넷을 배웠습니다. 그중 클라리넷은 미첼 루리 Mitchell Lurie, 지오라 페이드만 Giora Feidman. 두 분에게 가르침을 받았습니다."

"그럼 미첼 루리 교수님은 어떤 분이셨나요?"

"교수님은 언제나 타인에게 관대하고 주위에 대한 배려가 깊은 분이셨습니다. 음악적으로는 화려하고 유연한 음색, 보수적인 음악적 해석으로 프랑스 정통 클라리넷을 추구했습니다. 이러한 음악적 배경은 파리음악원의 클라리넷 역사와 함께했다고 볼 수 있습니다."

"파리음악원의 클라리넷 역사요?"

"그렇습니다. 미첼 루리 교수님은 커티스 음악대학 재학 중 프랑스 출신 다니엘 보나드 Daniel Bonade 에게 지도받으며 음악적으로 큰 성취를 이루었습니다. 다니엘 보나드는 파리음악원에서 시릴 로즈의 두 제자 프로스퍼 미마르와 앙리 르페브르에게 정통 프랑스 클라리넷을 익힌 분이셨습니다.

또한 그의 아버지 루이스 보나드 Louis Bonade 는 파리음악원에서 위대한 스승으로 알려진 클로제의 제자였고, 자신의 아들에게도 음악적으로 큰 영향을 주었습니다."

"그러면 혹시 앤서니 질리오티 역시 다니엘 보나드의 제자인가요?"

"맞습니다. 같은 선생님의 제자입니다."

"당시 다니엘 보나드는 미국 클라리넷 연주자들에게는 아

174

버지와 같은 분이셨습니다."

"그렇군요……. 오늘 교수님께 많은 사실들을 알게 되어 기쁩니다!"

"그렇다면 다행이군요. 혹시 수영은 프로스퍼 미마르가 어떤 인물인지 알고 있나요?"

"네. 파리음악원 교수를 지냈고 드뷔시로부터 프리미어 랩소디를 헌정 받아 1911년 직접 초연하기도 했습니다."

"맞습니다. 그런데 수영은 어떻게 그런 내용을 잘 알고 있나요?"

"평소 제 선생님께서는 작품 배경에 대해 자세하게 이야기를 해 주셨습니다."

"좋은 선생님이군요. 대한민국에는 좋은 선생님도 많고 수영처럼 재능있는 연주자가 많은 것 같군요. 나도 대한민국의 어린 제자가 한 명 있었습니다. 정말 무시무시한 재능을 가진 꼬마였지요. 아마 줄리안과 코엔 보다는 어리지만, 재능만큼은 절대 뒤지지 않을 실력이었어요. 기회가 되면 서울에 꼭 한번 가보고 싶군요……."

김수영은 궁금했다.

'도대체 그런 재능을 지닌 아이가 대한민국 어디에 있다는 걸까… 우리 예준이 보다 더 잘하는 아이일까? 설마…….'

예후다 길다드 교수가 마지막 이야기를 이어갔다.

"미첼 루리 교수는 레너드 번스타인과 루카스 포스 Lukas Foss 의 스승으로 알려진 지휘자 프리츠 라이너 Fritz Reiner (1888~1963)와의 만남을 통해 그의 인생에 최고의 기회를 얻을 수 있었습니다."

'프리츠 라이너?'

"프리츠 라이너는 리하르트 슈트라우스의 도움으로 1922년 미국으로 건너가 신시내티 심포니 오케스트라의 상임 지휘자와 필라델피아의 커티스 음대에서 지도한 인물입니다.

당시 학생이었던 미첼 루리가 교내 오케스트라에서 솔로 클라리넷 연주자로 활동했던 시기에 프리츠 라이너는 미첼 루리의 음악에 매료되어 피츠버그 심포니에 수석 연주자가 필요하다는 제안을 했습니다. 하지만, 미첼 루리는 학교에서 더 배우고 싶다며 단번에 이 제안을 거절했습니다.

이후 미첼 루리 교수가 학교를 졸업할 시기는 제2차 세계 대

176

전 중으로 그는 육군 공군 전투기 조종사로 훈련했고, 제대 후에 연주자의 경력은 중단되어 있었습니다.

1938년 어느 날, 미첼 루리 교수에게 한 통의 편지가 날아왔습니다.

'지금 당장! 피츠버그로 _프리츠 라이너'

미첼 루리 교수는 두 번째 기회는 놓치지 않았습니다. 곧장 짐을 싸서 피츠버그 심포니 오케스트라에 합류했고, 이후로 자신의 능력을 펼치며 국제적인 명성을 쌓아가게 된 것이었습니다."

다니엘 보나드의 스승과 제자 *Daniel Bonnard's Teacher and Disciple*

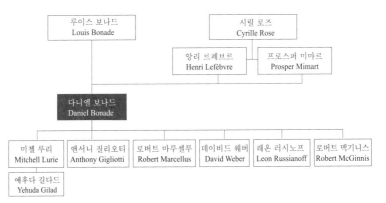

클라리넷 in 이탈리아

2003년 10월 금호 영재콘서트.

문예준이 마지막 연주를 위해 무대에 올랐다.

'드디어, 리골렛토다.'

베르디의 리골레토 주제에 의한 콘서트 판타지아.

「Concert Fantasia on Motives from 'Rigoletto'」

이탈리아 작곡가이자 클라리넷 연주자였던 루이지 바시 Luigi Bassi 는 주세페 베르디의 오페라 리골레토에서 훌륭한 곡들을 가져와 클라리넷과 피아노를 위한 작품을 썼다.

바시는 크레모나에서 태어나 1846년부터 1853년까지 밀라노 음악원에서 베네데토 카룰리 Benedetto Carulli 에게 사사했다.

음악원을 졸업한 바시는 밀라노에 있는 라 스칼라 La Scala 의 수석 클라리넷 연주자로 활동하며, 자신이 경험한 많은 오페라 주제를 바탕으로 클라리넷을 위한 15개의 오페라 환상곡을 포함한 총 27편의 작품을 작곡했다. 그중 베르디의 리골레토를 모티브로 한 판타지아는 바시의 모든 작품 중에서 가장 유명하고 오래동안 사랑받은 작품이다.

리골렛토 환상곡은 최용호 선생이 문예준에게 아직은 무리라고 할 만큼 버거운 작품이 분명했다. 하지만, 문예준은 콘서트를 준비하는 과정에서 작품이 요구하는 모든 기술과 표현을 익히며 완전한 자신의 음악으로 만들어갔다.

'서울에 있는 동안 반드시 권혁이 형을 뛰어넘겠어! 그리고 난 파리로 간다!'

연주가 시작됐다. 풍부한 첫 음. 유연하고 현란한 기술과 여유로 멋진 카덴차를 지나 아지타토 Agitato 에 들어서자 관객들은 이미 그의 음악에 깊이 몰입되었다.

유려한 사운드와 거침없이 진행하는 음악을 듣고 있자면 초등학생의 연주라고는 도저히 믿기지 않는 수준이었다.

'저 녀석! 흥분된 감정의 고조와 감정의 완화를 음의 길이와 깊이로 나타내고 있다. 독주회 프로그램을 준비하는 과정에서 한층 성장했구나.'

주철환은 믿지 못할 만큼 화려하면서도 안정적인 연주를 지켜보며 그저 헛웃음만 지었다. 마치 붓으로 선율을 그리듯 정교한 테크닉과 사실적인 묘사는 자신의 능력을 넘어선 것이라 생각했다. 관객의 환호 속에 열정적인 무대가 마무리됐다.

주철환과 김수영은 관객으로 분주한 로비 한구석에서 오늘의 주인공을 기다리고 있었다.

"어땠어?"

주철환이 던진 질문이었다.

"우리 예준이 대단했지! 표현도 적극적이었고 흐름도 좋았어. 선율을 우아하게 이끌어가는 연주도 음색이 단조롭거나 다이나믹의 폭이 좁거나 약하면 지루할 수도 있었을텐데, 예준이가 이번에 제대로 준비한 것 같다."

"어머! 수영아!! 저 꼬마, 나이치고는 왜 이렇게 잘하냐. 나 오늘 깜짝 놀랐잖아."

김수영과 같은 학교 동급생인 최지희가 다가왔다.

"어머, 옆에 이 잘생긴 남자분은 누구셔?"

"철환아, 나랑 같은 학교…… 나랑은 전혀 안 친해."

"얘! 친구를 그렇게 소개하면 어떻하니. 저 수영이랑 가장 친한 최지희라고 해요. 만나서 반가워요. 잘생겼네요!"

"……안녕하세요. 주철환입니다."

"혹시 두 사람 사귀는 관계?? 호호호 아니죠? 표정을 보니 아니네! 수영아, 그런데 꼬마는 프레이즈를 좀 더 끝까지 끌고 가면 좋았을 텐데 좀 아쉽더라. 그리고 열정적으로 하

180

는 것은 좋은데 그게 또 여유가 없게 느껴지기도 하고……"

"야! 너 잘난 것 다 아니까 그냥 가라!"

"야! 나도 바빠. 철환씨 다음에 봐요! 수영이 쟤 빼고!!"

최지희가 냉랭한 표정으로 돌아섰다.

"참나. 놀고 자빠졌네. 저는 뭐 얼마나 잘한다고 프레이즈
가 어째! 그리고 또 뭐 철환씨?…… 다음에 봐요!!"

"수영아. 너 왜 그래 친구한테……."

"미안. 쟤! 내가 가장 싫어하는 애야. 이 지구에서."

일주일 전.

주철환은 얼마 남지 않은 문예준의 콘서트가 잘 준비되고
있는지 걱정스러운 마음이 들었다.

"선생님, 예준이 리골렛토는 잘되고 있나요?"

"리골렛토를 초등학생이 다루기에는 무리가 있지."

최용호 선생은 자신이 뱉은 '무리가 있지'라는 말과는 달리
표정에 어떤 여유를 보였는데, 주철환은 직감적으로 그것을
읽어냈다. 그러나 작곡된 지 150년이 지난 바시의 리골렛토
환상곡은 그때나 지금이나 누구에게도 완성된 연주를 쉽게
허락하지 않는 난해한 작품이었다.

"선생님. 예준이가 기술적으로 작품을 소화할 수 있다고 하더라도, 마지막 섹션에서 호흡이 부족하지 않을까요? 성인들도 힘들어하는 부분이잖아요."

"물론 그렇지. 그 때문에 예준이는 순환 호흡으로 마지막 피날레를 준비하고 있다. 하지만, 글쎄다…… 실제 연주에서 그것을 얼마나 발휘할 수 있을지 모르겠구나." '

"……순환 호흡!! 그렇군요. 선생님 말씀을 들으니 예준이의 연주가 너무 궁금하네요."
'그렇게까지 준비하고 있을줄은… 참 대단한 녀석이야.'

"그런데 이탈리아 작곡가들은 리골렛토와 같은 오페라 작품을 편곡하는 방식으로 자주 작곡했나요?"

"루이지 바시가 많은 오페라 환상곡을 썼던 것은 19세기 작곡계 트렌드를 반영한 것인데, 이러한 형태는 이탈리아 작곡가뿐만 아니라 모차르트와 베토벤, 리스트, 파가니니 작품에도 존재했었다. 바시 외에 이런 스타일의 작품을 즐겨 쓴 이탈리아 클라리넷 연주자들은 베네데토 카룰리 Benedetto Carulli, 에르네스토 카발리니 Ernesto Cavalini, 도나토 로브렐리오 Donato Lovreglio, 카를로 델라 자코마 Carlo Della Giacoma 가 있었다."

"이탈리아에는 작곡 능력을 지닌 클라리넷 연주자들이 많이 있었군요……. 그럼 혹시 이탈리아에서도 클라리넷이 활발하게 사용되었던 건가요?"

"철환아. 클라리넷은 악기 역사 초기부터 이탈리아에서 잘 발달해 왔고, 프랑스, 독일과 함께 클라리넷을 주도해 온 국가라고 말할 수 있을 만큼 활발히 사용되었다."

"네? 이탈리아가요??"

"그래. 언젠가 이야기했듯이, 이탈리아의 작곡가 비발디는 1716년 오라토리오에서 2개의 '클라레니 clareni'를 위한 파트 사용하면서, 최초로 오케스트라에 클라리넷을 사용한 인물이었다. 또한, 나폴리의 작곡가 그레고리오 시롤리 Gregorio Sciroli 는 1770년에 클라리넷을 위한 최초의 소나타를 작곡했고, 모차르트는 1771년 밀라노를 방문하는 동안 클라리넷 사용 초기 작품인 디베르티멘토 Divertimento, K.113 를 작곡했다. 1771년 조반니 파이시엘로 Giovanni Paisiello 는 자신의 오페라 I scherzi de amore 에서 두 개의 D조 클라리넷을 사용했고, 1795년 페르디난도 파에르 Ferdinando Paer 는 오페라 L'intrigo amoroso 에서 C, B-Flat 및 A조의 클라리넷을 사용하기도 했다. 의심할 여지 없이 클라리넷은 이탈리아 음악에 활발하게 수용되었던 것이다."

"이렇게 여러 작품에서 사용되었다는 것은 이탈리아에 훌륭한 연주자들이 많이 있었다는 것일텐데, 앞서 언급한 베네데토 카룰리, 에르네스토 카발리니, 도나토 로브렐리오, 카를로 델라 자코마 이외에도 연주자들이 더 있었나요?"

"물론이다. 토리노의 음악 교사였던 비나티에 아다미 Vinatier Adami 의 아들 주세페 아다미 Giuseppe Adami (1762~ ?) 가 있었다. 주세페 아다미는 라 스칼라 La Scala 최초의 클라리넷 연주자이자 밀라노 음악원 최초의 교수를 지낸 인물이다."

"선생님, 주세페 아다미는 이탈리아의 극작가 아닌가요? 푸치니가 '투란도트'를 위해 카를로 고치의 원작을 들고 아다미를 찾아간 이야기는 유명하잖아요?"

"극작가인 아다미는 클라리넷 연주자 주세페 아다미와는 다른 인물이다. 당시 클라리넷 연주자 아다미는 독일의 요셉 베어 Joseph Beer 와 프란츠 타우쉬 Franz Tausch, 프랑스의 미셸 요스트 Michèl Yost 와 함께 손꼽히는 명연주자였다."

"요셉 베어와 견줄 만큼 그렇게나 유명한 사람이었어요? 선생님께서 요셉 베어는 역사상 최초의 국제적인 클라리넷 거장으로 불릴 만큼 존경받은 연주자라고 하셨잖아요."

"그랬지. 그만큼 주세페 아다미 역시 대단한 인물이었다.

또한 아다미를 통해 이탈리아 클라리넷 계보가 형성되기도 했는데, 이미 언급한 카룰리, 바시, 카발리니 그리고 밀라노 음악원 교수이자 목관 악기 제조회사 Maino & Orsi company 를 설립한 로미오 오르시 Romeo Orsi 가 그의 대표적인 제자들이다. 이외에 조반니 감바로 Giovanni Battista Gambaro 는 이탈리아 극장 오케스트라 Italian Theater of Paris 수석 연주자, 작곡가 및 출판인으로서 광범위한 명성을 얻은 인물이었다."

"아, Giovanni Gambaro 출판사! 맞죠? 예전에 선생님께서 1812년 이반 뮐러의 악기가 파리음악원에서 큰 호응을 얻지 못했을 때 악기가 알려지도록 도움을 주었다고 말씀해주셨어요. 그런데, 감바로의 도움이란 어떤 것이었나요?"

"1812년 파리로 이주한 조반니 감바로는 이탈리아 극장 연주자로 활동하면서 이반 뮐러의 악기 개발을 위해 함께 힘을 보탰다. 뮐러는 감바로의 아이디어를 적극적으로 수용하며 악기 개발에 속도를 낼 수 있었고, 결국 그해 13개의 키가 부착된 클라리넷을 완성하게 되었다.

조반니 감바로는 이렇게 만들어진 클라리넷을 자신이 처음으로 사용하며 파리에 적극적으로 알렸고, 자신의 출판사를 통해 새로운 악기의 특징을 기술한 책을 발간하기도 했다.

결국 조반니 감바로의 이러한 노력들이 계기가 되어 뮐러의
악기가 전 유럽으로 빠르게 알려지게 된 것이었다"

"와— 멋지네요."

"그외 나폴리 음악원의 페르디난도 세바스티아니 Ferdinando
Sebastiani (1803~1860)는 당시 이탈리아 최고의 연주자로 불렸
고, 도메니코 리베라니 Domenico Liverani (1805~1877)는 뵘 Boehm
시스템의 이탈리아 대중화에 중요한 역할을 한 인물이었다.

또한 가에타노 라반치 Gaetano Labanchi (1829~1908)는 페르디난
도 세바스티아니 이후 나폴리 음악원의 클라리넷 교수가 되
었고, 뵘 시스템을 위한 클라리넷 교본을 칼 피셔 Carl Fischer
에서 출판하기도 했다.

작곡가이자 피아니스트 페루치오 부조니 Ferruccio Busoni 의
아버지인 페르디난도 부조니 Ferdinando Busoni (1834~1909) 역
시 수준 높은 연주자였다. 아우렐리오 막나니 Aurelio Magnani
(1856~1921)는 연주자보다 교사와 작곡가로 더 유명했는데,
그의 작품 마주르카 카프리스 Mazurka Caprice, 솔로 협주곡
Solo de Concert 은 샤를 튀르방 Charles Turban 에게 헌정했고,
시릴 로즈에게는 자신의 클라리넷 교본을 헌정했다."

비루투오소 청소년 오케스트라

덕수궁 중화전 나들이 음악회 1일 전.

최용호 선생이 이끄는 재단법인 서울시 비루투오소 청소년 오케스트라는 80명의 중고등학생 단원으로 구성되었다.

오케스트라 전용 공간은 국내 최고 수준의 대공연장, 중소형 합주실, 녹화 영상실, 라이브방송실 그리고 음악 도서관을 보유하고 있다.

오늘은 세계적인 피아니스트 서희정 교수가 비루투오소 연습실을 방문했다. 청소년들과 음악으로 소통하는 즐거움이 크다며 덕수궁 나들이 음악회에 흔쾌히 동참한 것이었다.

"선배님! 시설이 훌륭한데요. 모든 것을 갖춘 꿈의 공간이네요. 정말 청소년들을 위해 큰일 하셨습니다."

"서 교수, 길은 막히지 않았고?"

"네. 편하게 왔습니다."

"다행이네. 오늘 잘 좀 부탁해! 세계적인 연주자와 함께한다고, 우리 아이들 지난주부터 엄청 기다렸어!"

서희정 교수는 기분 좋은 미소를 지었다.

"오히려 제가 잘 부탁드려야지요. 이렇게 초대해 주셔서 감사합니다. 저에게도 좋은 추억이 될 것 같네요."

연습 시간이 다가오자 단원들이 더욱 분주하게 움직였다. 이미 모든 준비를 마친 파트가 있는가 하면, 타악기 파트는 정신없이 악기를 나르고 있었다.

"자, 연습 시작 10분 전. 악장! 바로 튜닝하자."

최용호 선생은 비루투오소 단원들을 부드럽게 다루면서도 강하게 키워냈다. 마치 따뜻하고 부드러우면서도 힘있는 소리를 추구하는 듯했다. 무엇보다 개인의 잠재력을 최대로 이끌어 내는 방법을 알고 있었는데, 모든 악기의 연주 메커니즘을 이해하여 연주자가 느낄 작품의 무게를 정확히 측정할 수 있었다.

'모차르트 피아노 협주곡 23번'

「Piano Concerto No.23 A major K.488」

1786년 3월 2일, 30세의 모차르트가 빈에서 사순절을 위해 작곡한 작품으로 그의 후기 피아노 협주곡 가운데 매우 친숙한 주제를 지닌 작품이다. 특징으로는 모차르트 이전 작품과는 다른 독특한 오케스트레이션을 선보인 것인데, 감미로운 오보에, 힘차고 화려한 트럼펫, 사운드의 규모와 균형을 잡아주는 팀파니가 빠졌고 부드럽고 폭넓은 음색의 클라리넷이 사용되었다.

　1악장 소나타 형식.

　모차르트 클라리넷 협주곡 어딘가와 닮아 있는 전주가 끝나자 서희정 교수의 우아하고 고고한 연주가 시작됐다.

　친숙하고 아름다운 선율은 피아노에 의해 생명을 얻어 오케스트라와의 거리 만큼 공간을 메웠다.

　절제되어 울리는 소리는 선명하면서도 밝게 빛났다.

　서희정 교수의 연주에 단원들은 놀란 눈빛을 주고받았다. 이런 투명하고도 깊이 있는 소리를 이전에 경험하지 못했기 때문이었다. 짧은 시간이 흘렀을 뿐이었지만, 단원들은 서희정 교수의 섬세한 뉘앙스의 표현과 정교한 리듬에 맞추며, 자신들의 연주가 함께 발전하고 있는 것을 느낄 수 있었다.

피아노의 카덴차가 끝나자 곧 다음 악장으로 이어졌다.

2악장 아다지오.

시칠리아노 Siciliano 리듬의 애잔한 슬픔을 노래하는 숭고한 악장이 시작됐다. 최용호 선생은 첫 연습에서 서희정 교수가 나타내고자 하는 음악에 귀를 기울였다.

'차분하다. 역시 서 교수는 원곡의 감성을 살려 연주하기를 원하는구나…….'

모차르트가 이 작품을 작곡했을 당시 2악장은 Adagio '매우 느리게' 연주되었지만, 최근에는 연주자와 관객의 호응에 의해 점차 Andante '느리게'로 개정 출판되는 추세이다.

슬프면서도 아름답게 연주되는 클라리넷 솔로가 들려올 때마다 서희정 교수의 시선은 오케스트라로 향했다. 클라리넷의 흔들림 없이 곧게 뻗어 나오는 울림과 아름다운 빛깔이 등장할 때마다 어떤 순수한 영감을 얻는 듯했다.

3악장 론도 형식.

생동감 있는 음악이 되살아났다. 2악장과 마찬가지로 클라리넷은 오케스트라에서 중요한 위치를 담당하며 관악기를 이끌고 전체 오케스트라와 조화를 이루었다. 서희정 교수는 자신의 등 뒤에서 울리는 현악기의 힘차고 밝은 에너지에 감탄했다. 이 수준 높은 사운드와 부드럽게 펼친 화음은 피아노가 마음껏 무대를 즐길 수 있도록 했다. 음악은 그 끝을 향하고 있었다. 아이들이 창조한 밝은 에너지는 살아 움직이며 단원들의 가슴에 깊게 자리했다. 소리가 귀에서 점점 멀어졌다. 모두가 최선을 다한 연주였다.

서희정 교수는 진심으로 행복한 얼굴이었다.

"훌륭해요! 이 수준 높은 오케스트라의 악장. 이름이 뭔가요?"

"문예성입니다."

"오케스트라를 잘 이끌어줘서 고마워요!
문예성 악장 덕분에 멋지게 연주할 수 있었어요."

"교수님. 저희와 함께 해주셔서 감사합니다.
저희들은 오늘 평생 잊지 못할 경험을 한 것 같습니다."

"그런가요? 그런 말을 들으니 내가 더 고마운걸요!"

"교수님, 질문을 한 가지 드려도 되나요? 저희 단원들이 궁금해하는 것이 있어서요……."

"그럼요. 물론이죠!"

"교수님은 어떻게 그렇게 연주를 잘하실 수 있는 건가요? 비법이 있으시면 좀 알려주실 수 있으세요?"

"호호호! 나는 특별한 비법이 없는데 어쩌죠. 그렇지만…
생각해 보면 나는 이 일을 싫어했던 적이 없었던 것 같네요.

내가 하는 일을 무척 사랑해서 항상 발전하고 싶은 마음으
로 이날까지 해온 것 같아요. 그러니까 여러분들도 지금처럼
여러분들이 하는 이 일을 열심히 하세요. 현재에 안주하면
더 발전할 수 없어요. 더욱 높은 경지에 도달하고 더 발전하
길 바라는 간절한 마음을 품고 열심히 반복해야 합니다.

나 역시 지금도 같은 일을 반복하며 조금씩 발전하고 있습
니다. 그렇지만 항상 개선의 여지는 있고, 꾸준히 발전해 정
상에 오르려고 하지만 정상이 어딘지는 그 누구도 모릅니다.
묵묵히, 성실하게 하세요! 그러다 보면 어느 순간 정상이 닿
을 만한 곳에 서있는 자신의 모습을 발견하게 될 것입니다."

서희정 교수는 악장에게 손을 내밀어 따뜻하게 격려했다.
그리고 손을 가볍게 당겨 꼬옥 안아주었다.

문예성은 순간 당황스러웠지만 곧 서희정 교수의 따뜻한 마
음을 느낄 수 있었다.

최용호 선생이 서희정 교수를 주차장까지 배웅했다.

세계적인 연주자로 그리고 대학 교수로 활발히 활동하는 후

배에 대한 고마움의 표현이었다.

"선배님. 오케스트라 지도하느라 너무 애쓰셨어요.
단원들이 음악을 진지하게 대하는 태도와 자신의 연주를 소
홀히 여기지 않는 모습을 보면서 '잘 훈련받았구나' 하는 생
각을 했어요. 저는 아주 만족스러웠습니다!"

"지금 칭찬하는 거지? 서희정 교수한테 칭찬 들으니 기분
좋은데! 하하하!"

"아이고, 선배님. 지금 저 놀리시는 거죠!"

"아니야, 아냐. 하하하!"

"사실 학생들과의 첫 리허설에서 이렇게 한 번에 내리 3악
장까지 진행될 거라고는 예상 못했어요. 더군다나 원곡으로
연주하는데, 아이들이 간결한 표현과 흐름을 얼마나 맞출 수
있을지… 또 오케스트라 사운드는 어떨지 궁금했거든요.
어쨌거나 대만족입니다! 선배님 덕분에 편하게 했습니다."

"서 교수. 아직 부족한 아이들과의 연주가 불편했을 텐데
오히려 잘 맞춰주고 격려해줘서 고마워."

"아니에요. 저는 하나도 안 불편했어요. 오히려 제가 배우
고 가는 부분도 있어요. 그런데 클라리넷 아이가 참 능숙하게

연주하던데요. 2악장에서 정말 그 아이와 즐겁게 앙상블 할
수 있었어요"

"그 아이 올해 신입 단원으로 들어온 선화예중 1학년 홍
우진인데 좀 특별한 녀석이야."

"그렇군요. 꼭 기억해야겠네요, 그 이름."

리허설을 진행하는 동안 비루투오소 단원들은 한층 더 성장
할 수 있었다. 재능 있는 신입 단원들의 합류가 오케스트라
사운드에 어느 정도 영향을 주었겠지만, 무엇보다 세계적인
연주자와 함께한 경험을 통해 단원들은 더욱 집중할 수 있었
고, 각자가 지닌 잠재력을 발휘할 수 있었다.

올해 재단법인 비루투오소 청소년 오케스트라에 합류한 신
입 단원은 15명이다. 그중 가장 눈에 띄는 단원은 단연 클라
리넷 파트의 홍우진이었다.

홍우진은 4살에 바이올린과 피아노를 시작했고, 8살부터 클
라리넷을 병행했다. 유아부터 시작한 음악교육의 영향으로
음정과 리듬이 몸에 배어 있고, 연주에 대한 집중력과 지구
력은 또래 아이들과는 비교할 수 없는 수준이었다.

"참가번호 56번. 홍우진 학생, 대기실로 입장하세요.
5분 연습 후에 오디션을 진행하겠습니다."

　최용호 선생은 오디션 상황을 살펴보기 위해 2층 객석에 자리했다. 잠시 후 마른 체구의 남학생이 입장했다.

　"참가번호 56번. 선화예술중학교 1학년 홍우진입니다.
연주곡은 슈만의 클라리넷을 위한 세 개의 환상곡입니다."

　「Fantasiestücke Op. 73 _Robert Schumann」

　독일 낭만주의 음악을 대표하는 로베르트 슈만.

　다섯 남매의 막내로 태어나 7세부터 라틴어, 프랑스어, 그리스어를 배울 만큼 부유하고 교양 있는 가정에서 행복한 유년 시절을 보냈다. 슈만은 음악뿐만 아니라 문학, 특히 서정적인 시문에 재능이 있었는데, 음악과 문학의 조화를 이루는 것이 초기 슈만 작품의 특징이라 할 수 있다.

　슈만은 1849년 2월 11일과 13일 사이 드레스덴 자신의 집에서 클라리넷을 위한 3개의 환상곡을 작곡했다. 이 작품은 클라리넷과 피아노 이중주를 위한 곡이지만 때로는 바이올린이나 첼로로 연주되기도 한다. 당시 슈만의 일기장에는 1852년에 당대의 뛰어난 바이올리니스트로 꼽히는 페르디난드 다비트 Ferdinand David 가 슈만의 아내이자 당대 최고의 여성 음악가였던 클라라 슈만 Clara Schumann 과 함께 이 곡을 매우 훌륭하게 연주했고, 그 이듬해에는 바이올리니스트 요제프 요아힘이 하노버에서 왕과 귀족들 앞에서 연주했다는 기록이 있다. 바이올린이든, 클라리넷이든, 첼로든 그 어떤 악기로 연주해도 이 작품의 서정적인 아름다움은 항상 사람의 마음을 사로잡는 매력이 있다.

홍우진의 연주가 시작됐다.

1악장 zart und mit Ausdruck. '부드럽게 표정을 담아'

냉정하고 차분한 선율은 피아노와 섞여 하나로 움직였다. 사라질 듯 되살아나는 기억의 표현과 자유롭고 폭 넓은 너울이 제각각 아름다웠다.

'제법이네. 아름답고 풍부한 악상의 연주. 피아노와 밀접한 대화를 통해 표현되는 애수 띤 선율의 연주는 중학교 1학년의 수준이라고는 믿기지 않을 만큼 깊이 있구나.'

2악장으로 곧장 연결했다. Lebhaft, leicht. '활기차고 가볍게'

생기 넘치는 연주와 한껏 밝아진 음색은 듣는 이의 마음을 위로했다. 조성이 바뀌며 달라진 분위기, 셋잇단음표의 정확한 연주는 기본기를 갖춘 연주자라는 것을 느낄 수 있었다.

3악장 Rasch und mit Feuer. '빠르고 불같이 열정적으로'

슈만은 빠른 템포의 민첩하고 열정적인 마치 불꽃 같은 연주를 요구했다. 홍우진의 힘이 넘치는 소리는 유연한 선율과 함께 충실하게 연주되고 있었다.

'끝을 향해 달려갈수록 보통의 연주자는 체력의 한계에 부딪힌다. 하지만, 잘 관리된 호흡과 아직도 불을 뿜고 있는 에너지는 이 녀석의 한계의 끝을 알 수 없게 한다.'

세 개의 악장으로 구성된 이 작품은 고전적인 형식 위에 낭만주의의 서정적이고 환상적인 요소가 더해진 작품으로 슈만의 음악적인 정서가 잘 표현된 작품이다. 화성적으로는 고전주의의 전통 화성 체계를 취하고 있지만, 낭만적 화성 기법 또한 빈번하게 나타난다. 온 음계적 전조와 반음계적 전조가 자유롭게 이루어지고, 차용화음의 연속적 사용과 비화성음의 확대, 불협화음의 미해결 등이 작품 속에 나타나면서 슈만의 음악적 특징을 확인할 수 있다.

연주자의 시선으로 얼핏 보면 그다지 어려울 것 없어 보이는 단순한 리듬과 선율일 뿐이다. 하지만 한없이 자유로운 낭만주의 음악에 대한 이해와 즉각적 다이나믹, 다채로운 선율의 연주는 높은 수준의 기술이 요구된다.

음악이 멈추었다. 순간 시간이 정지된 듯 아무도 아무런 말을 하지 못했다.

'훌륭해!'

홍우진의 모습에 최용호 선생은 오래전 어떤 기억이 꿈틀거리는 것을 느꼈다. 하지만 선명하지 않았다.

'이 느낌은 뭐지? 꼭 누군가와 닮았는데…….'

순간 김명환이 떠올랐다. 자신이 가장 아끼는 제자였다.

'그래……. 그때의 명환이와 어딘가 닮았어.'

최용호 선생은 오래전 기억 속으로 뛰어들었다.

"명환아, 대학 입시곡은 발표됐나?"

"네. 선생님"

"1차 지정곡은 슈만 Robert Schumann 의 세 개의 환상곡이고, 2차 지정곡은 스포어 Louis Spohr 협주곡 3번이에요. 그래도 다행인 것은 스포어 3번은 여러 번 연주했던 곡이네요."

김명환은 이미 루이스 스포어의 모든 협주곡으로 여러 차례

198

콩쿠르에 입상한 경력이 있었다. 바이올린 연주자였던 스포어의 작품 스타일이 화려하고 난이도가 높은 건 사실이지만 김명환에게는 그저 재미있는 놀이와 같았다.

"그래. 하지만 이번 입시에서는 다른 어느 때보다도 경험이 풍부한 피아노 연주자가 필요할 것 같구나."

"네? 무슨 이유가 있나요?"

"슈만의 환상곡 때문이지. 너무도 유명한 이 작품에서 피아노는 한발 앞서 클라리넷을 이끌어 가게 된다. 이 때문에 연주자는 먼저 피아노와 마음을 이어야 하고, 마음으로부터 음악이 흐를 수 있도록 준비되어야 한다. 마음을 잇는다는 것은 소리의 균형과 다이나믹의 범위를 설정하고, 정돈된 음색으로 하나의 음악을 만들어가는 것이다."

"그렇군요. 지난주에 명동에서 악보를 봤는데, 클라리넷 선율은 어렵지 않고 단순해 보이기까지 하더라고요."

"선율은 단순해 보이지만 슈만의 자유로운 감성에 의해 쓰여진 이 작품을 온전히 표현해 내기란 쉽지 않을 거다.

우선 빠른 반응의 표현이 가능하도록 4박, 3박, 2박 내에서의 크레센도와 디크레센도 연습을 충실히 해라. 이때 음색을 정돈하는 것은 필수적이다."

"알겠습니다. 소리를 확장시키는 발성으로 다이나믹을 더욱 빠르고 극적으로 표현해야겠네요. 발성이 이제 익숙해져서 어떤 공간에서도 순식간에 소리로 채울 수 있는 자신감이 생겼어요."

김명환의 정돈된 소리와 천부적인 테크닉, 깊이 있고 다채로운 음색으로 연주하는 선율은 아름다움 그 자체였다.

입시생 중 김명환과 경쟁할 수 있는 존재는 아무도 없었다. 그러나, 김명환은 아버지의 갑작스러운 죽음으로 인해 자신에게 어울리는 무대로 나갈 수 없었다. 아니, 스스로 그것을 거부했다.

최용호 선생의 생각이 깊어질수록, 그의 얼굴에는 지난날의 후회와 아쉬움이 그대로 드러났다.

'그때……. 어떻게 해서든 서울로 데리고 왔어야 했어!'

덕수궁 중화전. 궁궐 나들이 음악회.

2003년 10월 25일 토요일 오후 5시

서울시가 주최한 비루투오소 청소년 오케스트라 '궁궐 나들이 음악회'는 모차르트 음악과 멋진 사물놀이 공연을 선보일

예정이다. 공연 시간이 가까워 오자 중화전에는 관람객이 모여들었고, 문예준은 어머니와 함께 목관 악기가 잘 보이는 곳에 자리했다. 딸들의 연주를 보기 위해 참석한 어머니와는 달리 문예준은 오로지 홍우진의 실력을 확인하고 싶었다.

플루트 단원으로 활동하는 작은 누나 문예람에게 평소 홍우진의 실력에 대해 익히 들어왔기 때문이다.

'도대체 홍우진 형이 얼마나 대단하다는 거야!'

모차르트 피가로의 결혼 The Marriage of Figaro Overture.

흥겨운 음악과 함께 공연은 시작됐고, 이어 불교 무용인 승무와 사물놀이 협연이 있었다. 승려의 춤사위와 어우러진 사물놀이 공연은 수차례의 기립 박수를 받았는데, 특히 외국인들이 우리 가락과 춤에 더욱 열광했다.

모차르트 피아노 협주곡이 시작되었다.

「Piano Concerto No.23 in A Major K.488」

현악기의 밝은 선율로 전주가 시작됐고, 얼마 지나지 않아 문예람의 플루트 소리가 중화전에 가득 했다.

어머니의 얼굴엔 한가득 미소가 담겼다.

'쳇! 나도 잘할 수 있는데, 엄마는 작은 누나만…….'

서희정 교수의 피아노 연주는 무척 아름다웠다.

덕수궁의 가을밤은 음악으로 짙게 물들었고, 덕수궁을 찾은 시민들과 관광객은 서희정 교수의 피아노 연주와 함께 가을의 정취를 느끼며 잊지 못할 추억을 만들었다.

"선생님. 오늘 공연 너무 멋졌습니다!"

"예준이 어머니 오셨군요."

"선생님 안녕하세요."

"그래. 예준이도 왔구나! 그런데 너… 오늘 바쁘다고 했잖아?"

"갑자기 시간이 생겼어요."

"무슨! 아니에요. 아침부터 늦으면 안 된다고 엄청나게 졸라댔어요."

"하하하! 역시. 그래, 우진이 연주는 어떻게 들었냐?"

"조금 잘하는 사람인 것 같긴 한데, 제가 칭찬할 정도는 아니에요."

"뭐라고? 하하하— 이 녀석 보게!"

이화경향음악콩쿠르

2004년 4월 이화여고백주년기념관.

이화경향음악콩쿠르는 재능 있는 음악 꿈나무들을 발굴하여 세계적인 연주자들을 배출한 '대한민국 음악의 산실'로 불리는 권위 있는 대회이다.

≫ 초등부 지정곡

• 예선 _칼 슈타미츠 협주곡 3번 1악장

   Carl Stamitz / Clarinet Concert No. 3 1st movement

• 본선 _미하우 베르그송의 정경과 아리아

   Michał Bergson / Scene and Air Op.82 from Luisa di Montfort

순서를 기다리는 문예준은 객석에 앉아 참가자의 연주를 감상하고 있었다.

"참가번호 5번 입니다."

'아이고야, 악기 소리가 피아노와 반죽처럼 뒤섞여 있네⋯⋯ 그런데 심사위원은 이런 음악을 어떻게 평가할까??'

문예준은 감상의 관점을 바꾸어 심사위원의 입장에서 생각을 정리해 보고 싶었다.

"참가번호 6번 입니다."

'음악이 흐르지 않고, 작은 소리에는 포커스가 전혀 없음.'

　"참가번호 7번 입니다."

'정신 사납게 악기를 뱅뱅 돌리며 소리를 망치고 있음.'

　"참가번호 8번 입니다."

'섬세한 표현을 시도하는 것은 좋은데… 뭐랄까, 실제 표현을 나타낼 만한 음색의 다양성과 다이나믹이 부족함.'

　"참가번호 9번 입니다."

'습관적으로 나오는 불필요한 악센트와 소리를 밀어내는 연주는 전체 음악을 방해함. ……어? 그러고 보니 이상하네. 왜 연주자의 단점이 먼저 보이지??'

　가볍게 예선을 통과한 문예준은 이제 본선을 위한 한 작품만을 남겨 두고 있었다. 본선 경연곡 '정경과 아리아'는 작곡자가 1847년부터 1849년 사이 피렌체와 함부르크를 오가며 완성한 위대한 영웅적 오페라 Luisa di Montfort 에서 발췌한 작품이다. 본선 경연에 참가한 문예준은 시종일관 여유있는 연주를 했다. 오히려 긴장감 없는 표정이 감점의 사유가 될 것만 같았다. 그렇다고 최선을 다하지 않은 것은 아니었다. 모든 선율을 가장 아름다운 소리로 채웠고, 기술은 완벽했다. 문예준과 비교될 수 있는 수준은 아무도 없었다.

충정로, 최용호 선생의 자택.

"어제 어머니께서 오셨는데, 알고 있지? 어머니는 예준이가 서울에서 중학교는 졸업했으면 하시던데 너는 그게 싫은 거냐?"

"네. 저는 3학년 때부터 엄마한테 이야기했어요. 초등학교 졸업하면 바로 파리음악원으로 갈 거라고요… 그곳에서 친구들도 사귀고 멋진 공연장에서 공연도 많이 하고 싶어요. 그리고 미국으로 가서 계속 공부할 거예요."

"예준아. 유학을 가는 것은 그렇게 단순한 문제가 아니야. 따져 볼 것도 준비할 것도 많은 거다. 그리고 너는 아직 어리잖아. 이런 경우 프랑스에서는 부모님 중 한 분이 함께 그곳에 체류하거나 아니면 현지에 적합한 보호자가 있어야 학교에 입학할 수 있다. 그리고 예성이 누나는 독일에서 바이올린을 공부하고 싶다고 하던데… 넌 프랑스, 작은 누나 예람이는 서울에 있으면 부모님은 어떻게 해야 하는 거냐?"

"권혁 형이 제 보호자 하면 되잖아요. 저 파리에 오면 권혁 형이 같이 살자고 형이 먼저 얘기했어요!"

"권혁이도 아직 어린데 어떻게 네 보호자를 해."

문예준은 권혁이 유학을 결심했을 때처럼 선생님이 응원해주길 기대했지만, 지금은 어쩐지 그때의 분위기가 아니었다.

"알겠어요. 다시 생각해 볼게요……. 하지만 파리음악원은 다른 사립학교와 비교하면 학비가 거의 들지 않는다고 권혁이 형이 말해줬어요. 그리고 미국은 콜번 스쿨로 가면 되고요. 그곳도 학비가 없다고 수영이 누나가 알려줬어요!"

"아이고 정말……. 그래 알았다. 하지만 선생님과 어머니가 걱정하는 것은 비용 문제도 있지만, 다른 여러 가지 생각할 것들이 있다는 거야! 그건 이해하지?"

"네… 그런데 지금 파리음악원 교수님은 누구세요?"

"너는 교수가 누군지도 모르고 무작정 떠날 셈이었냐? 지금은 미셀 아리뇽 Michel Arrignon 교수다."

"미셀 아리뇽? 누구예요??"

"미셀 아리뇽 교수는 제네바 국제 콩쿠르에 입상하면서 국제적으로 알려지기 시작한 인물이다. 1985년부터는 부페 그람폰 Buffet Crampon 개발자로 참여했고, 작년에 출시한 토스카 Tosca 모델 개발에 핵심적인 역할을 하기도 했다."

"아! 토스카요!!"

"예준아. 클라리넷 유학은 프랑스도 좋지만, 독일 역시 좋은 선택지가 될 수 있어. 무작정 권혁이 따라서 한쪽만 바라보지 말고, 어떤 나라에 훌륭한 교수님이 계시는지 천천히

206

알아보고 결정하는 게 좋을 것 같구나."

"클라리넷은 프랑스가 최고 아니었어요? 독일도 잘하는 나라예요?!"

"물론이다. 독일에는 역사상 최초의 국제적인 명성을 얻은 클라리넷 거장이 있었다."

"정말요? 그게 누군데요!"

"요셉 베어 Joseph Beer. 요셉 베어는 그 유명한 하인리히 베어만, 미셸 요스트, 베른하르트 쇼트의 스승이다."

"미셸 요스트는 누구예요??"

"프랑스인 미셸 요스트는 파리 음악원의 장 자비에르 르페브르 교수의 스승이었고, 베른하르트 쇼트는 유럽에서 가장 오랜 역사를 지닌 출판사 Schott Music 의 설립자였다."

"쇼트 뮤직의 쇼트도 클라리넷 연주자였어요?"

"그래. 이외에도 스포어의 모든 클라리넷 작품을 헌정 받은 요한 헤름슈테트, 연주자이자 악기 제작자 이반 뮐러, 클로제 이전에 파리 음악원 교수가 된 프리드리히 베어, 하인리히 베어만과 아들 칼 베어만, 브람스의 모든 클라리넷 작품을 헌정 받은 리하르트 뮐펠트 등 역사에 남아 있는 수많은 클라리넷 연주자를 배출한 나라가 바로 독일이다."

베어만 부자와 멘델스존

서초동 음악 전용 연습실 '아르떼'

주철환과 김수영은 멘델스존 듀오를 연습 중이다.

풀랑크 소나타 이후 함께하는 첫 연습이었다.

펠릭스 멘델스존 Felix Mendelssohn (1809~1847).

「Concert Piece No.2 in D Minor Op.114」

1악장 프레스토 Presto. 밝고 경쾌한 오프닝.

클라리넷은 같은 방향을 향해 한 쌍으로 움직였다. 나란히 가고, 앞서 가고, 뒤 따라가며 서로를 모방했다.

앙상블을 위해서는 높은 수준의 주의력과 서로에 대한 호흡이 요구된다. 한순간도 서로에 대한 의식의 끈을 놓아서는 안 된다. 주철환은 혼자 연습할 때보다 오히려 김수영과 함께 하는 이 순간이 더욱 즐겁고 편안했다.

짧은 프레스토의 피날레가 화려한 카덴차로 마무리됐다.

클라리넷의 다양한 매력을 지닌 작품이었다.

"철환아, 잠깐만 쉬자. 벌써 두 시간이나 지났어!"

"벌써 그렇게 됐어??"

"철환이 너 악기 울림이 엄청나게 좋아진 거 알아?!
소리가 공간을 가득 채우고 있어! 너랑 맞추려다 보니 오늘
엄청 힘들다. 역시 대한문화예술제 대상에 빛나는 실력이
야!"

주철환은 지난달 전라북도에서 주최한 대한문화예술제 학
생음악경연대회에서 대상을 차지하며, 내년 일본 가고시마
현에서 개최하는 제24회 키리시마 국제 음악제에 참가할 수
있는 자격을 얻게 되었다. 이것은 전라북도와 가고시마현이
문화교류의 목적으로 해마다 추진해온 지방자치단체 차원의
프로젝트였다.

"야아― 김수영. 부끄럽게 왜 그러냐. 그런데 내 소리가 조
금 달라진 게 느껴졌어?"

"조금이 아닌데! 그러고 보니 너, 최용호 선생님께 발성을
배웠구나!"

"어. 그렇기는 한데… 아직 발성에 대한 느낌이 왔다갔다
해서 확실하게 다루지는 못하고 있어."

"알아. 나도 그랬어. 발성이 일어나도록 온 신경을 집중하

다 보니까 소리는 조절이 안 되고 전체적으로 오버 되는 것이거든. 하지만 걱정 마라! 지금 정도면 이제 곧 자유롭게 소리를 다룰 수 있을 테니까. 그런데 발성을 배우니까 어때? 자신감이 많이 생기게 되지?"

"소리 내는 법을 깨우치면 소리만 좋아지는 게 아니라 모든 것이 함께 편해지더라고. 악기가 이전보다 쉬워졌어."

"우와! 앞으로 발성까지 완성한 주철환은 얼마나 악기를 잘하게 될까?! 정말 기대된다."

"수영아, 넌 멘델스존 1번도 해봤다고 했지?"

Concert Piece No.1 for clarinet, basset-horn and piano in F minor Op.113

"그랬지. 예전에 선생님 제자들과 해봤어. 그때는 바셋 혼으로 연주했었어."

"너 바셋 혼도 가지고 있어?"

"아니이. 선생님이 가지고 계시거든."

"그렇구나. 나도 한번 불어보고 싶다."

"너 그거 알아? 클라리넷과 바셋 혼을 위한 두 작품은 멘델스존이 단 하루 만에 쓴 거야."

"뭐라고? 에이 설마!"

"정말이야! 멘델스존은 1832년 12월 하인리히 베어만과 바셋 혼 연주자로 명성이 높았던 그의 아들 칼 베어만을 베를린으로 초대해서 함께 두 작품을 작곡했던 거야."

"수영아. 그거 전설 아니냐? 어떻게 하루 동안 이런 명곡을 두 곡이나 작곡할 수 있겠어."

"주철환, 잘 들어! 오전 9시에 베어만 부자가 베를린의 멘델스존 집에 갔어! 왜냐고? 약속했으니까! 집에 들어서자 멘델스존이 칼 베어만에게 앞치마를 주며 주방으로 데리고 갔는데, 먼저 맛있는 음식을 만들어 먹고 곡도 함께 쓰자고 제안한 거야. 그래서 멘델스존은 누들 nudel 을 칼 베어만은 람슈트루델 Rahmstrudel (sweet-cheese strudel) 을 요리하면서 작품에 관한 이야기를 나누었던 거야!"

"람슈트루델이 뭐야?"

"겉이 얇게 벗겨지는 속을 채운 패스트리라는 뜻을 가진 오스트리아 음식이야. 베어만 부자는 뮌헨에서 오스트리아를 오가며 이 음식을 잘 알고 있었기 때문에 특별히 이 메뉴를 선택한 것이었겠지?!"

"수영아 그런데 이 이야기 모두 지어낸 거지? 멘델스존이

밥 먹다가 갑자기 '어이, 칼 베어만! 그 악기는 뭐야?'

'어, 이거 바셋 혼이야!' '아하! 모차르트 할아버지가 안톤 슈타틀러를 만나서 푹 빠졌다는 바로 그 악기로구나! 그럼 나도 한 곡 써 봐야겠다!' 뭐 이렇게 된 거야?"

"야! 주철환!! 이 이야기는 칼 베어만이 세상을 떠나기 3년 전, 그러니까 1882년 자신의 회고록 Erinnerungen eines alten Musikanten 에 모두 기록한 이야기야!"

"그럼 악보에는 왜 작곡 연도가 1833년으로 기록된 건데?"

"멘델스존과 베어만 부자는 늦은 밤까지 함께 연주하면서 작품을 마무리했는데, 이후 출판을 준비하는 과정에서 몇 개의 음표가 잘못된 것을 발견하게 된 거야. 아무래도 급히 악보를 적다 보니 실수가 있었나봐. 그래서 멘델스존은 악보를 수정했고, 1833년 1월에 베어만 부자와 공식적인 초연을 하게 된 거야. 이런 이유로 결국 초연 일을 기준으로 작곡 연도를 1833년으로 기록하게 된 거고."

"그렇구나. 만약 멘델스존과 베어만 부자의 그 하루가 없었다면 이렇게 멋진 작품을 우리가 연주해 볼 수 없었겠구나……."

"철환아, 그리고 멘델스존은 이 작품들을 쓰기 이전에도 클라리넷을 위한 작품을 쓴 적이 있었어."

 "정말? 처음 듣는 이야기인데 그게 뭐야?"

 "멘델스존은 클라리넷에 대해 관심이 많았는데, 그가 겨우 15세였던 1824년에 작곡한 클라리넷 소나타가 있어.

「Sonata for Clarinet and Piano MWV Q15.」

이것은 멘델스존이 관악기 독주곡으로 작곡한 유일한 작품이기도 해."

 "수영이 너는 진짜 작품에 대해서 많이 알고 있구나! 그럼, 멘델스존 소나타는 연주해봤어?"

 "어. 그런데 아주 오래전에… 별로 어렵지는 않아. 작곡가들은 대가들에게 영감을 받아 그를 위해 곡을 쓰기도 하잖아? 그런데 이 소나타는 그냥 취미로 하는 사람을 위해서 쓴 작품처럼 느껴져. 연주자가 화려하게 돋보이도록 말이야."

 "그게 무슨 말이야?"

 "소나타는 전체 3악장으로 1악장은 아다지오 Adagio 로 차분하게 시작되고 짧은 카덴차를 지나면서 템포가 빠르게 Allegro moderato 변화되거든. 이때 피아노가 화려하게 연주하는 동안 클라리넷은 그저 기다렸다가 등장하는데, 오래 기다린 어떤 보람도 없이 엄청 단순한 음계를 연주하는 거야. 그런데 클라리넷은 이런 상황이 반복되는 반면 피아노는 계속 화려하게 음악을 이끌어 가는 느낌이야. 1악장을 실내악 측면으로 보면 훌륭한 작품이라는 생각이 드는데 클라리넷 연주자 입장에서는 그냥 좀 서운해."

"그래? 그다음은?"

"2악장은 느린 단조 Andante G minor 선율이야.

짧고 단순하지만 클라리넷이 혼자 주목받으며 얼마간 연주하고 피아노가 등장하는데 클라리넷의 소리를 감싸 안으면서 음악을 정리해주는 느낌이 좋았던 것 같아.

함께 연주하는 부분은 더욱 편하게 느껴지고, 음악은 계속 흐르면서 다이나믹도 크게 확장되는데, 마지막은 클라리넷이 어떤 질문을 던지듯 선율이 마무리되지."

"점점 궁금해지네… 그럼 3악장은?"

"3악장은 빠른 템포 Allegro moderato 로 '아, 멘델스존 작품이구나' 하는 생각이 들어. 철환이 너도 한 번 해봐! 넌 초견으로도 연주할 수 있을 거야!"

두 사람은 연습을 마무리하고 지하철역으로 향했다.

"수영아! 최용호 선생님께서 너 많이 좋아졌다고 칭찬하셨는데, 오늘 보니 진짜 작년과는 또 다른 수준이다."

"정말?! 선생님이 그렇게 말씀하셨어? 나한테는 별말씀 안 하셨는데… 아무래도 작년 상하이 마스터 클래스에서 보고 배운 것이 자극 좀 됐지. 그나저나 주철환. 네 도움이 없었다면 난 정말…… 글로벌하게 제대로 망신 당했을 거야. 같은 클래스 참가자들의 실력이 장난 아니었거든."

"무슨 소리. 예후다 길다드 교수님이 너한테 콜번 스쿨로 꼭 오라고 하실 정도면 그 클래스에서도 인정받았다는 건데. 너도 참 대단하다. 그런데 교수님 스타일은 어땠어?"

"듣기로는 각 학생들에게 필요한 부분을 집중적으로 지도하신다고 하더라고. 아무래도 참가자가 깊이 이해하기 위해서는 반복이 필요하기 때문이겠지? 그런데 내가 속한 클래스는 매일 밤 오픈 콘서트에 참가하는 학생들이어서 그런지 작품을 끝까지 듣고 지도해주셨어. 작품의 전체적인 배경과 흐름, 오케스트라에서 음색과 개별 라인이 다른 라인과 어떻게 어울리는지 알아야 한다고도 하셨고……."

"그렇구나. 좋은 말씀 같은데 직접 보고 배운 게 아니라서 나는 잘 이해는 안 된다. 그럼, 교수님이 가장 중요하게 여기시는 건 뭐였어?"

"내가 다른 클래스 수업하시는 걸 지켜봤는데, 어떤 아이는 입술 모양을 잡아주시고, 때로는 내면의 소리를 찾으라고 강조하시더라고……. 각 국가 마다의 고유한 문화와 언어가 있듯이 자신만의 소리와 노래를 발견해서 표현해야 한다고 하셨어. 그 때문에 자신은 모방하는 것을 좋아하지 않는다고도 하셨고."

"철학자 같은 분이셨구나? 궁금하다. 나중에 수영이 네가 서울로 한 번 모셔봐!"

"글쎄. 일단 콜번 스쿨부터 합격하고 생각해보자. 참! 이런 이야기도 해주셨어. '음악가가 되기 이전에 먼저 훌륭한 사람이 되어야 한다. 훌륭한 음악가가 되기 위해서는 올림픽에서 경쟁하는 선수들의 수준으로 노력해야 한다. 연주자는 유머 감각 그리고 철학자의 논리와 감정이 있어야 한다. 훌륭한 아티큘레이션, 훌륭한 리듬, 음감이 탁월해야 한다.' 뭐 이런 말씀이셨어."

"철학자 맞네."

오스트리아의 연주자

충정로, 최용호 선생의 자택.

"안녕하세요!"

"안녕하세요 선생님."

"그래, 어서들 와라! 함께 들어오는 걸 보니 만나서 맞춰 보고 오는 길이구나!"

"네!"

주철환이 대답했다.

"선생님! 수영이 중국에서 에른스트 오텐자머의 두 아들과 같은 클래스였다고 하더라고요! 들으셨어요? 다니엘 오텐자머가 수영이와 태어난 날이 같다고 하더라고요!"

"하하하! 그거야 들었다. 왜? 또 뭐가 궁금하냐?"

"아니요, 그냥 부러워서요……. 에른스트 오텐자머 교수는 어떤 사람일까요? 저는 그렇게 유명한 사람들은 그냥 궁금해요."

"철환이 너는 왜 그렇게 연주자들에 대해서 호기심이 많으냐?"

"저도 몰라요… 그냥 알고 싶어요. 오스트리아 빈은 오래
전부터 음악의 도시라고 불렸고, 그곳의 빈 필하모닉 오케스
트라는 세계적으로 유명하잖아요! 그래서 그곳에서 클라리
넷을 연주했던 분들에 대해서 알고 싶어요. 누가 누구를 가
르쳤고, 어떻게 배웠는지 그리고 어떤 과정을 거쳐야 그들처
럼 세계적인 수준으로 성장할 수 있는지도 알고 싶고요."

"그래. 그런 호기심이라면 좋은 것 같구나. 연주자들의 삶
을 살펴볼 수 있는 자료가 많지 않으니 과거 전설적인 연주
자들의 계보를 알아보는 것도 나름의 의미가 있겠구나."

"그럼, 오스트리아 연주자들에 대해 이야기해 주시는 거예
요? 수영이 너도 좋지?"

"당연하지! 선생님. 그럼 어떤 연주자로부터 오스트리아
의 클라리넷 계보가 시작되는 건가요?"

"오스트리아 계보는 추정하기 힘들 정도로 깊고 넓게 형
성되어 있다. 또한, 모든 연주자가 크고 화려한 무대에 선 것
이 아닌 자신만의 공간에서 무명의 연주자로 살다간 수많은
사람들이 존재했어. 그렇기 때문에 바셋 혼의 대가 안톤 슈

타틀러 Anton Stadler (1753~1812)와 같이 잘 알려진 인물도 있고, 위대한 민속 음악가로 알려졌지만 언제 어디에서 태어났고 어떻게 생을 마감했는지조차 알 수 없는 빈첸츠 슈텔츠뮐러 Vinzenz Stelzmüller와 같은 인물도 있는 것이다.

또한 빈첸츠 슈텔츠뮐러와 함께 민속 음악 클라리넷 연주자였던 게오르크 베어틀 Georg Bertl (1815~ ?)은 그들의 민속 음악의 연주법을 전수하여 게오르크 덴처 Georg Dänzer (1848~1893)라는 당대 오스트리아 최고의 연주자를 키워냈는데, 이 덴처는 빈의 전설적인 슈라멜 4중주단 Schrammel Quartet에서 클라리넷과 픽쉬센 휠쫄스라는 악기를 연주했다."

주철환의 호기심이 발동했다.

"픽쉬센 휠쫄스가 뭐죠? 그리고 슈라멜 4중주가 전설이라 불릴 만큼 유명했나요?"

"당시 슈라멜 4중주는 1878년 두 대의 바이올린과 콘트라 기타로 시작했지만 1884년부터 클라리넷을 추가하여 4중주단으로 재편하였다. 당시 19세기 말에 빈과 주변 도시

picksüßen Hölzls
픽쉬센 휠쫄스

에는 수많은 기악 앙상블이 있었는데, 그중 단연 최고는 슈

라멜 4중주단이었지. 유럽 전역과 미국 시카고에 초청받을 정도로 대단한 인기를 얻었으니까 말이다."

"그럼 픽쥐센 휠쯜스? 이것은 어떤 악기에요?"

"픽쥐센 휠쯜스는 오스트리아 전통 악기로 클라리넷과 모양이 아주 흡사하고 홑 리드를 사용하는 점도 같다. 아마도 슈라멜 4중주단이 큰 인기를 얻을 수 있었던 요인 중 하나가 바로 이 픽쥐센 휠쯜스를 활용한 민속 음악의 특이성 때문이었을 것이란 생각이 드는구나. 그럼 이제 오스트리아의 클라리넷 계보를 정리해보자. 아무래도 역사적 기록으로 확인할 수 있는 20세기 초의 연주자부터 알아보는게 어떠냐?"

"네." "네! 좋아요."

"20세기 초 오스트리아 빈에서 세계적인 수준의 클라리넷 연주자들이 등장했는데, 그들은 빅토어 폴라체크 Viktor Polatschek (1889~1948) 와 레오폴트 블라흐 Leopold Wlach (1902~1956) 였다. 이 두 명의 명연주자는 모두 프란츠 바르톨로메이 Franz Bartolomey (? ~1920) 의 제자로 바르톨로메이는 빈 클라리넷 학교 Vienna Clarinet School 를 설립한 인물이었고, 구스타프 말러가 1897년 빈 궁정 오페라의 감독으로 활동했을 당시의 클라리넷 연주자였다."

"바르톨로메이의 제자 빅토어 폴라첵은 예전에 예준이가 연습했던 '빅토어 폴라첵의 12개 연습곡'의 저자 맞죠?"

"그래. 철환이가 잘 기억하고 있었구나.

프란츠 바르톨로메이는 빅토르 폴라체크의 능력이 절정에 오른 것을 확인하고 자신의 제자 레오폴트 블라흐를 지도하게 했는데, 결국 이들을 통해 오스트리아에서 세계적인 클라리넷 연주자들이 배출된 것이었다."

빅토르 폴라체크는 1913년 빈 국립 오페라와 빈 필하모닉 오케스트라의 수석 연주자로 활동했고, 레오폴트 블라흐 Leopold Wlach, 루돌프 제텔 Rudolf Jettel, 알프레드 보스코프스키 Alfred Boskovsky 그리고 빌리 크라우제 Willi Krause를 지도했다.

"수영이는 레오폴트 블라흐 Leopold Wlach에 대해 들어 본 것이 있냐?"

"1928년부터 빈 국립 오페라와 빈 필하모닉의 수석 연주자로 활동했고, 1931년부터는 빈 음악 아카데미 교수를 지낸 걸로 알고 있어요. 맞나요?"

"그래. 레오폴트 블라흐는 빅토르 폴라체크와 함께 빌리 크

라우제 Willi Krause (1914~2007) 를 지도했는데, 크라우제는 1939
년 빈 국립 오페라 수석, 1946년부터 1979년까지 빈 필하모
닉 수석으로 활동한 인물이다.

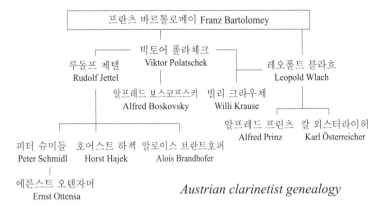

Austrian clarinetist genealogy

  레오폴트 블라흐의 또 다른 제자로는 알프레드 프린츠 Alfred
Prinz 와 칼 외스터라이허 Karl Österreicher 가 있다.

  천재 음악가로 알려진 알프레드 프린츠는 9살부터 레오폴트
블라흐에게 클라리넷을 배워 15세에 빈 국립 오페라 단원이
되었고, 알프레드 울 Alfred Uhl (1909~1992) 밑에서 작곡을 배우
기도 했다. 프린츠가 17살 되던 1947년에는 제네바 음악 콩
쿠르에서 우승했고, 1955년부터 1983년까지 빈 필의 수석 연
주자로 활동했는데, 이 기간 중 1971년에는 빈 작곡상을 받았

고, 1972년부터 빈 음대 교수를 지냈다. 이후 알프레드 프린츠는 미국으로 건너갔고, 1996년부터 인디에나 음악대학의 교수가 되었다."

"대단한 분이시네요. 그런데 알프레드 울이라면 48 Studies for Clarinet 의 저자 맞죠?"

"수영이는 이미 배웠던 교본이라서 알고 있구나."

"선생님, 저는 아직 못해 봤어요⋯⋯."

"그래. 철환이 너도 지금 수준에서는 이미 경험했어야 하는 교본인데⋯ 공부할 것이 많다 보니 그렇게 됐구나. 말이 나온 김에 다음 시간부터 이 연습곡을 준비해봐라."

"네! 알겠습니다."

"알프레드 울의 작품 중 4대의 클라리넷을 위한 디베르티멘토 Divertimento for Clarinet Quartet 라는 곡이 있다. 이 작품은 1942년 빈 필하모닉 클라리넷 연주자들을 위해 다소 까다롭게 쓰여졌지만, 요즘 예준이 실력도 부쩍 늘었으니 너희들과 함께 해봤으면 좋겠구나."

"그럼, 선생님도 함께 하시는 거예요?"

"물론이다. 다음은 누구에 대해 이야기할 차례지?"

"레오폴트 블라흐의 제자 칼 외스터라이허 Karl Österreicher

에 대해 이야기해주실 차례예요."

"그렇구나. 외스터라이허 역시 알프레드 울에게 작곡을
배웠고, 1964년부터 빈 음대 지휘자로 1969년부터 1992년까
지는 빈 음대 교수로 활동했다.

빅토르 폴라첵의 제자 루돌프 제텔은 연주자 겸 작곡가이자
악기 제작자로 알려졌고, 1957년부터 1977년까지 빈 음대 교
수를 지내기도 했다. 제텔에게는 알로이스 브란트호퍼 Alois
Brandhofer, 호어스트 하젝 Horst Hajek, 피터 슈미들 Peter Schmidl
이라는 제자가 있었다.

알로이스 브란트호퍼는 모차르테움 교수이자 비엔나 심포
니와 베를린 필하모닉의 수석 클라리넷 연주자였다.

호어스트 하젝은 1973년부터 빈 필의 클라리넷 수석으로
1978년부터는 빈 음대 교수가 되었고, 체코 올로모우츠에서
태어난 피터 슈미들은 1965년부터 빈 오페라 수석, 1968부터
는 빈 필하모닉 수석 연주자로 경력을 쌓았다. 내가 수영이에
게는 언젠가 이야기 해준 적이 있는 것 같은데?"

"네 기억해요! 방금 말씀하신 피터 슈미들의 제자가 에른
스트 오텐자머 Ernst Ottensamer 맞죠?"

"그렇지!"

224

오래된 기억

"선생님, 저 명환입니다. 오늘 갑작스럽게 서울에 올라오게 됐는데, 괜찮으시다면 잠깐 들려도 될까요?"

"그래. 괜찮다. 그런데, 혹시 무슨 일이 있는 거냐?"

"아닙니다. 그냥 예전부터 궁금했던 것들이 있어서요."

짧은 전화 통화를 마친 최용호 선생은 20년 전의 김명환을 떠올렸다. 전라남도 영광에서 어머니와 함께 올라온 김명환은 작은 키에 비해 손가락이 유난히 길었다.

「Franz Danzi의 Potpourri No. 2」

'Variations on a Theme from Mozart's Don Giovanni'

연주를 마친 김명환의 얼굴엔 땀방울이 가득 맺힌 채 우울이 그늘져 있었다.

최용호 선생은 김명환에게 각 티슈를 통째로 건네주었다. 한겨울에 에어컨을 틀어야 할지 잠시 고민했지만, 결국 창문을 여는 것으로 대신했다.

"아이고, 이놈이 열이 많아 어쩨! 저 땀 좀 봐……."

"어머니, 명환이 앞으로 좋은 연주자가 될 수 있겠습니다. 연주자에게 필요한 능력과 좋은 신체 조건을 갖췄고, 눈에 띄는 나쁜 습관도 하나 없습니다. 명환이도 노력을 많이 했 겠지만, 선생님도 잘 지도하신 것 같습니다."

순간 김명환의 어머니는 걱정스러웠던 마음을 내려놓으며 안도의 한숨을 내뱉었다.

"아이고, 참말로 다행이네요. 명환이 아빠가 법성포서 쪼 꾀만한 교회를 목회하시는디, 거기서 봉사하시는 집사님께 배운 게 고작이라놔서… 걱정이 많이 됐어요."

"아, 그랬군요……."

"그리고 대회 나가서는 상도 한두 개씩 타오기는 했지요. 전번달에 명동교회 목사님이 법성포로 며칠 간 부흥회를 오 셨는디, 그때 명환이 야의 찬양 특주를 들으시고선 꼬옥 서 울로 가서 배워야 쓰것다고 이렇게 도와주셨네요.

기분은 좋음서도 그라도, '거기는 서울인디…' 그라고 걱정 했지요. 하지만 인자, 선생님이 요렇게 딱 부러지게 말씀해 주시니 참말로 맘이 놓이는구먼요."

어머니의 흥분된 모습과 달리 어린 김명환은 어리둥절한 표정이었다.

"……선생님. 하나도 안 됐어요. 저 실수를 엄청 했어요."

어머니는 순간 난처한 표정이 되었다. 혹시 명환이가 버릇없는 아이처럼 보이지는 않을까 염려스러웠고, 명동교회 이옥만 목사님께 실망 드리게 될까 걱정스러웠다.

"너는 시방 무슨 소리 하냐! 선생님이 고걸 모르시것냐. 글고 선생님께선 니가 아주 잘한다고 하시는고만 그러냐."

"명환아, 연주를 실수하지 않으려고 하는 것이겠냐? 연주자는 무대에서 자신의 음악이 잘 전달될 수 있도록 최선을 다하는 사람들이다. 그 과정에서 관객들의 마음을 움직이고, 기분 좋은 소통을 나눌 때 최고로 행복한 것이지. 그리고 명환이가 실수를 몇 차례 했지만, 그렇다고 네가 하나도 하지 않은 건 더욱 아니다. 알겠어?"

"네에……."

"자, 이제 마무리할 텐데 궁금한 것이 있으면 물어봐라!"

김명환은 잠시 망설이다가 입을 열었다.

"선생님, 제 클라리넷 소리가 어떤가요?"

"약해."

"맞아요… 사람들이 저는 소리가 너무 약해서 앞으로 오케스트라 활동은 못한다고 해요.

"뭐라고??"

"선생님, 저는 오케스트라 단원이 되고 싶어요. 그래서 클라리넷도 하고 싶은 거예요"

김명환은 그 어린 나이답지 않게 목소리에 절박함이 묻어났다.

"명환아, 네가 앞으로 배워나가야 할 것이 클라리넷 소리뿐이겠냐? 이제부터 배워야 할 것은 네가 이제까지 배운 것보다 수십 배는 더 많을 텐데 말이다. 그리고 지금 고민하는 소리 문제는 아주 사소한 것이고, 단 하루 만에도 좋아질 수도 있으니 걱정하지 마라! 그리고 선생님은 네가 클라리넷 연주자로서 엄청난 가능성이 있다고 생각한다."

김명환의 눈빛에는 의심과 기대가 함께 공존했다.

"진짜로요? 정말요?!"

최용호 선생의 얼굴엔 부드러운 미소가 고요히 흘렀다.
이러저러한 오래전 일들을 생각하니 어느새 눈앞에는 다 큰 김명환이 있었다.

"선생님, 바쁘실 텐데 시간 내주셔서 감사합니다. 그동안

228

어떻게 지내셨어요?"

"나는 잘 지냈다. 너는 어떠냐. 작년에 독일에서 귀국하고 이제는 적응이 좀 됐어?"

"그게…… 독일에 몇 년 있지도 않았는데 돌아오니 적응하기가 힘드네요. 다행인지 아닌지 지금까지 일도 거의 없고, 그래서 귀국독주회 준비에 집중하고 있습니다."

"그래, 아무래도 시간이 필요할 거다. 뭐든지 조급하게 생각하지 말고 일단 독주회부터 잘 준비해라. 그래도 일은 조금씩 해야 할 텐데……."

"일이라고는 학생 두 명을 가르치고 있는 게 전부입니다. 사실 그것도 감사하죠. 그래도 독주회 마치면 지금보다는 상황이 조금은 나아지겠거니 생각하고 있습니다."

"그러게 왜 아직도 거기 전주에 있으려고 해!"

최용호 선생은 자신도 모르게 심중에 묻어 두었던 마음을 여과없이 드러냈다. 하지만, 이런 스승의 마음을 모를 리 없는 김명환은 그것이 그저 감사하게 느껴졌다.

"……죄송합니다. 어머니도 계시고 지금은 전주가 제 고향인걸요……."

고등학교 3학년 가을. 김명환의 아버지가 세상을 떠났다.

과로로 인한 급성 심장마비였다. 평소 건강해 보였던 아버지의 갑작스러운 죽음은 김명환의 마음을 무겁게 짓눌렀다. 두 명의 여동생과 어머니를 생각하면 클라리넷을 계속할 상황이 못되었다. 자신이 걷는 음악가의 삶이 어느 순간 사치스럽고 이기적인 욕심처럼 느껴졌다. 하지만 어머니의 자식에 대한 사랑과 최용호 선생의 만류로 그것만은 피할 수 있었다. 그러나 사실 김명환도 알고 있었다. 아버지가 믿었던 하나님과 클라리넷만이 자신에게 진정한 평안과 행복을 줄 수 있다는 것을……. 이후 대학 진학에 고민하던 김명환은 국립 전북대학교를 선택했고, 가족은 모두 전주로 이사했다.

"그래, 알았다. 내가 또 똑같은 소리를 하는구나….
그래, 물어볼 게 있다는 건 뭐냐?"

"제가 요즘에서야 전공하려는 아이들을 가르치다 보니 부족한 게 많다는 걸 알게 됐습니다. 학생 가르칠 자료도 변변찮고, 예전에 제가 배웠던 방식이 지금도 효과가 있을지, 그리고 그렇게 배운 아이들이 얼마만큼의 경쟁력을 갖출 수 있을지도 모르겠고요……. 그래서 선생님을 찾아왔습니다.

제가 모르는 게 너무 많더라고요. 요즘, 이래저래 자신감만 떨어지고 좀 그렇습니다……."

"……그래, 잘 왔다."

최용호 선생은 기운 없는 제자의 모습에 가슴 아파했다. 김명환의 움츠러든 표정에서 읽을 수 있는 어떤 외로움이 전해져 온 순간 최용호 선생은 왠지 모를 슬픔을 느꼈다.

'명환아, 네가 나에게 어떤 제자냐. 나의 인생에서 가장 잘 키운 제자라고 언제나 주저 없이 말할 수 있었던 사람이 바로 너였다. 기운내라. 반드시 기회는 올 것이다.'

하지만 최용호 선생은 현재 김명환의 처한 상황이 안쓰럽기만 한 것은 아니었다. 어떤 면에서는 오히려 상황을 정확히 살피고 자신에게 필요한 것을 배우려는 자세는 예전의 김명환과 다를 것이 없었다. 최용호 선생은 클라리넷 작품 목록과 그곳에 적혀있는 모든 악보를 일일이 찾아 건네주었다. 악보를 살펴보며 김명환이 스스로 교육 내용과 레퍼토리를 설계할 필요가 있다고 생각했기 때문이었다. 교육이란 받는 사람이나 가르치는 사람 모두에게 이로운 방식을 찾아가는 과정이기 때문이다.

"선생님! 클라리넷 작품들이 이렇게 많았나요?"

"작곡가 300명의 작품들을 시대별로 정리한 것이니 도움

은 될거다."

List of clarinet works by 300 composers

No.	Country		Composer	Works for clarinet
1	독일	1696~1765	Johann M. Molter	6 Concertos in D major MWV 6.36~6.41 Concertino for 2 Chalumeaux and 2 Horns in C major, MWV 8.8 & in F major, MWV 8.9
2	체코	1717~1757	Johann Stamitz	Concerto in Bb major
3	이탈리아	1722~1781	Gregorio Sciroli	Sonata in Bb major.
4	체코	1729~1794	František X. Pokorný	Concerto No. 1 in Eb major Concerto No. 2 in Bb major Divertimento (for 2 clarinets and 3 Horns)
5	체코	1739~1813	J.Baptist Wanhal	Concerto / Sonata in Bb major / Sonata in C major
6	보헤미안	1741~1805	Václav Pichl	3 Quartets (for Cla, Vn, Va and Vc)
7	독일	1744~1812	Joseph Beer	Concerto in Bb Major
8	독일	1745~1801	Carl Stamitz	11 clarinet concertos Quartet in Eb major Op.8 No.4 (for Cla, Vn, Va and Vc)
9	체코	1747~1818	Leopold Koželuch	Concerto No.1 in Eb major / Concerto No.2 in Eb major
10	독일	1753~1827	Franz A. Dimmler	Concerto in Bb major
11	프랑스	1754~1786	Michèl Yost	11 clarinet concertos
12	오스트리아	1754~1812	F. A. Hoffmeister	Concerto in Bb major Concerto (for 2 Clarinets in E major)
13	오스트리아	1756~1791	W. A. Mozart	Concerto in A major KV.622 Quintet in A major KV.581 'Kegelstatt' Trio in Eb major KV. 498 Quintet fragment in Bb major KV.516c Quintet fragment in Eb major KV.516d Quintet fragment in Eb major KV.516e Quintet fragment in F major KV.580b
14	오스트리아	1757~1831	Ignace J. Pleyel	Concerto No.1 Bb major / Concerto No.2 Bb major
15	체코	1759~1831	Franz Krommer	Concerto in Eb major Op.36 & Op.52 Concerto in Eb major Op.91 (for two clarinets) Quintet in Bb major Op.95 Quartet Op.21 & Op.69 & Op.82 & Op.83 13 Pieces for 2 clarinets & viola Op.47
16	프랑스	1759~1803	François Devienne	Première Sonate pour clarinette Op.70 (from Oboe Sonata) Sinfonie Concertante in Bb major Op.25 (for 2 clarinets)
17	독일	1763~1826	Franz Danzi	3 Potpourris Op.45 (for Clarinet and Orchestra) Sonata in Bb major / 3 Wind Quintets Op. 67
18	프랑스	1763~1829	Jean Xavier Lefevre	Concerto No.3 in Eb major / Concerto No.4 in Bb major Concerto No.6 in Bb major / 12 Clarinet Sonatas 6 Quartets (for clarinet, violin, viola and cello)

19	오스트리아	1765~1807	Anton Eberl	Grand Trio in Ebmajor Op.36 (for clarinet, cello and piano) Grand Quintetto Op.41 Trio Op.44 (for clarinet, cello and piano) Grand Sextet in Eb major Op.47
20	오스트리아	1765~1846	Joseph L.Eybler	Concerto in Bb major
21	독일	1766~1803	Franz X. Süssmayr	Concerto
22	체코계 프랑스	1770~1836	Anton Reicha	Six Wind Quintets Op.88 Quintet for clarinet and string quartet Op.89 Six Wind Quintets Op.91 Quintet for clarinet and string quartet Op.107 Concertante for flute, oboe, clarinet, bassoon and horn
23	스웨덴	1775~1838	Bernhard H. Crusell	Concerto No.1 in Eb major Op.1 Concerto No.2 in F minor Op.5 Concerto No.3 in Bb major Op.11 6 Duos concertans Op.10 / 3 Quartets
24	독일	1776~1856	Philipp Jakob Riotte	Concerto in Bb major Op.24
25	오스트리아	1778~1837	Johann Hummel	Quartet in Eb major (for clarinet, violin, viola and cello)
26	오스트리아	1778~1858	S.Neukomm	Quintet in Bb major Schöne Minka Op.8
27	독일	1780~1849	Conradin Kreutze	Duo in C major for Two clarinets Trio in Eb major Op.43 KWV.5105 (for cla, Bn and piano) Septet in Eb major Op.62 / Quintet in A major KWV.5113
... ...	....			....
290	벨기에	1956~	Jan Van der Roost	Concerto
291	소련	1957~	Elena Kats-Chernin	Ornamental Air for clarinet and orchestra
292	미국	1961~	Lowell Liebermann	Trio Op.128 (for clarinet, viola and piano) Quintet Op.26 (for Piano, Clarinet and String Trio
293	프랑스	1961~	Nicolas Bacri	Bagatelles Op.12 No.2 (for clarinet and piano) Capriccio Notturno Concerto Op.20 2 Petites Rhapsodies Op.21b (for clarinet solo) Night Music Op.73 (for clarinet and cello) Sonatina liricaop 108 No.1 Sonatina lapidaria Op.108 No.2 (for clarinet (or viola)) Sonatine et Capriccio Op.131 Ophelia Solo Op.146b (for clarinet (or Bass-Clarinet)) Prelude and toccata Op.146b (for clarinet and piano) Concerto breve Op.152 (for clarinet and string quartet)
294	이탈리아	1966~	Michele Mangani	Concertpiece / Concerto / Duo Sonata
295	슬로베니아	1969~	Urška Pompe	Kolor (for clarinet solo)
296	미국	1969~	Evan Christopher	Clarinet Road Vol. I and II
297	러시아	1970~	Alexey Shor	Concerto
298	독일	1973~	Jörg Widmann	Drei Schattentänze / Fünf Bruchstücke / Elegie / Fantasie
299	프랑스	1974~	Bruno Mantovani	Bug (for clarinet Solo)
300	우크라이나	1976~	Alexey Sioumak	Clarinet Solo

"선생님께서 지금껏 정리하신 작품 목록과 소중히 여기시는 악보까지 함께 주셔서 감사합니다. 제가 서둘러 정리하고 지금처럼 깨끗한 상태로 가져오겠습니다."

"그래. 연주자는 악보를 소중하게 여길 줄 알아야지. 그런데 명환아… 선생님은 왠지 지금 너에게 이런 말을 해주고 싶구나. 조금 갑작스러운 이야기로 들릴 수도 있겠지만, 네 주변에 있는 사람들에게 무엇을 기대하거나 실망하지도 말아라. 네가 유학을 떠나기 전에 주위에 있는 사람들을 얼마나 많이 돌봐주었냐! 하지만 도움을 받은 사람들은 그런 것 하나 기억하지 못한다. 어차피 네가 남의 도움을 기대하는 인물도 아니지만, 그저 너는 타인들이 너를 어떻게 생각하고 대하든 지금은 너의 음악에 그저 최선을 다하면 된다.

이제까지 해 온 것처럼 그 길을 걷다 보면 사람들은 다시 김명환의 진가를 알아보게 될 것이고, 어느 순간 네가 속한 사회에서 큰 영향력을 발휘하고 있는 스스로의 모습을 발견하게 될 것이야."

"말씀 감사합니다. 명심하겠습니다."

"그래. 그리고 명환아. 앞으로 주철환이라는 아이를 맡아 줘야겠다."

숨겨진 보석상자

2004년 6월. 문화체육관광부에서는 미래 대한민국을 빛낼 음악 영재를 발굴할 목적으로 대한민국 어린이 음악콩쿠르를 개최했다.

세종채임버홀. 차세대 음악가들의 경연이 펼쳐치고 있다.

≫ 클라리넷 파트 대회곡

• 예선 _ 펠릭스 드레제케 '소나타'

Felix Draeseke / 'Sonata Op.38'

• 본선 _ 찰스 빌리어스 스탠포드 '세 개의 인터메조'

외 자유곡 1곡

Charles Villiers Stanford / 'Three intermezzo Op.13'

「펠릭스 드레제케 Felix Draeseke」

독일에서 태어나 스위스와 드레스덴에서 활동했던 작곡가. 프란츠 리스트와 리하르트 바그너에게 영향을 받았고, 8개의 오페라, 4개의 교향곡, 성악 및 실내악 작품이 있다.

프란츠 리스트는 드레제케의 초기 피아노 소나타 Sonata quasi Fantasia Op.6를 두고 '베토벤 피아노 소나타 다음으로 중요한 작품'이라는 찬사를 보냈고, 그의 교향곡 3번 트라기카 Symphonia Tragica 는 대중들로부터 브람스와 브루크너 교향곡과 어깨를 나란히 할 만큼의 대단한 작품이라는 평가를 받기도 했다. 드레제케의 클라리넷 소나타는 트라기카를 완성하고 작곡가로서 정점에 이르렀을 때, 작곡한 그의 유일한 클라리넷 작품이다.

이번 대회 클라리넷 참가자는 총 22명으로 1차 예선을 통과한 8명의 연주자가 본선을 준비하고 있다.

예선에서 두각을 나타낸 참가자는 부산중앙초 김효진, 대전초 정종하 그리고 관악초 문예준 정도였다.

문예준은 본선 경연순서 1번을 배정받았다.

'내가 왜 하필이면 첫 번째야! 불길하게⋯⋯.'

「찰스 빌리어스 스탠포드 Charles Villiers Stanford」

영국의 작곡가로 구스타프 홀스트, 허버트 하웰스. 아서 블리스, 어니스트 존 모어란, 퍼시 그레인저, 본 윌리엄스의 스승이다. 스탠포드는 케임브리지 대학을 졸업하고 독일로 건너가 칼 라이네케와 프리드리히 킬에게 작곡을 배웠으며, 19세기 후반 프랑스, 러시아와 달리 영국 음악이 아직 뚜렷한 특징을 나타내지 못한 상황에서 영국 음악의 기틀을 마련하고 르네상스를 열었다는 평가를 받았다.

　본선 무대에 들어선 문예준은 깊은 호흡을 했다.
'나는 마음에서부터 흘러나오는 연주를 할 것이다. 소리는 나의 몸에서 공명되어 악기로 전달된다. 나의 소리는 모든 공간을 채우며 노래할 것이다.'
　문예준의 스탠포드 '세 개의 인터메조'가 시작됐다.
　1악장. 차분하게 흐르는 따뜻한 소리. 연주자의 몸짓은 음악의 섬세한 뉘앙스를 나타냈다. 템포의 변화에 마음이 급할 이유가 없다. 간결한 리듬과 스타카토가 지나고, 몸에서 공명되어 울리는 깊은 소리는 공간을 가득 채웠다.
　분위기가 고조되며 음악은 더욱 화려한 옷을 입었다. 부드러운 음악으로 전환된 선율은 더욱 평화로웠다. 음악은 이미 멈췄지만 따뜻한 소리는 아직 긴 여운을 남겨 놓았다.
　2악장. 리듬은 여유있고 정확했다. 모든 소리에 힘이 실려 있었다. 때로는 피아노와 위치를 바꾸며 음악은 더욱 다채롭게 흘렀다. 음악은 그렇게 돌고 돌았다.

 문예준은 상황에 알맞은 음색와 주법을 적절하게 사용했다.
'음악은 혼자만의 노력으로 진행되는 것이 아니다. 절대 그
렇게 되지 않지… 먼저 피아노와 마음을 이어야 한다. 그렇
지 않으면 나의 욕심이 음악을 삼키게 된다.'

 3악장. 문예준은 마치 오랜 경력의 연주자처럼 능숙한 연주
를 했다. 수준 높은 음질로 연주하는 선율은 다양한 감정이
실려 있었다. 이것은 여유의 또다른 표정이었다. 곧게 뻗어
나오는 소리는 자유롭게 음악을 흔들며 작은 긴장과 해결을
반복했다. 마침내 선율이 그 목적지에 도착했다.

 문예준의 연주가 끝나자 객석에서는 열광적인 박수가 터져
나왔다.

 "초등학생이 뭐 저런 음악을 할 수 있지?!"

 "여유있다. 저 학생은 긴장이란 걸 모르나?"

 "선생님이 누굴까? 우리 아이와는 비교가 안되네…….."
'객석에 계신 관객 여러분께 안내 말씀 드리겠습니다.'

 주최 측의 안내방송이 흘러나왔다.
'대회 규정에 따라 경연자의 연주 후 박수, 환호 등의 행위
는 금지하오니 자제해 주시기 바랍니다. 박수와 환호는 심사

238

에 영향을 줄 수 있는 행위이므로 자제해 주시길 바랍니다. 다시 한번 안내 말씀 드리겠습니다……'

문예준은 자유곡으로 호세 아발리노 카논자 협주곡 3번을 선택했다.

호세 아발리노 카논자 José Avelino Canongia (1784-1842)

포르투갈의 거장 클라리넷 연주자이며 작곡가.

카논자는 클라리넷 연주자로서 파리에서 상트페테르부르크까지, 런던에서 이탈리아 반도까지 유럽 최고의 무대에서 수많은 콘서트를 펼쳤고, 1820년 드레스덴, 바이마르, 프랑크푸르트, 베를린 독주회에서는 독일의 명연주자 하인리히 베어만 Heinrich Bärmann 과 요한 헤름슈테트 Johann Hermstedt 와 비견될 정도로 인정받기도 했다. 이후 카논자는 리스본으로 돌아와 리스본 산 카를로스 국립극장의 수석 연주자로 활동했고, 1835년에는 리스본 국립 음악원 Conservatório Nacional de Lisboa 최초의 클라리넷 교수가 되었다.

문예준은 어린 나이에도 수많은 무대 경험을 쌓으며 각종 콩쿠르에 입상했다. 그러나 아직 그것만으로는 부족했다.

이번 대회 역시 우승을 위한 간절함을 가지고 집요하게 준비했다. 진정한 전국 규모의 음악콩쿠르에서 자신이 최고라는 것을 확인하고 싶었다.

'이 작품은 작곡가 자신의 기교를 한층 돋보이도록 작곡한 곡이다. 화려하게 연주하자!'

연주는 의도한 바와 같이 자유롭고 화려하게 시작됐다.

유연한 소리가 만들어 내는 밝은 분위기. 소중한 것을 다루듯 모든 소리를 어루만졌다. 극적 대비와 정확한 아티큘레이션의 연주, 모든 음악적 표현 요소를 하나도 놓치지 않았다.

'편안하다. 현재에 충실하면서 다음을 준비할 여유가 있다.'

흔들림 없는 연주는 시간이 흐를수록 더욱 완벽했다.

모든 연주가 끝나자 이번에는 심사위원석이 술렁였다.

5명으로 구성된 대한민국 클라리넷을 대표하는 심사위원들도 크게 놀란 표정이었다.

"악보와 기본기에 충실할수록 더욱 좋은 테크닉과 음악을 만들어 낼 수 있다는 것을 증명한 연주였네요."

"저 정도면 올해 대학 입시를 치러도 되지 않나요?!"

"적극적이고 과감한 표현이 매력적인 연주였습니다."

"어린 나이에 기술적으로나 음악적으로나 훌륭하네요. 저 학생 선생님은 누굴까요?"

"최용호 선생님 제자입니다."

"네?! 아니, 작년에 이화, 중앙, 동아 콩쿠르를 모두 휩쓴 김수영도 최용호 선생님 제자였잖아요! 부럽네요."

"최용호 선생님이 제자 복이 있으신 건지. 아니면 특별한 방식이 있으신 건지. 이번 대회는 정종하와 문예준의 경쟁이 되겠네요."

"네에 맞습니다. 정종하는 말 그대로 천재예요. 그런데 그에 못지않은 아이가 있다니… 조금 전 연주한 문예준도 정말 엄청나네요!"

"우리나라 초등학생들의 수준이 이렇게까지 발전한 것이 참으로 놀랍습니다."

문예준은 공연장을 빠져 나왔다.

'택시 탈까? 아니다. 집에서 할 일도 없는데, 좀 보고 가야겠다.'

잠깐 망설이던 문예준이 다시 공연장으로 들어갔다.

'6학년들이 확실히 잘하네… 하긴, 곧 중학생이 되니까.'

"다음 참가자는 대전초등학교 정종하입니다."

스탠포드는 독일 후기 낭만주의 작곡가들, 특히 브람스의 영향을 받았다는 이유로 영국 음악가들과 비평가들에게 오랫동안 시달렸다. 특히, 비평가들은 스탠포드의 음악은 브람스를 모방한 수준이라며 그를 모욕했다. 하지만 오늘 경연 작품만을 보더라도 스탠포드의 세 개의 인터메조는 1891년 작곡한 브람스의 위대한 클라리넷 트리오 Trio Op.114와 퀸텟 Quintet Op.115 보다도 이미 12년 전에 발표한 작품이었다.

 정종하의 연주가 시작됐다.

'어?! 따뜻하다. 엄청 느리게 연주하네…….

소리가 묵직하면서도 작품과 잘 어울린다.'

 문예준은 정종하의 음색에 묘한 매력을 느꼈는데, 연주가 계속될수록 그의 음악에 더욱 빠져들었다.

 화려하지는 않지만, 소리를 다루는 노련함과 깊이 있는 음악적 표현은 이제까지 참가자들과 달랐다.

'제법이네…….'

 정종하의 스탠포드 연주가 끝났다.

'과연 다음은?'

 문예준은 정종하가 선택한 자유곡이 무엇일까 궁금했다.

 정종하의 아버지는 외교관으로 정종하의 초등학교 입학 1주일 앞두고 주 로스앤젤레스 대한민국 총영사관으로 발령을 받았다. 준비 없이 갑작스럽게 미국으로 떠날 수밖에 없었던 정종하는 낯선 환경과 익숙하지 않은 언어로 인해 LA 생활에 쉽게 적응하지 못했다. 언제나 곁에서 자신을 돌봐준 할머니가 보고 싶었고, 함께 놀던 친구들이 그리웠다.

낯선 땅에서 외로움으로 힘들어하는 아들을 위해 어머니는 악기를 배울 수 있는 방법을 찾기 시작했다. 음악 활동이 아들의 정서에 도움이 될 수 있을 것이라는 믿음 때문이었다.

얼마 지나지 않아 어머니는 생후 7개월부터 18세까지 다양한 연령을 대상으로 운영하는 콜번 스쿨Colburn School 의 커뮤니티 예술학교를 발견했는데, 이 커뮤니티 예술학교의 최대 장점은 콜번 스쿨의 교수진이 직접 교육에 참여한다는 것이었다.

정종하는 어머니의 노력으로 콜번 커뮤니티에 입학할 수 있었고, 예후다 길라드 교수와의 만남을 통해 자신의 숨겨진 재능을 발견하게 되었다.

정종하는 악기 구석구석을 살폈다. 침이 고인 곳은 없는지 확인하는 동작이었다. 가볍게 숨을 고른 후 고개를 끄덕이자 피아노가 느릿한 선율을 연주했다.

'이건?! 스포어 1번!'

 문예준은 당황스러웠다.

'그런 묵직하고 어쩌면 둔탁하게까지 들리는 소리로 스포
어를 연주한다는 거냐?'

　루이스 스포어 Louis Spohr (1784~1859) 협주곡 1번.

　「Concerto No. 1 in C minor, Op. 26 」

　19세기 초 낭만주의 음악을 대표하는 루이스 스포어는 파가
니니와 비견되는 독일의 바이올리니스트로 많은 업적을 남
긴 연주자이자 작곡가 겸 지휘자였다.

　스포어가 작곡한 4곡의 클라리넷 협주곡은 독일의 클라리넷
거장 요한 시몬 헤름슈테트 Johann Simon Hermstedt 에게 헌정되
었는데, 협주곡 1번은 1809년 6월 그에 의해 초연되었다.

　당시 독일 최고의 음악전문 신문 알게마이네 무지칼리쉐 짜
이퉁 Allgemeine musikalische Zeitung 은 '스포어의 클라리넷 협주
곡은 눈부시게 아름다웠고, 관객들은 하나같이 열광적으로
환호했다' 라고 기록했다.

　스포어가 독일의 옛 도시 고타 Gotha 에서 궁정 악장으로 활

동할 당시, 헤름슈테트와 모차르트 5중주 Mozart Clarinet Quintet 를 연주할 기회가 있었다. 이때 스포어는 헤름슈테트의 클라리넷 소리에 영감을 받아 1808년 가을. 클라리넷 협주곡 1번 작업에 착수해 다음 해 1월 작품을 완성했다.

당시 요한 헤름슈테트는 존더스하우젠의 궁정 연주자로 클라리넷 1세대 연주자 요셉 베어, 프란츠 타우쉬, 안톤 슈타들러, 미셸 요스트, 주세페 아다미 이후 19세기 초, 유럽에서 가장 인정받는 연주자였다. 전 세계를 통틀어 헤름슈테트와 비견되는 연주자는 오직 독일의 하인리히 베어만, 스웨덴계 핀란드 연주자 베른하르트 크루셀, 프랑스의 장 자비에르 르페브르, 포르투갈의 호세 아발리노 카논자 정도 뿐이었다.

헤름슈테트는 실험적인 연주자로도 불렸는데, 그럴만한 까닭이 있었다. 헤름슈테트는 스포어가 협주곡 1번을 작곡할 당시 음역의 한계를 넘어서는 연주가 불가능한 선율에 대해 수정이 필요하다는 조언을 아끼지 않았고 스포어는 헤름슈테트의 의견에 따라 작품을 써 나갔다. 이렇게 스포어의 첫 협주곡이 거의 완성될 무렵 헤름슈테트는 한 가지 중대한 결단을 내리게 되었다. 그것은 스포어가 처음 작성한 음역의 한계를 넘어선 선율을 그대로 유지하기로 결정한 것이었다. 그러나 여기에는 반드시 해결해야만 하는 큰 걸림돌이 있었는다. 그것은 당시로서 가장 발전적이며 실험적인 이반 뮐러의 악기와 하인리히 그렌저의 악기가 필요했던 것이다.

하지만 이 두 악기 역시 스포어 협주곡 1번을 완벽하게 연주하기에는 불안정한 요소가 여전했다. 따라서 헤름슈테트에게는 최고로 발전적인 이 두 악기를 기반으로 클라리넷을 더욱 개발해야 하는 과제가 여전히 남아 있었다.

헤름슈테트는 스포어 협주곡의 아름다운 선율을 끝까지 포기하지 않았고, 결국 독일의 악기 제작자들과 함께 더욱 안정적인 클라리넷을 만드는데 성공할 수 있었다. 이러한 시도를 볼 때, 스포어 클라리넷 협주곡 1번은 19세기 전반에 걸쳐 클라리넷 발전을 가속화한 원동력으로 볼 수 있을 것이다.

이반 뮐러 역시 스포어 협주곡을 계기로 자신의 악기를 더욱 발전시킬 수 있는 아이디어를 얻었고, 결국 1812년 13개의 키를 부착해 완벽한 반음계 연주가 가능한 클라리넷을 개발할 수 있었던 것이다.

스포어 협주곡 1번 1악장. C minor. 4분의 4박자. 314마디.

스포어 4개의 클라리넷 협주곡 중 유일하게 느린 서주부를 포함하고 있다. 서주는 불안한 감정과 음울함으로 시작하지만 주제와 함께 템포가 빠르게 바뀌면서 클라리넷의 아름다운 선율이 화려함을 자아낸다. 도약이 넓고 까다로운 테크닉을 요구하는 곡이지만 그만큼 화려하고 아름답다.

정종하는 오케스트라 사운드를 상상했다.

'팀파니의 울림. 곡 전체에 일관되게 나타나는 주요 선율을 연주하는 오보에를 떠올렸다.'

피아노 선율이 아다지오를 지나 알레그로에 들어섰다.

드디어 정종하는 음악과 마주했다. 첫소리. 아주 정확한 순간 매끄럽게 시작되었고, 소리 연결도 안정적이었다.

셋잇단음표 전후, 카덴차를 들어가는 듯한 자유로운 연주. 슈만을 대하듯 내면에 깊은 울림으로 노래한다. 16분음표 리듬은 변화되고 정종하는 잘게 분절하며 음악을 고조시켰다.

'어떻게 이렇게 유연한 소리로 바뀔 수가 있는 거지…….'

문예준은 정종하의 달라진 음색에 놀라워했다. 브람스 소나타 어딘가에 어울릴 만한 이전의 무겁고 둔탁했던 소리는 어디론가 사라졌다.

 정종하는 힘은 유지하되 서두르지 않았다.

이 정도의 긴장감은 발아래 두고 있다는 듯 태연했다.

빠르고 화려하면서도 정확한 아티큘레이션, 강렬한 불꽃을

태연히 어루만지듯 음색을 자유롭게 오가며 연주했다.

 문예준은 정종하의 연주를 진심으로 즐기고 있었다.

'이 녀석. 재미있네⋯⋯.'

 문예준은 정종하가 스포어 협주곡 1번을 연주한다는 것을

인식했을 때, 그의 소리와 스포어는 전혀 어울릴 것 같지 않

았다. 하지만 지금 듣고 있는 풍부한 울림으로 채워진 밝은

빛깔의 클라리넷은 분명 정종하의 것이었다.

 모든 연주가 끝났다.

'대단한 연주였다.'

 문예준은 자리에 일어섰다. 결과가 발표되었다.

레벨의 차이라기보다는 취향의 차이가 있을 뿐이었다.

        ≫대한민국 어린이 음악콩쿠르 최종결과

        •클라리넷 부문

        1위 정종하 / 2위 문예준 / 3위 없음

텅잉, 마우스피스

익산 주철환의 집.

주철환은 이번 여름 일본 가고시마 현에서 개최되는 제24회 키리시마 국제 음악제 참가에 대한 기대가 크다.

키리시마 국제 음악제는 세계적인 교수진이 참여하고 까다로운 오디션을 통해 참가자를 선발한다. 그중 외국인에게는 가고시마 주요 문화 유적지를 방문하는 프로그램을 제공한다. 대표적인 곳으로는 화산섬으로 알려진 사쿠라지마 섬과 유네스코 세계문화유산에 등재된 센간엔 정원이 있다.

주철환은 조금 전 키리시마 국제 음악제 측으로부터 두툼한 우편 한 통을 받았다. 16일간 진행되는 음악제 일정과 콘서트 티켓 수십 장이 들어 있었다.

주철환은 리플릿을 찬찬히 살펴봤다.

'공연장이 한 두 곳이 아니구나…….'

주철환은 일본에서 연주하는 자신의 무대를 상상했다.

음악제 참가자와 교수들 그리고 주민들로 가득 찬 객석을 바라보는 상상이었다. 주철환은 덜컥 겁을 먹었다.

'이거 규모가 장난 아니잖아!'

　전주 김명환의 연습실.

"안녕하세요. 익산에서 온 주철환입니다."

두 사람의 첫 만남이었다.

"어서와라. 잠깐만 앉아 있어."

주철환은 연습실을 빙 둘러보며 앉았다. 보이는 것이라고는
두툼한 카펫 위에 세워 놓은 기다란 거울과 낡은 피아노가
전부였다. 마침 고등학생 정도로 보이는 여학생이 베버의 콘
체르티노를 연주하고 있었다.

"어때? 텅잉이 이전보다 자연스러워?"

"네! 발음이 정확하면서도 스피드가 빨라졌어요."

"좋아. 다시 해보자."

　칼 마리아 폰 베버의 콘체르티노

「Concertino for Clarinet in Eb Major Opus. 26」

솔로 악기와 오케스트라를 위한 작은 협주곡.

보통 협주곡은 3악장으로 구성되어 있지만, 콘체르티노는 1개
의 악장 안에 아다지오, 안단테, 알레그로를 포함하고 있다.

250

주철환은 김완재 선생에게 들었던 이야기가 떠올랐다.

'철환아, 콘체르티노는 베버가 클라리넷을 위해 작곡한 첫 번째 작품이다. 1811년 베버는 독일의 작은 도시, 다름슈타트 Darmstadt 에서 자신이 원하던 자리를 얻지 못하게 되자 곧 바로 뮌헨 München 으로 여행을 떠났다. 그곳에서 베버는 뮌헨 궁정 오케스트라의 하인리히 베어만 Heinrich Baermann 을 만나 친분을 쌓으며 음악적 견해를 깊이 있게 나눌 수 있었는데, 이 인연으로 베버는 5개의 클라리넷 작품을 쓰게 됐고, 그중 4개의 작품을 베어만에게 헌정한 것이다.'

'베어만이라는 사람이 대단한 실력자였나 보네요?'

'베버는 베어만의 연주에 큰 애정을 갖고 있었는데, 그의 일기장에는 '베어만의 소리는 저음에서 고음에 이르기까지 균형 잡힌 음색을 지녔다.'라는 기록도 있다.'

"그래, 민아야 좋아. 그렇게 소리 유지하고… 아니, 아니! 음색이 바뀌었잖아. 다시!"

주철환은 자연스럽게 성민아의 연주에 집중했다.

Adagio ma non troppo 아주 느리게 그러나 지나치지 않게.

C단조의 선율. 언제 시작됐는지 알 수 없는 소리는 어느덧

길게 뻗어 나오며 좌우로, 또 앞뒤로 애처롭게 흐르다 멈추기를 반복했다. 부드러운 선율은 풍부한 저음과 극적인 대비를 이루며 자유롭게 날았다. 소리는 길이자 공간이었다.

"그래 지금처럼! 느낌 왔어?"

연주 중인 학생에게 하는 질문이란 결코 답을 바라는 것이 아니다. 그저 순간을 기억하길 바라는 간절한 마음일 뿐이다.

'저 아이. 언뜻 테크닉은 좀 떨어져 보이는데, 소리의 움직임과 연결이 좋네… 음악이 좋구나.'

안단테 Theme Andante. Eb장조. 오페라 아리아를 듣는 듯 감미로운 선율이 생기있다. 음악은 점차 화려한 모습을 갖추었다. 하지만 poco piu vivo 와 이어진 Var.2 변주곡에 들어서자 텅잉이 발목을 잡았다. 텅잉 속도가 떨어지자 손가락과 어긋나기 시작했고 이전의 흐름을 쉽게 찾지 못했다.

"다시. 그 부분만 반복!" '뚜ー뚜뚜 뚜뚜뚜뚜……'

"민아야. 텅잉이 느릴 때는 힘주어 말하듯 하지 말고 혀는 오직 발음을 해야 한다. 다시!" '뚜뚜뚜뚜 뚜뚜뚜뚜……'

"혀의 위치를 바꾸고. 혀끝을 더 리드 위쪽으로!"

'뚜뚜뚜뚜 뚜뚜뚜뚜…' "아니. 너무 혀의 움직임을 최소한으로 하려고 하지마라. 그러면 오히려 혀에 힘들어가게 돼!"

주철환은 시간이 지날수록 눈에 띄게 달라지는 성민아의 텅잉 속도에 놀라워했다. 어떤 순간은 빠른 한 박에 5개의 텅잉이 마구 쏟아지기도 했다.

"선생님, 컨트롤이 안 돼요……."

"지금은 컨트롤까지 생각하기보다 혀의 움직임 자체에 집중해! 좋은 위치에서 발음하듯 텅잉 할 수 있다면, 점차 혀끝에 힘이 생기면서 발음이 분명해지고 컨트롤도 할 수 있어."

성민아는 단지 혀의 위치와 생각을 조금 바꾸었을 뿐인데, 이전에 경험하지 못했던 자신의 텅잉에 어리둥절해했다.

빠른 텅잉을 위해서는 레가토의 흐름을 유지하는 것 만큼이나 최적의 텅잉 포인트를 발견하는 것 역시 중요하다는 것을 조금씩 깨닫기 시작했다.

"선생님, 제가 그동안 혀 끝을 리드 밑부분에 대고 텅잉 했나 봐요. 너무 깊이요. 지금은 움직임이 부드러워졌어요."

"그래. 너는 혀가 원래 느린 게 아니라 혀를 많이 사용하지 않았던 점과 위치에 조금 문제가 있었던 거다. 혀는 리드의 아랫부분, 깊숙한 곳으로 텅잉하게 되면 발음이 좋고, 넓은 도약의 텅잉도 쉽게 해결할 수 있지만, 아쉬운 점은 속도

가 떨어진다는 거야. 따라서 연주자는 상황에 맞게 텅잉의
위치를 바꿀 수도 있어야 한다. 절대 혀를 한 위치에 고정해
서 연주하는 것이 아니야. 그럴 이유가 없잖아."

"아− 그렇군요. 이번 주는 이렇게 열심히 해볼게요.
그런데… 저기 앉아 있는 사람, 주철환 오빠 맞죠?"

"너 철환이 알아??"

"맞아요? 맞죠!! 저 오빠 유명한 사람이에요. 별명도 여러
개가 있었는데 뭐였더라……."

"별명?"

"네! 그런데 저 오빠가 여기 왜 왔어요? 이제 악기 안 한
다고 들었는데……."

"무슨 소리야? 서울로 다니면서 열심히 하고 있는데.
철환아! 이쪽으로 와서 인사해. 이 아이는 성민이다. 고등학
교 2학년."

큰 키에 밝은 표정의 성민이는 하고 싶은 이야기가 많은 듯
먼저 말을 건냈다.

"안녕하세요! 저 예전에 오빠 본 적 있어요. 중학교 때 대
회에서 오빠가 1등하고 제가 2등 했었어요."

"어? 그랬구나…… 반가워."

254

"그런데 오빠는 텅잉 연습을 어떻게 했어요?"

"나?? 갑자기?!"

주철환은 성민아의 갑작스러운 질문이 당황스러웠다.

"네. 오빠요!"

"어어…… 나는 중학교 때 익산에서 전주로 레슨을 다녔는데, 버스 창가에 앉아서 스치듯 사라지는 가로수를 메트로놈이라고 생각하고 16분음표 텅잉을 하면서 다녔어."

"한 시간 동안 차에 앉아서 '다다다다−' 이렇게 하고 있었다고요?!"

"어. 숨을 내쉴 때나 들이쉴 때나 계속 연결해서……."

"만약에 가로수가 안 보이면 어떻게 해요?"

"차선을 보면서 했어. 꼭 둘 중 하나는 보였거든."

김명환은 최용호 선생으로부터 이미 주철환의 연습 방법을 들은 적이 있었다. 사실 더욱 놀라웠던 것은 이렇게 연습한 주철환은 16분음표를 메트로놈 160 템포도 어렵지 않게 텅잉 한다는 것이었다. 더블 텅잉 보다 빠르고, 금관악기의 트리플 텅잉과도 맞먹는 수준의 스피드였다.

"그렇지만 버스는 일정하게 달리는 것이 아니잖아요. 조금 느리게 가다가도 갑자기 빠르게 달리기도 하고……."

"그런 경우가 오히려 연습에 도움이 돼. 악기를 하다 보면 혀가 순간적으로 치고 나가야 하는 순간들이 있는데, 이때를 대비해서 혀의 탄력을 조절하는 연습을 할 수 있거든. 그리고 차가 일정하게만 움직이면 연습이 지루하기도 하고."

"아– 그렇구나."

"민아야, 그런데 너 입상도 했었어? 2등씩이나?"

"네에. 철환이 오빠 때문에 클라리넷 중등부 다 도망가서 연주한 사람이 이 오빠랑 저밖에 없었어요. 그 대회 이후로 별명이… 뭐가 많이 생겼었는데……."

"야야– 아냐, 됐어. 너 끝났지! 다음에 보자. 선생님, 저 수업 시작할까요?!"

자신의 별명을 끔찍이도 싫어했던 주철환은 서둘러 성민아를 돌려보내고 싶었다. 하지만 성민아는 아직 무언가 해결할 일이 남아 있는 사람처럼 꿈쩍하지 않았다.

"선생님, 저 궁금한 게 있어요. 호흡에 관한 거예요."

"그래? 뭔데?"

"제가 복식호흡은 하면서도 횡경막에 대해서는 아무것도 모르고 있었더라고요. 친구들은 횡경막을 잘 사용해야 한다고 이야기하던데 정확하게 그게 어떤 건가요?"

"횡경막이란 글자 그대로 가슴과 배를 가로로 나눠주는 돔 모형의 근육조직이다. 횡경막의 위는 가슴으로 심장과 폐가 있고, 횡경막 아래는 배 부위로 위장, 소장, 대장, 간장, 췌장, 비장, 콩팥이 있고, 가슴과 배 사이에 있는 식도가 횡경막을 뚫고 내려가는 구조로 되어 있다."

"그럼, 복식호흡을 하면 횡경막은 어떻게 움직이면서 역할을 하는 거예요?"

"일반적으로 호흡이란 횡경막을 움직이는 것이고, 심호흡이란 횡경막을 충분히 하강시키는 호흡이라고 할 수 있지."

"횡경막의 하강요?"

"그래. 호흡은 당연히 숨이 들어올 때 가슴의 공간이 넓어지고, 숨이 나갈 때 줄어들게 되겠지? 횡경막은 숨을 들이마실 때 수축되어 아래로 당겨지면서 가슴 공간이 세로로 확장된다. 중요한 것은 횡경막이 충분히 하강하면 가슴 공간에 음압이 생기면서 공기가 쭉 빨려 들어오게 되는데, 연주자는 이것을 활용할 수 있어야 한다. 마치 주사기의 피스톤을 당기면 공기가 순식간에 들어오는 것과 같은 이치이지."

"조금 이해돼요. 그럼, 자신이 올바른 호흡을 하고 있는지는 알 수 있는 방법이 있을까요? 혼자서 확인할 수 있는 연습

방법요…….”

"물론 간단한 방법이 있다. 먼저 누워서 무릎을 적당히 세우고, 왼손은 가슴 중앙에 오른손은 배꼽 위에 올려봐라. 손을 올려놓는 이유는 숨 쉴 때 어디가 움직이는지 느껴보기 위한 거야. 만약, 가슴에 얹어진 손은 전혀 움직이지 않고, 배 위에 얹어진 손이 오르락내리락하면 잘하고 있는 거야. 결국, 횡경막이 하강해 배를 안쪽으로 밀어 누르니까 자연스럽게 배가 볼록하게 나오는 것이지."

"그럼, 이 연습 후 다음 단계 연습도 있나요?"

"누워서 숨을 들이쉴 때 배가 나오는 것을 익혔다면 이제는 앉아 있을 때와 서 있을 때도 시도하면 좋겠지. 이때에도 여전히 가슴이나 어깨가 들리는지 꼭 확인해야 한다. 어떤 사람들은 목에 있는 흉세유돌근까지 사용하면서 목이 두꺼워지는 사람도 있는데, 이것은 그 사람이 올바른 호흡을 사용하지 못한다는 것이고, 이것은 결국 횡경막이 충분히 하강하지 않았다는 것으로 이해할 수 있는 것이다."

"호흡을 항상 신경 써야겠네요!"

"물론이지. 자, 그럼 다음 시간에 다시 살펴보자."

"네, 선생님. 안녕히 계세요. 오빠 다음에 또 봐요!"

258

     * *

 김명환은 주철환의 악기 상태와 사용하는 악세사리를 살펴보고 있다.

 "악기 상태는 좋은데… 좀 오래됐구나?"

  "네. 이번 가을에 바꾸려고요. 그런데 선생님. 새 악기를 구입할 때 어떤 점을 보고 악기를 고르는 게 좋죠?"

 "클라리넷은 당연히 음정이지."

 주철환은 다소 의아하다는 표정으로 되물었다.

 "음정요?? 소리의 질이 중요한 거 아닌가요?"

  "악기의 음색이 왜 중요하지 않겠냐. 하지만, 음정이 정확해야 소리도 좋은 것이다. 다시 말하면 좋은 소리란 정확한 음정으로 연주하는 소리란 말이지. 혹시 이런 이야기 못 들어 봤어? 현악기는 정확한 음정으로 연주하지 않으면 악기가 울리지 않는다는 것 말이야."

 "그렇군요…. 그럼 어떤 음정을 먼저 확인해야 하나요?"

  "먼저 오픈 핑거링 '솔'이 너무 낮지 않은가를 확인해야 한다. 음정이 높은 것도 문제지만, 이 음이 낮으면 그 악기는 방법이 없다."

  "짧은 배럴을 사용하면 되지않나요? 아… 모든 음정이 평균적으로 높아지겠구나……"

"그리고 높은 음 '도', 튜닝 음 '시'가 각각 안정적이라면, 그다음은 상대적으로 음정을 교차 확인해야 한다."

"……상대적인 교차 확인이라는 게 뭐예요?"

"예를 들어 오픈 핑거링 솔 음정이 너무 높아서 배럴을 길게 빼면 상대적으로 높은 도의 음정이 낮아지겠지? 이런 상황에서 '도'는 어느 정도의 음정을 유지하는지 확인이 필요하다는 거야. 이해돼?

"아ー. 생각보다 체크해야 할 것이 꽤 많겠네요……. 그럼 음정 다음에는 뭘 살펴봐야 하죠?

"레가토. 클라리넷은 조립해서 사용하는 악기로 각 부분 간의 밸런스가 중요하다. 이 조합이 좋지 않으면 음정뿐만 아니라 레가토 연주가 어렵게 되는데, 홀의 크기, 패트와 홀의 간격 역시 레가토에 영향을 미치게 된다."

"그렇군요……."

주철환은 메모지를 꺼냈다. 새롭게 알게 된 내용을 하나도 잊고 싶지 않았다.

"마우스피스는 얼마나 됐어?"

"1년 조금 넘었어요."

"마우스피스는 매일 사용하는 연주자인 경우, 2년 주기로 교체하는 것이 좋다."

"… 마우스피스는 깨질 때까지 사용하는 거 아니에요?"

"그건 아니지. 앞으로 마우스피스는 소모품이라고 생각해라. 바이올린 활 털도 시간이 지나면 다시 털 갈기를 하는 것처럼 말이다. 그런데 이 마우스피스… 팁은 멀쩡한데 색이 너무 바랬구나. 혹시 씻을 대 온수를 사용하니?"

"글쎄요… 겨울엔 가끔 그렇게 했던 것 같네요."

"앞으로는 마우스피스를 씻을 때 채소를 씻듯 차가운 물을 사용해라. 단순히 변색되는 것뿐만 아니라 마우스피스가 변형될 수가 있으니까."

"네."

"그런데 이 마우스피스는 너한테 잘 맞니?"

"네. 왜요? 무슨 문제가 있나요?"

"마우스피스가 팁 오프닝 Tip Openning 이 좁고, 페이싱 facing length 은 미디엄 숏 medium short 으로 짧은 편이구나."

"그게 눈으로 확인이 돼요?"

"안 되지. 마우스피스의 모델을 보고 아는 거야."

"네에……. 그럼 제 마우스피스의 팁 오프닝이 좁고 페이싱이 미디엄 숏이라는 것은 어떤 의미가 있는 건가요?"

"한 마디로 이제 악기를 처음 배우는 초보자들에게 최적

화된 마우스피스라는 거야. 팁 오프닝과 페이싱에 대해서는 알고 있지?"

"네. 마우스피스는 어느 부분부터 곡선으로 이루어지는데, 이 곡선이 시작되는 부분을 '페이싱'이라 하고 이 부분에서 마우스피스 끝까지를 '페이싱 길이'라고 말합니다. 팁 오프닝은 마우스피스 끝의 열린 정도를 나타내는 것이고요."

"그래. 그렇게 잘 알고 있으면서 그것들의 의미는 잘 모르고 있었던 모양이구나. 이 마우스피스처럼 팁 오프닝이 좁은 것은 마우스피스 곡선이 완만해 팁과 리드 사이가 좁다는 것이지. 여기에 짧은 페이싱 형태의 마우스피스의 장점은 소리에 대한 반응이 빨라서 소리를 쉽게 낼 수 있다는 거다.

하지만, 표현이 직선적이고 단순한 면이 있어. 정확히 설명하기는 어렵지만 뭐랄까⋯ 소리에 무엇을 남겨 놓거나 숨겨둘 수가 없어. 그러니까 연주에 신비감이 없고 다 드러나 보이면서 섬세한 뉘앙스 표현에도 한계가 있는 것이고."

"아− 소리의 잔향이 부족하군요⋯⋯. 그렇다면 소리의 폭도 넓어지고 밝고 화려한 사운드를 갖기 위해선 어떤 마우스피스의 조합이 필요한 건가요?"

"지금 네가 사용하는 마우스피스를 기준으로 말하자면 짧은 페이싱을 조금 더 긴 미디엄으로 교체하거나, 팁 오프닝을 더 열린 것으로 바꾸면 되겠지. 만약, 두 가지를 동시에 조정하면 소리는 더욱 밝고 풍부해질 수 있다. 하지만 단점도 있을 수 있는데, 마우스피스 컨트롤이 이전보다 까다롭고 음색은 밝은 것을 넘어서 가벼울 수도 있겠지. 이렇게 페이싱과 오프닝 그리고 아직 언급하지 않은 마우스피스의 외형의 의미를 이해한다면 머릿속에서 마우스피스의 상황을 조합하고 사운드를 어느 정도 예측할 수 있게 된다."

"아, 그런 거였군요……."

*　　*

"이번 여름에 키리시마 국제 음악제에 참가한다면서? 준비는 잘돼가?"

"후유– 아니요……."

주철환은 한숨부터 내쉬었다.

"연주곡을 지난주에 결정해서 많이 부족한 상태예요."

"어떤 작품을 준비하는데?"

"제가 2회 공연을 맡아서 두 곡을 준비해야 하거든요. 그래서 카미유 생상스의 클라리넷 소나타 그리고 장 프랑세의 바리에이션을 해 보려고요."

• Sonata for Clarinet and piano Op. 167 _Camille Saint-Saëns

• Theme and Variations _Jean Françaix

"작품 선택은 잘한 것 같구나. 두 작품 스타일이 서로 달라서 연주자의 재능을 충분히 보여줄 수 있겠어.

그럼 강사는 어떤 분이 오시지?"

"찰스 나이디히 Charles Neidich 라고 하는데, 저는 그분에 대해서 아는 게 하나도 없어요."

"그래? 잘됐네."

주철환의 눈이 번뜩 빛났다.

"선생님! 아세요? 찰스 나이디히를요? 어떤 분이세요??"

"오래전에 마스터 클래스에 참가한 적이 있었다.

찰스 나이디히는 러시아 출신 미국인으로 1985년부터 1989년까지 이스트만 음악대학 Eastman School of Music 의 교수였고, 지금은 줄리아드 스쿨 Juilliard School of Music, 맨하튼 음대 Manhattan School of Music 의 교수님이다."

"경력만 들어도 대단하신 분 같네요?"

"현대 음악에 대한 해석과 연주법이 탁월하시지.

뉴요커라는 잡지에서는 '그는 악기의 마스터이자 클라리네티스트를 뛰어넘은 자'라고 표현하기도 했는데, 유럽에서는

264

의견이 좀 갈려."

"어떻게요?"

"그건 직접 경험해보면 알게 될 거다. 사모님은 성함은 오시마 Oshima. 일본인으로 그 당시에는 두 분이 줄리아드에서 함께 지도하고 계셨었다."

"맞아요. 이번 음악제에 클라리넷 선생님이 두 분이셨는데 그중 여자분 성함이 '오시마'였어요."

"역시, 선생님은 최용호 선생님 제자가 맞네요!"

"뭐? 왜? 무슨 말이야!"

"그게요, 최용호 선생님은 연주자와 작곡가들에 대해서 모르는 게 없으시거든요. 그런데 김명환 선생님도 연주자에 대해서 잘 알고 계신 것 같아서요! 그럼, 찰스 나이디히의 선생님은 누구예요?"

"시작은 그의 아버지와 함께했다. 이후에는 레온 러시노프 Leon Russianoff 에게 배웠는데, 레온 러시노프는 당대 최고의 연주자이자 미국 클라리넷의 아버지라 불리는 시몬 밸리슨과 다니엘 보나드라는 두 대가에게 배운 인물이다."

"다니엘 보나드요?! 파리음악원에서 공부하고 미국으로 건너가 수많은 제자를 양성한 사람 맞죠?"

"너는 그걸 어떻게 알고 있어?"

"예전에 최용호 선생님께서 파리음악원 클라리넷 연주자들에 대해 이야기해 주신 적이 있었어요. 그때 다니엘 보나드는 꼭 기억해야 할 인물이라고 하셨거든요!"

"그랬구나. 레온 러시노프는 맨하튼 음대와 줄리아드 스쿨에서 오랫동안 교수로 재직했다. 교육에 대한 접근방법이 다양하고 각 학생의 독특한 소리를 찾기 위해 노력했다고 알려졌지. 심지어 학생들에게 심리학자로 불렸을 정도였다."

"각 학생의 독특한 소리?

"선생님! 예후다 길다드도 연주자 마다의 소리를 이끌어 내는 스타일이라고 들었어요?"

"그래?! 철환이 너도 정말 아는 게 많구나. 하하하!"

"최용호 선생님 제자 중에 수영이라는 친구가 있는데, 작년에 예후다 길다드의 마스터 클래스에 가서 많이 배웠거든요. 수영이한테 조금 들었어요!"

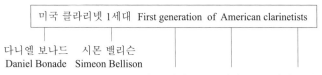

미국 클라리넷 1세대 First generation of American clarinetists

다니엘 보나드　시몬 밸리슨
Daniel Bonade　Simeon Bellison

랄프 맥레인　조 앨러드　로사리오 마제오
Ralph McLane　Joe Allard　Rosario Mazzeo
Inventor of the Mazzeo system

시몬 밸리슨의 제자들 Simon Simeon Bellison's disciples

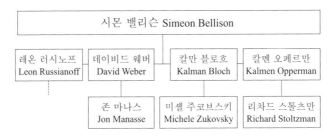

시몬 밸리슨 Simeon Bellison

레온 러시노프 Leon Russianoff | 데이비드 웨버 David Weber | 칼만 블로흐 Kalman Bloch | 칼멘 오페르만 Kalmen Opperman

존 마나스 Jon Manasse | 미셸 주코브스키 Michele Zukovsky | 리차드 스톨츠만 Richard Stoltzman

다니엘 보나드의 계보 Daniel Bonnard's genealogy

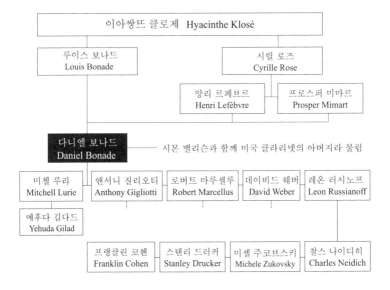

이아쌍뜨 클로제 Hyacinthe Klosé

루이스 보나드 Louis Bonade | 시릴 로즈 Cyrille Rose

앙리 르페브르 Henri Lefèbvre | 프로스퍼 미마르 Prosper Mimart

다니엘 보나드 Daniel Bonade ·········· 시몬 밸리슨과 함께 미국 클라리넷의 아버지라 불림

미첼 루리 Mitchell Lurie | 앤서니 질리오티 Anthony Gigliotti | 로버트 마루셀루 Robert Marcellus | 데이비드 웨버 David Weber | 레온 러시노프 Leon Russianoff

예후다 길다드 Yehuda Gilad

프랭클린 코헨 Franklin Cohen | 스탠리 드러커 Stanley Drucker | 미셸 주코브스키 Michele Zukovsky | 찰스 나이디히 Charles Neidich

생상스의 클라리넷 소나타

"철환이는 작품에 접근하는 과정에서 중요하게 생각하는 건 뭐지?"

"프레이징이나 음색을 먼저 생각하는 편이에요. 그리고 소리의 밸런스가 중요한데 피아노와 함께 준비할 기회가 없어서 조금 아쉬워요. 예술고등학교에 다니는 친구들은 가끔씩 피아노하는 친구들과 함께 연습도 한다고 하더라고요."

"그럴 수 있으면 좋겠지만 너는 상황이 다르니 먼저 피아노 악보를 모두 외우고, 피아노를 연주하는 상상의 친구를 만들어서 함께하는 습관을 들여봐라!"

"알겠습니다."

김명환은 주철환이 생상스 소나타의 모든 악장을 연주하는 동안 습관 하나하나를 관찰했다.

'훌륭한 연주! 역시……. 레벨이 다르구나.'

김명환은 최용호 선생이 왜 자신에게 주철환을 보냈는지 그 이유를 이제야 알 것 같았다.

"주철환! 엄살이 너무 심한 거 아냐? 연습이 부족하다더니 아주 좋은데. 눈에 띄는 나쁜 습관 하나 없고 말이야!"

　"정말요? 감사합니다!"

　"철환이는 카미유 생상스에 대해서 얼마나 알고 있지?"

　"낭만주의 시대 프랑스 작곡가이자 지휘자입니다. 생상스의 작품 중에는 동물의 사육제, 피아노 협주곡 2번 그리고 제가 좋아하는 첼로 협주곡 1번이 잘 알려져 있고요."

　"그래. 생상스는 라모 Jean-Philippe Rameau, 륄리 Jean-Baptiste Lully 의 계보를 잇는 프랑스의 대표적인 낭만주의 작곡가로 가브리엘 포레 Gabriel Fauré, 모리스 라벨 Maurice Ravel 의 스승이었다.

　그리고 네가 알고 있는 작품들 이외에 죽음의 무도 Danse macabre, 오페라 삼손과 데릴라 Samson and Delila, 바이올린 협주곡 3번 역시 그의 유명한 작품들이다."

　"그렇군요. 그런데 생상스는 어떻게 음악을 배웠나요?"

　"생상스는 3살부터 고모 마쇼 Charlotte Masson 에게 피아노와 음악 지식을 배우며 재능을 키웠는데, 5살부터 피아노 소품을 작곡했고, 7살에는 베토벤 소나타를 완벽하게 연주할 수 있었다. 10살에는 베토벤 피아노 협주곡 3번이 포함된 프로그램으로 데뷔하며 음악 신동으로 불렸고, 13세에는 파리음악원에 입학했다. 또한 생상스는 음악 외에도 프랑스 문학, 라틴어, 그리스어, 신학, 수학, 천문학에서도 두각을 나타냈다."

"이 정도면 음악 신동이 아니라 그냥 천재 아닌가요?"

"그래. 그 천재성 때문에 생상스의 어머니는 아들이 어린 나이에 유명해지는 걸 결코 바라지 않았다. 하지만 그 바람과는 달리 생상스의 천재성은 모차르트와 줄곧 비교되었지."

"모차르트와 비교된 천재성?!"

"이번에는 소나타 Sonata Op.167 에 대해 말해 봐라?"

"생상스가 세상을 떠난 1921년에 작곡한 작품으로 파리 음악원 교수인 오귀스트 페리에 Auguste Périer 에게 헌정한 작품입니다. 개인적으로는 4악장으로 구성된 소나타라는 부분이 조금 특이하다고 생각했어요."

"생상스는 1872년부터 1905년 사이 첼로와 바이올린 소나타 2개씩을 작곡했고, 1921년 목관악기 시리즈로 오보에 Op.166, 클라리넷 Op.167, 바순 Op.168 을 위한 세 개의 소나타를 작곡했다. 이 시리즈를 계획한 동기는 목관악기에 대한 애정에서 비롯된 것으로, 목관악기의 레퍼토리가 필요하다고 생각했기 때문이었다. 이중 내가 즐겨듣는 작품은 바순 소나타다. 평생에 거쳐 화성과 다양한 음악적 아이디어를 연구했던 생상스였지만, 이 작품에서는 단순한 화성과 피아노의 반주로서 역할을 기본적인 기능에 충실하도록 한 작품이다."

"작곡 시기가 클라리넷 소나타와 비슷해서 어쩐지 두 작품이 닮았을 것 같은 생각도 드네요… 혹시 클라리넷 소나타는 작곡 배경에 대한 어떤 이야기가 있나요?"

"생상스의 클라리넷 소나타는 낭만주의 소나타 전통을 넘어 그가 그토록 사랑했던 고전주의 전통으로 거슬러 올라간 신고전주의 작품으로 86세 말년에 작곡한 작품이다. 당시 생상스의 나이를 생각해볼 때 이 작품은 얼마 남지 않은 자신의 인생을 돌아보며 현재의 심정을 사실적으로 묘사한 작품이라고 짐작할 만하다.

1악장 Allegretto (E♭ major, 12/8) 자신의 현재의 모습을 담았다.

2악장 Allegro animato (A♭ major, 2/2) 자신의 어린 시절의 모습을 떠올리지만 결국 악장의 끝부분에서는 어떤 공허함을 느낀다. 3악장 Lento (E♭ minor, 3/2) 머지않은 시간에 다가올 자신의 죽음을 기다리는 심정을 담았고, 마지막 4악장 Molto allegro (E♭ major, 4/4) 빛과 같이 빠르게 흘러버린 자신의 일생을 회상하며 그 끝을 향할수록 현실에 있는 자신의 모습과 마주하며 사라진다."

"아— 그래서 4악장 마지막 부분이 1악장의 시작과 같이 마무리되는군요. 이야기를 듣다 보니 생상스는 자신의 죽음을 기다리는 듯한 모습인데 혹시 어떤 병을 앓고 있었나요?"

"아니다. 생상스는 1921년 11월 파리에서 독주회를 했는데, 기록에 의하면 활기찬 공연이었다고 할 정도로 여전히 열정이 넘쳤었다. 그러나 한 달 후, 알제리에서 휴가를 보내던 중 갑작스러운 심장마비로 생을 마감하게 된 것이었다."

"그렇군요. 생상스의 갑작스러운 죽음은 안타까운 일이지만, 그는 작품을 통해 자신의 인생을 잘 정리했다고 할 수 있겠네요. 그래서인지, 무엇 때문인지… 이 작품은 이전에 제가 경험했던 곡들과는 다르게 느껴져요. 연습할 때는 마치 물에서 허우적거리는 기분이랄까?! 소리 중심이 잘 안 잡혀요……. 그래서 소리에 방향을 갖고 연주해 보려고 하는데, 1악장 제시부 같은 짧은 단락이 반복되는 부분은 그것마저 어렵더라고요. 소리에 힘이 모이지가 않아요."

"철환아, 방향을 생각하기 이전에 균형에 대해 한번 생각해보자. 균형은 정적 균형과 동적 균형으로 구분할 수 있다. 정적 균형의 대표적인 것이 좌우대칭이고 이것을 적용한 동형진행 구조는 안정적이지만, 단조롭게 느껴지기 쉽다. 네가 말한 1악장 제시부가 바로 좌, 우 대칭이 반복된 동형진행 구조로 선율은 안정적이지만 음악의 움직임보다는 균형감에 충실한 구조로 작곡된 것이지. 이런 구조는 무리해서 방향을 나타내려고 하는 것보다는 좀 다른 방법을 찾아보는 것이 필요할 것 같구나."

"그렇군요. 저는 소리의 방향을 나타내는 점, 선, 면의 요소 중에서 작은 단락을 하나의 면으로 생각하고, 이러한 면 대 면의 상승 하강 곡선으로 방향을 나타내고 싶었어요."

"그러니 어떻든?"

"그게……. 소리에 괜한 힘만 들어가고 작곡가의 의도와는 다른 음악을 하는 것처럼 느껴졌어요."

"시도는 나쁘지 않다. 그리고 방향을 나타내는 2차원적 방법인 점, 선, 면이 있다는 것도 알고 있고, 실제로 너의 연주는 3차원적인 공간감까지 표현됐는데 그것은 놀랍기도 했다. 어쨌든 이런 정적 균형상태의 선율에 움직임을 주기 위해서는 어떤 것들이 필요할까?"

"…… 선생님 말씀을 듣고 보니 동적 균형과 불균형 같은 요소가 도움이 될 것 같은데요. 균형을 이루고 있는 수직, 수평에 어느 정도의 각도를 갖는 사선은 생동감을 주게 되고, 선율의 변화와 곡선에서 율동감 있는 흐름을 느낄 수 있잖아요?! 그러니까 불균형을 표현할 수 있는 요소를 이용해서 곡선의 흐름을 나타내면 되지 않을까요?"

"그렇지. 불균형의 표현을 위해서는 크기와 위치 형태와 무게 등의 요소를 활용할 수 있지. 또한 동적 균형을 활용한다는 것은 좌우대칭의 구조에서 균형을 깨고, 형태의 방향에 색채, 무게감, 크기 등을 변화시키면서 움직임을 나타내는 것이라고 할 수 있다."

"그러니까 동적 균형의 연주란 형태의 방향이나 크기 등을 변화시켜 전체적으로는 힘의 균형이 이루어지도록 하는 것이군요! 이제 알겠어요."

"철환아. 연주자가 악보에 담긴 의도를 이해하기 위해서는 많은 시간과 노력이 필요하다는 것은 알고 있지? 단순히 감으로 하는 음악이나 자신의 주관이 지나친 해석은 아무 가치 없는 연주가 될 수도 있어. 이 때문에 시대를 투영하는 올바른 연주법과 악곡을 분석하는 능력을 바탕으로 본질적인 요소를 찾아내는 능력을 갖추어야 한다. 알겠어?"

"네. 더 깊이 생각하겠습니다."

"그래. 나도 뭐 하나만 묻자!"

"뭐요?"

"너 도대체 별명이 뭐냐?"

"………"

274

에르네스트 블로흐

　국립극장 달오름극장.

　제10회 서울 청소년 음악제 '앙상블 스테이지'

　무대 조명이 서서히 밝아지자 초록빛 반짝이는 드레스를 입은 김수영이 모습을 드러냈다. 관객들은 긴 팔을 살랑이며 입장하는 김수영에게 긴 박수를 보냈다.

　드미트리 쇼스타코비치의 '4개의 왈츠'

「Four Waltzes for Flute, Clarinet, and Piano」

　첫 번째 왈츠. No.1 Spring Waltz from 'Michurin Suite' Op.78a

클라리넷과 피아노의 연주가 시작되었다.

　첫 번째 곡은 연주자의 개성을 나타낼 수 있는 작품으로 연주 형식이 자유롭다.

　"형, 내 생각에 수영이 누나 있잖아, 왠지 요리를 잘할 것 같은데!"

주철환은 고개만 살짝 돌려 문예준을 바라봤다.

"······ 갑자기 무슨 소리야?"

"아니이– 누나는 음악을 잘 요리하니까 먹는 것도 요리를 잘할 것 같아서"

"참나······ 야! 어이없어 힘 빠진다."

"그런데 형! 수영이 누나 있잖아, 오늘따라 왠지 더 예뻐 보이는 것 같은데? 어때??"

"시끄럽다."

김수영의 봄의 왈츠가 익살스럽게 마무리됐다. 이어서 올해 계원예술고에 입학한 안미영이 화사한 노란색 드레스를 입고 입장했다. 관객들이 또 다른 연주자를 맞이하는 사이 김수영은 무대 뒤로 한 걸음 물러났다.

No.2 Waltz-Joke from 'The Bolt' Op.27.

즐거운 선율로 가득한 작품. 안미영은 여유롭게 차근차근 선율을 풀어갔다. 플루트의 매력적인 밝은 음색과 수준 있는 비브라토가 들려주는 음악은 돌고 돌며 곧 마무리됐다.

플루트 연주가 끝나자 김수영은 다시 연주자로 나섰다. 이제부터는 김수영과 안미영이 함께하는 무대다.

문예준은 이러한 작품 구성이 신선하게 느껴졌다.

"형! 왠지 재미있다. 두 작품의 분위기도 비슷하고······."

276

"그렇구나. 두 개의 왈츠에서는 각 독주자가 서로 다른 악기의 매력을 충분히 나타냈고, 이제는 앙상블을 통해 조화로움을 나타내는 구성. 왠지 더 기대된다."

플루트, 클라리넷 그리고 피아노가 함께하는 두 개의 왈츠.

No.3 Waltz Op. 45 'The return of Maxim'

No.4 Waltz Op. 97a 'Barrel Organ Waltz'

화려하면서도 새침한 플루트와 감미롭고 포근한 클라리넷이 완벽한 호흡으로 어우러졌다.

"형, 나는 두 악기가 이렇게 잘 어울리는지 오늘 처음 알았어! 왠지 클라리넷이 사교성 좋게 느껴지는데? 왜일까."

"하하하! 사교성? 하긴 클라리넷은 다른 어떤 악기와도 잘 어울리지. 특히 화려하면서 맑고 투명한 플루트와는 상호보완적이면서 절묘한 사운드를 만들어 내는 것 같다."

"그런데 미영이 누나, 플루트 엄청 잘하네! 앙상블에 대한 여유는 오히려 미영이 누나가 더 있어 보여. 피아노를 잘 쳐서 그런가? 그리고 수영이 누나 표정을 보면 알 수 있어. 얼마나 편하게 하는지 그리고 얼마나 즐겁게 하는지."

"그렇구나……."

김수영과 안미영의 두 번째 연주가 이어졌다.

에르네스트 블로흐의 콘체르티노.

「Concertino for Flute, Clarinet and Piano」

원곡은 플루트와 비올라를 위한 작품이다.

에르네스트 블로흐 Ernest Bloch 는 미국을 대표하는 유대계 작곡가로 스위스에서 태어나 1917년 미국으로 이주해 작곡가이자 교사로 명성을 얻었다. 블로흐는 유대인의 음악 유산을 클래식 음악에 도입해 유대인의 정신과 색채를 담아 작곡한 대표적인 민족주의 작곡가다. 1930년, 유럽으로 돌아온 블로흐는 제2차 세계 대전이 발발한 1939년에 미국에 영구적으로 정착해 1952년까지 캘리포니아 버클리 대학교 교수를 지냈고, 이후 오리건 주 애거트 비치에 머물며 작곡 활동과 마스터 클래스를 통해 젊은 작곡가들에게 큰 영향을 미쳤다.

알레그로 코모도 Allegro commodo.

피아노 소리는 기타 연주를 연상시켰다. 약간의 불협화음 한 마디 피아노 코드. 이와 대조되는 클라리넷의 묘한 분위기의 선율이 생동감 있게 흐르고 이를 플루트가 뒤따랐다.

유대적 성격을 갖는 멜로디로 시작되어 점차 이러한 뿌리를 넘는 확장된 선율과 화성으로 발전했다.

주철환은 이제까지 경험하지 못한 낯선 음악에 깊이 빠져들었다. 그리고 어떤 거부할 수 없는 내면의 소리에 이끌렸다.

'누군가 나의 깊은 곳에서 소리치며 부르는 듯한 아픔이 느껴진다. 이것이 유대 정신과 영혼에 기초한 음악인가?!'

주철환은 분명하게 눈을 뜨고 있었지만 보이는 건 아무것도 없었다. 그 순간 자신이 낯선 공간에 있다는 것을 깨달았다.

'아무것도… 아무도 없다.'

시간이 얼마나 흘렀을까. 한 줄기의 강렬한 빛이 무대를 비추자 한 노인이 모습을 드러냈다.

'이 사람…… 언제부터 이곳에 있었지?!'

주철환을 바라보던 노인은 무서운 표정으로 입을 열었다.

'복잡함과 열정과 혼돈된 영혼, 이러한 것들은 나를 성서 속에서 뒤흔든다. 창조자의 힘과 예언자의 책 속에서 나타나는 유대인의 반란, 정의를 향해 불타오르는 사랑과 슬픔, 성경 속에 묘사된 욥의 인내와 그 가치…… 이러한 성경 속에 나타나는 정서들은 우리에게 있고 또한 그것은 내 속에 있다. 나는 이것을 쓰고 표현하기를 원할 뿐이다…….'

노인은 여전히 무서운 표정으로 같은 말을 반복했다. 그리고 강렬했던 조명과 함께 사라졌다.

음악은 천천히, 아주 느리게 주철환의 귀로 흘러들었다.

소리가 들려오듯 무대가 보이기 시작했다.

'노인이 있었던 곳…….'

주철환은 얼마의 시간이 흐렸는지 가늠할 수 조차 없었다. 정신을 차리자 음악은 파사칼리아 양식의 안단테 세 가지 주제의 아름다운 변주를 지나고 있었다.

푸가 유머러스한 Fugue humoresque. 세 번째 악장.

김수영은 푸가의 지그 주제를 연주하며 플루트의 반응을 즉시로 끌어냈다. 피아노의 복잡한 불협화음과 관계없이 클라리넷과 플루트는 제멋대로 장난스럽게 연주했다.

주철환은 잠시 침묵의 시간을 보내며 노인의 모습을 떠올렸다. 그의 모습과 이야기가 잊혀지지 않았다.

'음악은 나에게 무엇인가. 왜 이런 일들이 나에게 반복되는 것일까…….'

미국 클라리넷의 토대

충정로, 최용호 선생 자택.

"김명환 선생에게는 잘 다녀왔냐?"

"네. 너무 좋으셨어요. 김명환 선생님이 편하게 대해주셔서 바로 가까워졌어요."

"그래. 어떻든?"

"역시 최용호 선생님이 '가장 아끼실만한 제자구나!'라는 생각이 들었어요."

"하하하! 왜? 왜 그런 생각을 했냐?!"

"김명환 선생님은 선생님을 많이 닮았거든요… 모든 상황을 잘 관찰하시고 적절한 방법을 제시해 주시는 것도 그렇고 기본적으로 아시는 것도 참 많으세요."

"그래. 김명환 선생이 좀 그렇지… 악기는 불어주던?"

"아니요. 아직은."

"기회가 오면 김명환 선생의 연주를 잘 봐둬라. 잠깐 보고 듣는 것만으로도 너에게 도움이 될 거다. 명환이의 소리는 완벽하게 정리되어 있어. 한 치의 어긋남이 없지."

"어떻게 그럴 수가 있죠?"

"보면 알게 될거다. 명환이는 자신이 내고자 하는 소리가 분명하고, 그 소리에 따라 입술과 입안에서의 공기의 압력, 호흡, 자세 등이 자동으로 반응한다. 일부러 만들어내는 소리가 아닌 필요한 소리를 먼저 생각하고 얻어내는 방식이기 때문에 그 소리가 머리에서 지워지지 않는 한 언제라도 똑같은 소리를 얻을 수 있는 것이다."

"잘은 모르겠지만… 왠지 기대돼요. 사실 제가 지난번에 궁금한 게 많아서 말이 좀 많았어요."

"하하하 – 그래 너는 항상 말이 좀 많은 편이잖아?!"

"그런데 선생님. 또 궁금한 게 있는데요. 미국은 땅이 넓어서 학교도 많고 연주자도 많은 것 같은데. 미국은 언제부터 클라리넷 연주자가 등장했을까요?"

"글쎄다. 그건 정확하게 알 수 없다만 생각해 볼 만한 점은 있는 것 같구나. 우리가 아는 것처럼 1492년에 콜럼버스는 에스파냐의 여왕 이사벨라의 지원으로 대서양 서쪽으로 건너가 '신대륙'을 발견했고, 16~17세기에 걸쳐 에스파냐와 포르투갈을 중심으로 오늘날의 라틴아메리카를 형성했다.

북아메리카는 17세기 초부터 본격적으로 개척됐는데, 1606

년 12월. 영국에서 출발한 수잔 콘스탄트 호가 140여 명의 남성을 태우고 체서피크만에 도착했다. 메이플라워 호에 몸을 실은 100여 명의 영국 청교도들은 1620년 9월 16일, 종교 자유를 찾아 보스턴 남쪽 해안에 도착해 신대륙에 새로운 생활 터전을 마련했다. 이후 약 4만 명이 넘는 사람들이 종교의 자유와 정치적 박해를 피해 '기회의 땅' 미국으로 건너가 점차 세력을 확장하기 시작했다. 영국은 신대륙의 원주민인 인디언들의 끊임없는 반발에도 18세기 중엽까지 13개 주의 식민지를 미국에 건설했지. 이 과정에서 영국 정부는 늘어난 국가 채무를 식민지에 부담시키기 위해 세금 정책을 폈는데, 이게 좀 과도했는지 식민지인들은 영국의 세금정책뿐만 아니라 군주제까지 싸잡아 비판하며 더 이상 미국은 작은 섬나라 영국의 통치를 받을 필요가 없다고 주장하기에 이르게 됐다. 결국 1776년 7월 4일 북아메리카의 13개 주의 대표들이 모여 독립을 선언하고 13개의 식민지는 13개의 공화국임을 세계에 알린 것이다."

"그럼, 이때까지는 전문적인 클라리넷 연주자라고 할 만한 사람이 없었겠네요?"

"하하하! 너는 이런 상황에서도 클라리넷 연주자를 찾고 있는 거냐? 미국에서는 음악이 직업으로 발전하는 데에 적어도 100년은 걸렸을 거다. 생각해 봐라. 미국인들은 예술에 전념할 시간도 유럽인들과 경쟁할 학교나 교사도 없었겠지.

이 때문에 20세기로 넘어가기 전 초기 미국의 오케스트라는 대부분 유럽 음악가들로 구성될 수밖에 없었다."

"하긴… 그랬겠네요."

"자, 그럼. 미국의 오케스트라들에 대해서 한 번 생각해보자. 미국 최초의 오케스트라는 어느 곳이라고 생각하냐?"

"뉴욕 필하모닉 아닌가요?"

"그래, 맞다. 뉴욕 필하모닉 오케스트라는 베를린 필하모닉, 런던 심포니, 콘체르트 허바우 오케스트라 보다 이전에 존재한 오케스트라다. 1842년 뉴욕 필하모닉 오케스트라 소사이어티란 이름으로 창단된 뉴욕 필하모닉은 초기에 지휘자가 자주 교체됐고 단원들은 공연 수익을 배당받는 이익단체로 활동했다. 더군다나 미국에서 남북전쟁이 발생한 1861년부터는 공연 활동조차 어려웠던 시절도 있었지. 하지만 이런 뉴욕 필이 본격적으로 명성을 쌓기 시작한 계기가 있었다.

그것은 뉴욕 필하모닉의 지휘자였던 레오폴드 담로슈 Leopold Damrosch 의 아들 월터 담로슈 Walter Damrosch 가 강철왕 앤드류

284

카네기를 설득해 뉴욕에 공연장을 짓도록 후원을 이끌어낸 것이었다. 카네기는 1891년 가축을 키웠던 자신 소유의 방목지에 '뉴욕 뮤직 홀'을 지었는데, 얼마 후부터 공연장은 후원자의 이름인 카네기 홀 Carnegie Hall로 불리게 되었다."

"아— 카네기 홀 개관 음악회에 차이콥스키가 지휘했다는 이야기는 들어봤어요!"

"그렇지. 이후 뉴욕 필은 1901년 앤드류 카네기가 단장으로 취임하면서 본격적인 개혁이 이루어졌다. 새로운 스폰서 시스템을 도입했고, 당시로는 혁신적이었던 객원 지휘 시스템을 도입하기도 했지. 이를 통해 뉴욕 필은 헨리 우드, 막스 피들러, 리하르트 슈트라우스 등의 객원 지휘자들과 함께 새로운 작업을 시도하며 주목받게 되었다. 또한 1906년에는 상임 지휘자 바실리 사포노프가는 슬라브 음악으로 매 공연 전석 매진을 시켰고, 1909년에는 구스타프 말러가 취임하며 대중적인 성공을 이뤘다고 볼 수는 없지만 브루크너 교향곡 전곡 연주, 말러 교향곡 1번, 2번, 4번, 5번을 초연하며 국제적인 명성을 쌓아 갔다."

"말러요? 말러와 함께 뉴욕 필에서 클라리넷을 연주했던 사람은 누구였나요??"

"알렉상드르 셀머 Alexander selmer."

"아! 시릴 로즈의 제자. 앙리 셀머의 동생 맞죠?"

"그래. 알렉상드르 셀머 이후 뉴욕 필하모닉 오케스트라의 클라리넷 주자는 앙리 르로이 Henri Leroy, 구스타프 랑게누스 Gustave Langenus, 시몬 밸리슨 Simeon Bellison, 스탠리 드러커 Stanley Drucker로 계보를 이어갔다."

"선생님, 앙리 르로이 역시 시릴 로즈의 제자라고 일전에 말씀해 주셨는데 미국에서는 어떤 활동을 한 인물인가요?"

"앙리 르로이는 강철왕 앤드류 카네기에게 공연장을 짓도록 설득한 월터 담로슈의 요청으로 1905년 미국으로 건너가 뉴욕 심포니 New York Symphony Orchestra 수석 주자로 활동했다. 이와 동시에 월터 담로슈의 형, 프랭크 담로슈 Frank Damrosch 에 의해 1905년에 설립된 뉴욕 음악예술학교 New York Institute of Musical Art 최초의 클라리넷 교사가 되었는데, 이 학교가 바로 지금의 줄리아드 스쿨 Juilliard School 의 토대가 된 것이다."

"줄리아드 스쿨요? 선생님 좀 더 자세히 알고 싶어요!"

"프랑스 출신의 성공한 사업가 아우구스투스 줄리아드 Augustus D. Juilliard (1836~1919)는 메트로폴리탄 미술관과 미국 자연사 박물관의 큰 후원자이자 1892년부터 죽을 때까지 메트로폴리탄 오페라의 회장을 역임할 정도로 예술과 사람들을 사랑했던 인물이었다. 1919년 줄리아드는 죽기 전, 자신의 전 재산을 병원과 박물관, 자선단체을 위해 사용했는데, 특히 500만 달러를 별도로 지정해 미국 음악 발전을 위해 반드시 사용하라는 유언을 남겼다. 이러한 이유로 줄리아드가 사망한 다음 해인 1920년, 줄리아드 재단이 설립됐고 그의 뜻에 따라 우수한 학생들의 음악교육을 지원하기 위해 1924년 줄리아드 대학원을 설립한 것이다. 이후 1946년에는 프랭크 담로슈가 관장으로 있던 뉴욕 음악예술학교와 줄리아드 대학원이 줄리아드 음악학교로 통합했고, 1968년에는 줄리아드 스쿨로 명칭을 변경해 모든 공연예술 분야를 포괄하게 되었다.

이런 과정을 거치며 지금의 줄리아드 스쿨은 음악, 무용, 드라마 학과, 재즈학 연구소, 그리고 대학 진학을 위한 예비학교 Pre-College Division와 대학원 과정이 만들어지게 된 것이다.”

“멋지네요! 자신의 전 재산을 사회에 환원한 줄리아드도 참 존경스럽고, 아버지와 두 아들이 미국의 음악 발전에 이바지한 담로슈 가문도 참 대단하다는 생각이 들어요!

그럼, 앙리 르로이는 미국에서 처음부터 뉴욕 필하모닉에서 활동한 것은 아니었군요?”

"그렇지. 앙리 르로이는 1905년부터 1909년까지 뉴욕 심포니에서 활동했고, 이후 뉴욕 필하모닉으로 자리를 옮긴 것이다."

"선생님, 그러고 보니 예준이 마우스피스에 H. L. LE ROY−New York 이라고 새겨져 있던데, 혹시 지금 이야기하는 앙리 르로이와 관련이 있나요?"

"허허 − 잘도 봤구나. 앙리 르로이는 악기 제작에도 관심이 많았던 인물이었다. 그 때문에 1924년 다시 프랑스로 돌아와 알렉상드르 로베르 Alexandre Robert 의 작업실에서 함께 클라리넷을 만들고 테스트하는 역할을 즐겨 했다. 이 알렉상드르 로베르의 마우스피스 역시 특별한 음질을 추구하는 것이니 나중에 기회가 되면 한번 테스트해봐라."

"알겠습니다. 그런데 정말 19세기 말의 미국에 오케스트라는 대부분 유럽 연주자들에게 기회의 땅이었던 것 같네요. 뉴욕 필하모닉만 보더라도 프랑스의 알렉상드르 셀머와 앙리 르로이, 벨기에의 구스타프 랑게누스, 러시아의 시몬 벨리슨까지 모두 유럽 사람들이었네요. 그런데 스탠리 드러커는 미국인이죠?"

"그래. 부모가 우크라이나 출신으로 뉴욕 브루클린에서

태어난 미국이다. 스탠리 드러커는 1948년에 뉴욕 필에 입단해 1960년부터 현재까지 수석 연주자로 활동하고 있다."

"그럼, 1842년 창단한 뉴욕 필에 미국 출신의 클라리넷 연주자가 수석을 하기까지 100년이 지나서야 가능하게 된 것이군요?! 혹시 선생님은 역대 뉴욕 필 지휘자 중 누구의 음악을 가장 좋아하세요?! 뉴욕 필에 관한 이야기를 나누다 보니 음반을 하나 사서 들어보고 싶어요!"

"그렇다면 '이 시대 마지막 거장'이라 불리는 마에스트로 쿠르트 마주어 Kurt Masur 의 음악을 추천하마!"

"쿠르트 마주어요?"

"그래. 나는 개인적으로 쿠르트 마주어가 뉴욕 필 초기에 녹음한 1991년 브루크너 교향곡 7번을 좋아하는데, 쿠르트 마주어가 자신의 음악을 실현하기 위해 뉴욕 필을 이끌어가는 모습이 참 흥미롭다. 터질 듯 꿈틀거리는 뉴욕 필의 화려한 사운드의 열망을 다스리는 지휘자의 차가운 열정을 느낄 수 있기 때문인데, 단원들은 결국 스스로를 억제하며 마에스트로에 대항하지 않고 완벽하게 순응하는 모습을 이 음악에서 발견할 수 있다. 마치 '쿠르트 마주어! 당신의 시대를 인정하겠다.'는 단원들의 서약과도 같은 연주를 한 것이지."

「쿠르트 마주어 Kurt Masur (1927~2015)」

예술가이자 독일 민주화의 상징, 뉴욕 필하모닉의 지휘자.

1927년 독일 브리크(현재 폴란드 브제크)에서 태어난 마주어는 브레슬라우 음악원에서 피아노와 첼로를 라이프치히 음악원에서 피아노, 작곡, 지휘를 전공했다. 1972년부터는 라이프치히 게반트하우스 오케스트라 Gewandhaus Orchester 음악감독으로 26년간 지내면서 최고의 전성기를 이끌었다. 1989년 10월에는 구동독 지역이던 라이프치히 시민 7만여 명이 동독 체제를 반대하며 거리로 몰려나와 무력진압이 목전에 닥친 순간, 수백 명의 시위자를 게반트하우스 공연장으로 피신시켰고, 이후에는 평화시위를 보장하는 협상을 조율해 냈다.

이 사건을 계기로 그는 더욱 신망받는 예술가이자 민주화의 선봉장으로 추앙받게 되었다.

마주어가 독일 통일의 시기에 영웅으로 떠오르자, 1990년 4월 뉴욕 필은 그를 1991년 9월부터 음악감독으로 영입하기로 결정하고 연봉 130만 달러를 지급하는 조건으로 5년 계약을 맺었다. 하지만 뉴욕 시민이 사랑한 쿠르트 마주어는 이 계약 기간을 연장해 2002년까지 뉴욕 필하모닉과 함께했다.

최용호 선생은 자신이 손으로 정리한 메모지 한 장을 주철환에게 건넸다.

"자, 한 번 살펴봐라. 1881년 창단한 보스턴 심포니 오케스트라의 역대 클라리넷 수석 연주자들이다."

Boston Symphony Orchestra principal clarinetist since its founding

출신국가	활동기간	클라리넷 수석 연주자
독일	1881~1888	오이스타흐 스트라사 Eustach Strasser
영국	1888-1889	에반스 에커로이드 Evans Akeroyd
오스트리아	1889-1894	귀도 골드슈미트 Guido Goldschmidt
프랑스	1894-1898	레온 푸흐뚜 Léon Pourtau
프랑스	1898~1901	알렉상드르 셀머 Alexander selmer
프랑스	1901~1903	빅터 에드몽 르바이 Victor Edmond Lebailly
이탈리아	1903~1904	아우구스토 반니니 Augusto Vannini
프랑스	1904~1914	조르주 글리상 Georges Grisant
러시아	1914~1925	알버트 샌드 Albert Sand
이탈리아	1925~1926	에드몬도 알레그라 Edmondo Allegra
프랑스	1926~1930	개스톤 하멜린 Gaston Hamelin
오스트리아	1930~1948	빅토어 폴라첵 Viktor Polatschek
이탈리아	1948~1950	마누엘 발레리오 Manuel Valerio
이탈리아	1950~1970	지노 치오피 Gino Cioffi
미국	1970~1993	해롤드 라이트 Harold Wright

"어떠냐? 19세기 후반에 시작된 미국의 오케스트라를 많은 유럽 연주자들이 이끌어 왔다는 것을 짐작할 수 있겠지?"

장 프랑셰의 주제와 변주곡

2004년 8월.

호텔 키리시마 캐슬 Kirishima Castle 은 키리시마 국제 음악제 참가자 숙소이자 파트별 수업이 이루어지는 공간이다.

5층 클라리넷 클래스 룸.

작은 방에는 반원을 그리듯 놓여 있는 의자들과 한쪽 구석에 자리 잡은 피아노가 있었다. 주철환은 어색한 걸음으로 낯선 공간에 들어섰다. 클래스 룸에 모인 참가자들은 친근한 대화를 나누고 있었고 한 여학생이 주철환에게 말을 걸어왔다. 일본어였다. 주철환은 알아들을 수 없었다. 미사키가 다가오기 전까지 주철환은 불편한 의자에 앉아 지루한 시간을 보내야만 했다.

"안녕! 한국에서 온 주철환이지?! 나는 '미사키'라고 해"

"어… 안녕. 내 이름은 어떻게 알았어?"

"참가자 중 남자가 한 명 뿐인데, 한국인이라고 들었거든! 그리고 출입구에 참가자 명단도 붙어 있어."

작고 귀여운 외모에 큰 눈망울이 예쁜 미사키는 음악제 참가자인 동시에 일본 학생들을 위해 통역을 담당했다.

주철환은 출입구에 있는 참가자 명단을 살펴봤다.

'일본 학생들뿐이잖아…….'

이후 알게 된 사실이지만 미사키 외에 영어를 사용할 수 있는 참가자는 한 명도 없었다. 주철환은 그나마 대화가 통하는 미사키가 있어 다행이라 생각했다. 첫 수업 시간이 되자 작은 키에 왜소해 보이는 체구, 편안한 옷차림에 부드러운 첫인상의 찰스 나이디히와 오시마 선생이 학생들 앞에 섰다.

"반갑습니다. 올해도 역시 수준 높은 기량을 갖춘 학생들이 음악제에 참가했다고 들었습니다. 개인적으로 무척 기대하고 있습니다. 우리 클라리넷 클래스는 2주간의 음악제 기간 동안 다 함께 모여 수업하는 형태로 진행할 계획입니다.

다른 참가자의 연주를 지켜보고 새로운 작품들도 배워나가는 의미 있는 시간이 되기를 바랍니다."

찰스 나이디히는 간단한 일본어 정도는 할 수 있었지만 대부분 수업은 영어로 진행했다.

오시마 선생은 통역을 맡은 미사키가 해석하기 어려운 뉘앙스와 추가적인 표현이 필요할 때 옆에서 거들었다. 하지만 그것이 주철환에게 도움이 되는 것은 아니었다.

마스터 클래스가 시작됐다. 첫 번째 참가자는 일본의 명문 토호 음악대학에 재학 중인 이치카였다. 체격이 매우 작은 이치카는 그 모습과는 다르게 자신감 있는 표정으로 나섰다.

찰스 나이디히가 이치카의 악보를 살폈다.

"오늘 준비한 곡은 뭔가요?"

"베버의 클라리넷 협주곡 1번 F 마이너 1악장입니다."

"좋아요. 아주 환상적인 작품이지요."

「Clarinet Concerto No.1 in F minor op.73」

베버의 클라리넷 작품을 대표하는 곡으로 고전주의 형식에 낭만주의 선율을 담고 있다.

이치카의 서정적인 연주가 시작됐다.

안정적인 테크닉, 이치카의 표정에도 여유가 넘쳐났다.

그 때문일까? 음악은 어떤 조급함도 없었다.

찰스 나이디히의 얼굴에도 만족스러움이 가득했다.

하지만…… 주철환은 무언가 알 수 없는 표정을 지었다.

'자세가 어색해 보이는데… 연주는 잘 진행되고 있고, 참 희한하네……. 호흡 때문인가?'

주철환은 이치카의 호흡이 자신이 생각하는 것과는 많이 다르게 느껴졌다. 이치카의 연주가 끝났다.

"좋은 연주였습니다."

찰스 나이디히가 이치카를 칭찬했다.

"인상적인 부분은 음악에 대한 대단한 집중력이었어요. 그리고 또 한 가지는… 바로 호흡이었습니다. 호흡에 관해 꽤 열심히 노력한 것으로 보이는데, 설명해 줄 수 있나요?"

이치카는 질문을 예상하고 있었다는 듯이 고개를 끄덕였다.

"네. 저는 복식호흡을 습득한 후 가슴과 몸 전체에 호흡을 채워서 연주하는 법을 익혔습니다. 그런 이유는 저의 외소한 체격 때문이었습니다. 아무리 노력해도 호흡이 부족했고, 호흡은 언제나 저의 가장 큰 고민이었습니다. 그러던 어느 날 선생님과 이야기를 나누던 중 현실적으로 복식호흡으로는 폐에 공기를 가득 채울 수 없다는 것을 알게 되었습니다.

그래서 저는 적극적으로 그러한 이유와 호흡의 원리를 선생님께 물으며 지금껏 훈련해 왔습니다.”

찰스 나이디히는 상황을 이해하겠다는 듯 가볍게 고개를 끄덕였다.

“먼저, 나는 젊은 연주자들에게 복식호흡과 순환호흡 정도만을 권한다는 걸 말해주고 싶습니다. 이치카가 사용하는 3단계 호흡 즉, 복식호흡을 시작으로 척추를 중심으로 갈비뼈를 팽창시키는 양동이 호흡 그리고 상부 흉각 호흡의 흐름에 따라 몸 안 가득 공기를 확보하는 것에 대한 이점이 분명 있습니다. 그러나 젊은 연주자들이 이 호흡의 순서를 바르게 이해하기 어렵고, 또 가슴과 최상부의 호흡은 제대로 관리하기가 어려운 단점도 있습니다.”

이치카는 난감한 표정을 지었다.

“그럼… 제가 하는 방식이 잘못된 건가요?”

“하하하— 그건 아닙니다. 이치카만은 예외로 하겠습니다. 복식호흡과 순환호흡 정도면 대부분의 작품 연주에 무리가 없다고 생각하는 것은 그저 내 개인적인 주장일 뿐입니다.”

찰스 나이디히는 전체 학생들을 향해 몸을 돌렸다.

“우리가 함께 본 이치카의 호흡법은 순서에 맞게 잘 이루어졌고, 하단부의 복식호흡을 통해 나머지 호흡 또한 잘 관리되고 있었습니다. 다른 질문 있나요?"

이치카가 가까이에서 손을 들었다.

"제 연주 자세가 허리를 꼿꼿이 펴고 가슴이 들리는 모습이어서 그런지… 저는 콩쿠르에서 항상 좋은 평가를 받지 못했습니다. 혹시 제 자세에 다른 문제가 있는 건 아닌가요?"

"내가 본 것은 그렇지 않은데요. 상부 흉각 호흡은 공기가 채워지면서 상부의 갈비뼈가 열리기 시작하면 흉골 breast bone 이 들리면서 몸도 함께 위로 들리는 것처럼 보이나 사실 몸은 자연스럽게 뒤로 젖히는 상태가 되는 겁니다. 내가 이치카를 대단하다고 생각하는 점이 바로 여기에 있습니다. 몸이 뒤로 젖히는 자세에서도 호흡의 중심을 낮추어 안정적으로 관리하는 것과 아직 젊은 나이에 호흡의 메커니즘을 이해하고 여기에 엄청난 노력을 했다는 것입니다."

주철환은 이야기를 들을수록 더욱 궁금한 것이 생겨났다.

"교수님. 이치카의 선생님께서는 복식호흡만으로는 폐에 공기를 가득 채우는 것이 현실적으로 어렵다고 했는데 좀 더 자세히 설명해주실 수 있을까요?"

"허허허, 오늘은 시작부터 호흡에 관한 이야기를 깊게 하게 되네요! 좋습니다. 사실 학생들이 이해하기 어렵겠지만 중요한 내용인 건 사실입니다.

 호흡을 3단계로 나누면 1단계 복식호흡은 공기가 폐의 하단 부로 이동하는데 폐에 60% 정도를 채울 수 있고, 2단계는 중간부에 공기가 들어가면서 하부 갈비뼈부터 뒤쪽 갈비뼈도 서서히 팽창이 이루어지며 25% 정도를 채우고, 3단계 상부 흉각 호흡으로 폐 상단부에 15% 정도를 채울 수 있는 것입니다."

 주철환은 생각하지 못한 영역을 이치카의 연주를 통해 알게 되었다. 특히, 이치카의 자세가 왜 그렇게 어색하게 느껴졌는지 이제는 이해 할 수 있었다. 더욱 놀라운 것은 이후로는 이치카의 연주가 전혀 어색하게 보이지 않았다는 것이었다. 새로운 것을 배워 알게 되니 생긴 현상이었다.

 "자, 처음부터 다시 해보겠습니다. 이 작품의 전주는 오케스트라의 어떤 파트가 어떤 선율을 연주합니까?"

 모두에게 던진 질문이었다. 하지만 답은 돌아오지 않았다.

 "1악장. 전주의 시작은 첼로가 이끌어 갑니다. 현악기로 인해 긴장감은 고조되고, 순간 전체 오케스트라의 폭발적인 사운드는 연주의 시작을 화려하게 알립니다.

연주자는 이 사운드의 감성을 이해해야 합니다. 그래야 정확히 대비되는 클라리넷의 첫 음을 준비할 수 있습니다."

찰스 나이디히가 이치카에게 질문했다.

"첫 음을 연주할 때 우리는 악보에 집중할 필요가 있습니다. 'con duolo' 라고 쓰여 있는데 무엇을 의미합니까?"

"슬프게 연주하라는 것입니다."

"콘 두올로 con duolo 는 슬픔을 넘어선 고통을 담아야 합니다. 이치카는 내적인 고통의 의미를 어떻게 해석합니까?"

"저는 슬픔이나 괴로움과 비슷한 것이라고 생각합니다."

"그렇지 않습니다. 육체적이든지 심리적이든지 언제나 고통은 아픔과 보다 가깝게 연결되어 있습니다."

찰스 나이디히는 그 어느 때보다 진지했다.

"연주자는 고통의 모티브를 발견하려는 노력이 필요합니다. 고통스러운 상황에 놓인 사람에 대한 공감과 스토리 또는 다큐멘터리를 통해서도 우리는 그것을 어느 정도 경험할 수 있습니다. 자, 이츠카. 계속 연주를 부탁해요!"

이츠카는 곧바로 악보에 집중했다. 고통을 담아 연주하는 선율은 점차 희망을 노래했다. 소리는 폭넓고 자유로웠다.

베어만의 카덴차, 화려한 음계와 아티큘레이션은 흥겹고도 안정감이 있었다. 각진 듯 철처히 계산된 다이나믹과 막힘 없는 핑거링. 이츠카의 화려하고 기술적인 모든 연주가 끝났다.

주철환은 이츠카의 흔들림 없고 기술적으로 완벽한 수준의 연주는 대단하게 생각했지만, 그뿐이었다.

음악 자체에서 별다른 매력을 느낄 수 없었다.

"자, 다음 순서는 한국에서 온 주철환 군입니다."

"네."

"주철환 군은 준비한 곡이 무엇인가요?"

장 프랑세의 주제와 변주곡을 준비했습니다.

「Tema con Variazioni for Clarinet and Piano」

"환상적인 작품입니다."

찰스 나이디히는 준비 자세를 취한 주철환의 모습을 관찰하고 있었다. 주철환은 건반이 닫혀 있는 피아노를 바라보며 자신은 준비가 되었고, 이제는 함께 시작할 때라는 가벼운 몸짓을 보냈다.

'참, 별난 녀석이네.'

그 모습을 바라본 찰스 나이디히는 어이없다는 표정으로 헛웃음을 흘렸다.

'그런데 어? 어?? 이상하다………'

찰스 나이디히는 이상하게도 실제 울리지 않는 피아노 선율을 곧 느끼게 되었다. 주철환이 눈을 감자 피아노의 평온하지만 별 감정이 없는 라르고가 들려왔다. 결코, 혼자 하는 연주가 아니었다.

'뭐지? 어떻게 자신이 상상하는 선율을 상대에게 전달할 수 있는 거지?!'

이 자리에 있는 사람 중 오직 찰스 나이디히만이 주철환의 진정한 음악을 느낄 준비가 되었다. 짧은 한마디의 라르고가 지나고 즉시로 대비되는 경쾌한 템포와 함께 주철환의 클라리넷은 제 모습을 드러냈다. 이 아름다운 사운드는 부드러우면서도 때론 격렬히 요동치고 있었다.

'이 녀석 뭐지? 완벽한 레가토, 반응이 빠르게 나타나는 다이나믹! 높은음의 레가토는 동질의 음색으로 너무 쉽게 연결되고, 숨겨진 모든 뉘앙스를 찾아 나타내는 여유가 있다.'

찰스 나이디히는 기대하지 않았던 주철환의 연주에 어느새 깊이 빠져들었다. 짧은 테마가 끝나고 변주곡에 들어섰다. 깊은 감정을 배제한 악보에 충실한 연주. 매우 정교하고 화려한 프레스토의 연주.

주철환의 클라리넷은 즐거운 걸음을 걷듯 움직였다.

이어진 서정적인 선율의 차분하면서 절제된 표현. 여유와 익살을 지나 대담하면서 조금은 까다로운 카덴차를 막힘없이 연주했다. 마지막 피날레. 바쁘게 움직이는 마지막 변주곡에 들어섰다. 클라리넷의 짧고 간결한 발음으로 연주되는 리듬이 앞서 나오고 피아노가 뒤따른다.

주철환의 장기인 빠르고 탄력 넘치는 텅잉은 빠른 템포의 흥겨운 음악에 생기를 더하고, 슬랩 텅잉 slap tonguing 과 플라토 텅잉 flutter tonguing 은 듣는 이들에게 호기심을 던지며 마침내 화려한 연주를 마무리 지었다.

찰스 나이디히와 오시마는 그저 멍하니 주철환을 바라보았고, 같은 참가자들은 마음에서 회오리처럼 일어나는 격렬한 박수를 보냈다. 이 엄청난 연주에 아무도 자신의 감정을 숨길 수 없었다. 통역을 맡은 미사키는 주철환의 연주에서 무언가 깨달음을 얻은 표정이었다.

'그렇구나! 장 프랑세의 이 작품은 클라리넷이 때론 화려하게 등장하기도 하지만 많은 부분에서 클라리넷은 오히려 독주 악기가 갖는 주인공으로서 성격이 아닌 피아노와 함께 어우러져 인간 삶의 다양한 장면에 대한 배경으로 사용되고 있구나. 인간의 감정을 깊게 다루기보다는 그저 눈에 보이는 삶의 모습을 그대로 나타내고 있다. 어찌 보면 한 인간의 삶이 영화이자 음악인 것처럼… 나는 왜 이전에는 알지 못했던 것일까. 수없이 연습하고 분석했던 곡이었는데…….'

찰스 나이디히가 자리에 일어났다.

"대단한 연주였습니다. 우리가 귀로 들을 수 있는 수준 이상의 연주였습니다. 좀 이상하게 들리겠지만 이렇게밖에 표현할 수 없군요. 주철환 군은 연주하기 까다로운 작품을 너무 쉽고 멋지게 연주하는군요!"

"감사합니다."

"이 작품은 장 프랑세가 1974년 파리음악원의 의뢰로 작곡한 작품입니다. 활기차면서도 서정적이고 또한 재즈적인 요소를 활용해 재미를 느낄 수 있는 작품이지요. 당시 파리음악원은 이 작품을 콩쿠르의 목적으로 사용했지만, 그와는 별개로 장 프랑세는 자신의 손자 올리비에 Olivier 에게 이 작품을 헌정했습니다. 그 당시 주철환 군이 파리음악원 콩쿠르에 참가했다면 아마도 우승하지 않았을까 하는 생각마저 들었습니다. 작품에 관해 더 궁금한 것이 있나요?"

옆에서 지켜보던 오시마 선생이 손을 들었다.

"혹시 주철환 군은 이 작품을 어떤 생각으로 연주했는지 이야기해줄 수 있나요?"

"저는 장 프랑세의 음악에서 깊은 감정이나 감수성은 느껴지지 않았습니다. 오히려 그의 음악은 어린이와 같은 순수함에 더욱 가깝다고 생각했고, 어떤 면에서는 에릭 사티 Erik Satie 의 음악과 흡사한 부분도 있다는 것을 발견했습니다.

어떤 경우는 음악이 주인공처럼 등장하기도 하지만 또 다른 경우, 음악은 그저 배경이 되어 사람들의 삶을 더욱 비춰주는 존재가 되는 것이죠. 필요 이상의 깊은 감정의 의도적인 표현을 자제하고 조금 더 단순하고 재미있게, 작곡자가 만들어 놓은 음악의 본질에 충실하려고 노력했습니다."

"그렇군요. 불필요한 소모를 줄이고 자신이 믿는 방식으로 적절하게 에너지를 사용한 것이군요. 모든 말에 동의할 수 있는 것은 아니지만 자신이 느낀 감성에 충실한 음악적 해석도 나쁘지 않습니다. 무엇보다 철환 군의 놀라운 테크닉과 섬세한 연주를 칭찬해주고 싶네요."

오시마의 말이 끝나자 곧바로 이치카의 손이 올라갔다.

"연주 중에 피아노 쪽을 가끔 의식하는 것처럼 보이던데, 아무도 연주하지 않는 피아노를 보는 것이 본인에게는 어떤 의미가 있는 건가요?"

"음악이란 우리가 믿고 상상하는 것을 표현하는 것입니다. 그 때문에 저는 피아노와 함께 연주를 한 것입니다. 피아노와 함께하지 않으면 작품의 본질을 살릴 수가 없습니다."

"그럼, 피아노 부분을 모두 외우고 있는 건가요?"

"네. 그리고 언제나 사운드를 재생할 수 있어야 합니다."

"그걸 어떻게……."

"자, 더 이상 질문이 없다면 다음 연주자는……."

찰스 나이디가 다음 연주자를 호명하려 했다.

"죄송합니다만 한 가지 질문이 있습니다."

통역을 담당 미사키가 급하게 일어나 큰 눈으로 주철환을 바라보았다.

"네, 미사키. 괜찮습니다. 어떤 질문인가요?"

"교수님, 저는 주철환 군이 연주한 슬랩 텅잉 slap tonguing 과 플라토 텅잉 flutter tonguing 에 대해 궁금합니다. 혹시 나중에라도 설명해주실 수 있으신가요?"

"물론입니다. 시간은 충분합니다. 다만, 주철환 군이 직접 어떤 방식으로 연주했는지 말해줄 수 있나요?"

"네. 저는 플라토 텅잉의 두 가지 방법 중 목의 진동을 선호합니다. 혀를 사용하는 플라토 텅잉도 가능하지만, 제 혀가 보통 사람들보다 조금 길어서인지 혀의 빠른 전환 동작이 요구되는 상황에서 이 방식은 조금 불편합니다."

"그럼, 슬랩 텅잉은?"

미사키의 큰 눈이 더욱 반짝였다.

"슬랩 텅잉은 단순합니다. 리드를 혀로 흡착해서 당긴 후 놓으면 리드는 제자리로 돌아가면서 마우스피스를 치게 되는데 이때 소리가 발생하는 원리입니다. 마치 활 시위를 힘껏 당겨서 놓는 것과 같습니다."

"그게 단순한 건가요?"

"그렇죠… 물론 혀로 리드를 효과적으로 흡착하기 위해서는 몇 가지 요령도 필요합니다. 가령 혀가 리드의 넓은 면적에 붙어야 흡착이 쉽습니다. 저의 경우는 아래턱을 함께 떼어주며 연습하는 것도 효과적인 방법이었습니다."

"자, 궁금한 것들이 좀 해결됐나요? 내 생각에는 주철환 군이 슬랩 텅잉에 대해 설명을 잘해 준 것 같습니다. 그리고 연습하는 과정에서는 리드가 망가질 수 있으니 버릴만한 것을 사용하는 것이 좋겠습니다.

자, 다음은 미요키 차례입니다. 준비해 주세요."

베네수엘라 '엘 시스테마'

2004년 9월 베네수엘라.

인구 약 2,900만명, 국토면적 대한민국의 9배.

작은 베네치아라는 뜻의 아름다운 이름을 가진 나라.

최용호 선생은 문화체육관광부의 요청에 따라 베네수엘라의 수도 카라카스를 방문했다. 엘 시스테마의 창시자 '호세 안토니오 아브레우' José Antonio Abreu 박사를 만나 엘 시스테마의 철학을 듣고 교육 현장의 실태를 파악할 목적이다.

「엘 시스테마 El Sistema」

경제학자이자 음악가였던 호세 안토니오 아브레우 José Antonio Abreu (1939~2018) 박사는 1975년 베네수엘라 빈민가 아이들을 위한 음악교육 프로그램인 엘 시스테마를 설립했다. 스페인어로 시스템을 의미하는 엘 시스테마는 마약과 폭력 등 각종 위험에 노출된 있는 아이들에게 음악으로 미래 비전과 희망을 심어주어 사회 변화를 추구하는 프로그램이다.

「국립 청년 및 유소년 오케스트라 시스템 육성재단」

베네수엘라에 존재하는 300여 개의 음악교육센터, 카라카스 청소년 오케스트라 및 시몬 볼리바르 청소년 오케스트라를 포함한 60여 개의 청소년 오케스트라, 40여 개의 유소년 오케스트라, 교사 커뮤니티, 국제 교류 등의 업무를 지원하는 그야말로 엘 시스테마의 심장부라 할 수 있는 곳이다.

로비 중앙에는 눈에 띄는 큼지막한 글이 적혀 있다.

'*Play and Fight*' '연주하라, 그리고 투쟁하라.'

최용호 선생이 글에 담긴 진정한 의미를 헤아리는 동안 한 무리의 사람들이 다가오고 있었다.

'저기 오시는구나…….'

최용호 선생은 아브레우 박사를 한눈에 알아볼 수 있었다.

"이 땅에 오신 것을 축복합니다!"

아브레우 박사가 최용호 선생에게 다가오며 인사를 건넸다.

"안녕하십니까! 아브레우 박사님. 저는 대한민국에서 온 최용호라고 합니다."

"이렇게 귀한 분께서 이 먼 나라까지 방문해주셔서 감사합니다. 여행은 편안하셨습니까?"

"네. 불편함은 없었습니다."

"다행입니다. 선생님께서는 여기에 적힌 글을 유심히 보시는 것 같던데, 그 의미를 짐작하시겠습니까?"

"불행한 삶에서 벗어나기 위한 인간의 강렬한 몸부림을 느낄 수 있었습니다."

"선생님께서 글의 의미를 잘 이해하신 듯합니다. '연주하라, 그리고 투쟁하라'는 우리 엘 시스테마 초기의 슬로건이었습니다. 현재는 '사회 변화를 위한 음악'으로 변경됐지만, 당시 이곳 아이들의 삶은 지금보다 더 열악한 환경이었습니다."

호세 안토니오 아브레우 박사 집무실.

최용호 선생은 아브레우 박사와 두 시간이 넘는 시간 동안 깊은 대화를 나누며 엘 시스테마 프로그램이 대한민국에서도 효과적으로 작동될 수 있을 것이라는 확신을 갖게 되었다.

"우리가 하는 일은 단순한 음악교육이 아닙니다. 그것의 차원을 넘어서는 것이죠. 우리는 음악을 도구로 마약과 폭력, 총기 등 각종 위험에 노출된 아이들에게 미래에 대한 비전을 제시하고, 책임감과 소속감을 심어줘 사회통합을 이룬다는 목적을 지니고 있습니다. 하지만…… 이것은 말처럼 그리 간단한 문제가 아닙니다."

"그렇군요. 대한민국과 베네수엘라의 상황이 같을 수는 없겠지만 어느 국가나 가난하고 사회적으로 소외된 아이들은 존재합니다. 우리 대한민국에서는 아브레우 박사님께서 추진해 오신 엘 시스테마의 운영 모델을 이식하고 싶은 간절한 열망이 있습니다. 엘 시스테마 코리아 프로젝트가 계획대로 이행될 수 있도록 아낌없는 조언과 지도 부탁드리겠습니다."

최용호 선생이 자리에 일어나 깊이 머리 숙였다.

"물론입니다. 최 선생님. 지금 말씀해 주신 내용은 대한민국 문화체육관광부로부터 들어 알고 있습니다. 저와 우리 직원들이 엘 시스테마의 지난 과거와 앞으로의 비전을 상세히 소개해 드리겠습니다. 잘 살펴보시고 대한민국의 가난하고 소망을 발견하지 못한 어린이들에게 한 줄기 희망의 빛이 되어주시길 오히려 제가 부탁드리겠습니다."

아브레우 박사가 최용호 선생의 손을 꼭 붙잡았다.

"최 선생님! 괜찮으시다면 오늘 저녁 시몬 볼리바르 청소년 오케스트라가 준비한 이벤트에 초대하고 싶은데, 함께 해주시겠습니까?"

"물론입니다. 그런데 무슨 일인지 여쭤봐도 되겠습니까?"

310

"어제 시몬 볼리바르 지휘자 구스타보 두다멜이 독일에서 열린 구스타프 말러 국제 지휘 콩쿠르에서 우승 했습니다. 우리 시스템으로 기른 지휘자가 음악의 본고장인 유럽에서 인정받았다고 생각하니 너무나 감격스럽더군요. 오늘은 시몬 볼리바르 단원들이 함께 축하하고 싶다며 두다멜과 기념 공연을 준비할 모양입니다."

"두다멜이라면 교수님께서 애정을 갖고 기르신 제자가 아닙니까? 진심으로 축하드립니다! 그런데 이런 감격스러운 축제에 이방인인 제가 함께해도 될지 모르겠습니다."

"아닙니다. 최 선생님도 이제 우리의 가족이나 다름없습니다. 함께 가시죠. 두다멜도 도착했다고 연락이 왔습니다."

「테레사 카레뇨 문화회관 Teatro Teresa Carreño 」

시몬 볼리바르 청소년 오케스트라가 사용하는 베네수엘라의 대표적인 공연장이다. 외관은 거대한 기둥과 육각형 지붕이 조화롭게 겹쳐져 장엄하고 독특한 형태를 갖추고 있다.

시몬 볼리바르 청소년 오케스트라는 독일에서 도착한 구스타보 두다멜과 함께 연습에 몰두하고 있다.

"최 선생님, 우리 시몬 볼리바르 청소년 오케스트라에 대해 들어보신 적이 있습니까?"

"베네수엘라 전역에서 활동하는 모든 엘 시스테마 단원들이 입단을 꿈꾸는, 시스테마 최고의 인재들이 모인 곳이라고 들었습니다."

"그렇습니다. 350여 명의 단원으로 구성된 이 오케스트라는 엘 시스테마의 자랑이자 우리가 추구하는 음악의 최정점에 있습니다. 이곳의 젊은 연주자들은 미국과 유럽의 오케스트라에서 기회를 얻고자 매일 최선의 노력을 다하고 있습니다. 최근에는 이곳에서 활동했던 에딕손 루이즈 Edicson Ruiz 가 17세의 나이로 베를린 필 하모닉에 입단하기도 했습니다."

"아! 더블베이스 연주자 에딕손 루이즈 말씀이시죠?"

"최 선생님도 알고 계셨군요?"

"제가 교수님을 뵙기 위해 엘 시스테마에 대해 공부를 조금 했습니다."

"하하하! 무슨 공부할 게 있습니까? 현재 베를린 필하모닉 단원 중 가장 어린 연주자로 알려진 에딕손 루이즈는 이곳 카라카스에서 태어났습니다. 11살 때 처음으로 더블베이스를 시작한 루이즈는 15세에 인디애나폴리스에서 열린 2001

국제 베이시스트 청소년 솔로 콩쿠르에서 1위를 차지했을 정도로 음악을 받아들이는 재능이 대단했습니다. 가끔 루이즈는 저에게 자신이 쥐고 있는 활에서 하나님의 엄청난 힘이 느껴진다고 이야기하곤 했습니다. 하나님의 임재를 느끼며 늘 최선을 다한 그가 자신의 꿈을 이룰 수 있었던 것은 어찌 보면 당연한 결과라고 할 수 있습니다. 또한, 저는 가까운 미래에 저 구스타보 두다멜이 세계적인 수준의 오케스트라를 이끌며 엘 시스테마와 음악이 지닌 힘을 세계에 더욱 알리게 될 것이라고 확신하고 있습니다."

 시몬 볼리바르 청소년 오케스트라가 리허설을 진행 중인 리오스 레이나 홀 Ríos Reyna Hall 에 들어서자 클라리넷 파트의 한 단원이 아브레우 박사를 먼저 발견했다.
 '아브레우 박사님이시다!'
 연습 중이던 단원들은 자신의 활과 악기, 온몸을 도구로 아브레우 박사를 맞이했고, 두다멜은 지휘봉을 손에 쥔 채로 달려와 아브레우 박사의 품에 안겼다.
 아브레우 박사는 5년 전 18세의 어린 두다멜을 시몬 볼리바르 청소년 오케스트라의 지휘자로 세웠다. 당시 이 결정은 시스테마의 미래를 맡긴 도박과도 같은 결단이었다. 하지만 두다멜은 아브레우 박사의 믿음에 어긋남 없이 끊임없는 노력을 통해 이렇게 세상에 자신의 존재를 성공적으로 알리게 되었다. 엘 시스테마의 기적이 이제 시작되었음을 세계에 알리는 계기가 된 것이다. 최용호 선생은 눈앞에 있는 아브레우 박사와 두다멜을 그저 바라보고 있었다.

'결혼도 포기하고 오직 엘 시스테마의 모든 아이들을 친자식처럼 보살피며 한평생 사랑과 헌신의 삶을 살아온 아브레우 박사. 이분의 삶이 진심으로 존경스럽구나……'

"두다멜! 인사드려라. 우리의 엘 시스테마를 보시기 위해 서울에서 오신 최용호 선생님이시다."

"안녕하세요. 최용호 선생님! 시몬 볼리바르 지휘자 구스타보 두다멜입니다."

"반갑습니다. 아브레우 박사님으로부터 수상 소식을 들었습니다. 축하합니다!"

"감사합니다. 하나님께서 도우셨습니다."

"두다멜에게 엘 시스테마란 어떤 의미입니까?"

"이곳에서 자란 아이들에게 엘 시스테마는 가족이자 희망의 통로라고 할 수 있습니다. 아브레우 박사님 덕분에 제 어린 시절은 온통 음악뿐이었어요. 저는 우리가 가진 것 중에서 가장 아름다운 것은 음악이고, 이 음악은 수많은 방식으로 사람들에게 행복을 가져다준다고 믿고 있습니다."

　다음날 오전. 아브레우 박사 집무실.

"최 선생님, 어제는 편히 쉬셨습니까?"

"아브레우 박사님. 저는 어제의 감동이 아직도 잊혀지지 않습니다. 연주자들의 자유롭고 열정적인 무대와 2,400석을 가득 메운 관객들의 행복한 몸짓이 눈에 선합니다. 연주자와 관객이 음악으로 소통하며 즐기는 모습은 정말이지 너무나도 아름답게 느껴졌습니다."

"하하하- 어제는 저도 참 기쁘고 행복한 날이었습니다. 오후에 바르키시메토로 떠나신다고 들었습니다."

"네. 바르키시메토 교육현장에 들려볼 생각입니다. 박사님과 두다멜 역시 바르키시메토 출신이라고 들었습니다."

"그렇습니다. 그곳까지는 약 4시간 정도 소요될 텐데, 가는 길은 저희가 잘 모시겠습니다. 베네수엘라는 범죄조직들이 기승을 부려 빈민가 마을이나 지방으로 향할수록 치안이 불안정한 상태입니다."

"신경 써주셔서 감사합니다. 아직 박사님께 궁금한 것들이 많은데, 이 시간이 박사님과의 마지막 면담이 될 것 같습니다."

"최용호 선생님. 대한민국은 2010년 엘 시스테마 코리아 설립을 목표로 한다고 들었습니다. 우리가 걸어온 시간의 경험들이 대한민국에 도움이 된다면 최선을 다해 도와 드리겠습니다. 우리가 같은 비전을 가지고 각자의 자리에서 노력한다면 분명 다시 만날 수 있을 겁니다."

"꼭 그렇게 되기를 기대하고 있겠습니다. 저는 어제 공연을 보며 많은 생각을 했습니다. 클래식 음악이 대중과 이렇게 거리 없이 자유롭게 소통하고, 연주자와 관객 모두가 진심으로 즐기는 공연을 저는 이전에 경험하지 못했습니다. 박사님께서 생각하는 음악이란 과연 어떤 것인가요?"

"어제 최용호 선생님이 느낀 자유로움은 그들의 내면이 자유롭고 순수하기 때문입니다. 음악을 통해서 그들은 가족이고, 음악은 그들에게 행복을 가져다준 것입니다. 이것을 통해 우리는 음악이 그 어떤 예술 형태보다 사람들에게 깊은 영향을 줄 수 있다는 것을 알 수 있습니다. 눈으로는 볼 수

316

없는 것과 사람의 말로는 다 표현할 수 없는 것을 나타낼 수 있다는 점에서 음악은 창의성을 발휘할 수 있는 훌륭한 형식입니다. 다른 예술 형태들이 표현할 수 없는 것을 이루어 낼 수 있는 탁월한 능력이 있는 것이지요."

"그렇군요. 결국 음악의 본질을 깊이 있게 깨달아 인간의 성장과 조화로운 삶을 발견할 수 있다는 말씀이시군요."

"음악을 통해 무한한 에너지를 얻는 것이죠."

"박사님. 그렇다면 엘 시스테마는 구체적으로 어떤 것입니까? 엘 시스테마란 효율적인 운영 체계, 아니면 뭔가 특별한 교육 방식을 말하는 것인가요?"

"그렇지 않습니다. 엘 시스테마를 한마디 말로 정의하기는 어렵습니다. 엘 시스테마는 분명 존재하지만 어떤 틀에 얽매여서는 존재할 수 없습니다. 엘 시스테마는 유기적이면서 역동적이에요. 끊임없이 변화하면서 시대와 환경에 적응해가는 존재입니다."

"박사님, 언뜻 잘 이해가 되지는 않습니다. 그렇다면 엘 시스테마에 소속된 아이들은 어떤 교육 과정을 거치고 또한 어떠한 가치를 배우게 되는 것입니까?"

"이곳 카라카스의 라 린코나다 La Rinconada 센터를 예로 들어보겠습니다. 라 린코나다에서는 만2세부터 6세 아이들을 대상으로 예비교육 프로그램을 운영합니다. 그곳에서 아이들은 리듬을 익히고 함께 노래를 부르며 음악에 대한 감수성과 몰입력 키워갑니다.

예비 프로그램은 강사의 자율적인 운영이 가능한 만큼 자신의 모든 역량을 집중해야 합니다. 늘 새로운 아이디어가 필요하고 스스로를 평가하여 개선점을 찾기 위한 노력도 멈추어서는 안 됩니다. 어느 날 한 강사는 악기가 부족한 현실적 어려움에 착안하여 종이로 악기를 만들어 보자는 제안을 했습니다. 그렇게 시작된 과정을 통해 아이들은 이전에 보지 못했던 악기의 세부적인 모습을 발견하고, 부분의 쓰임새를 이해할 수 있었습니다. 이뿐만이 아니었습니다. 아이들은 악기를 소중히 여기는 마음까지 갖게 되었습니다.

한 강사의 관심으로 시작된 종이 악기 프로젝트는 현재 엘 시스테마 교육센터에서 흔하게 볼 수 있는 프로그램이 되었습니다. 이제 아이들은 자신이 만든 종이 악기를 들고 오케스트라 일원으로서 당당히 참여하고 있습니다. 아직 연주는

318

할 수 없지만, 주어진 자리에 소속감을 느끼고 규율에 익숙해지는 법을 먼저 배우는 것입니다."

"음악적 수준에 상관없이 오케스트라에서 함께 연주한다는 것이 어떤 것인가를 경험할 수 있겠군요."

"그렇습니다. 이러한 과정을 거친 9세에서 16세 사이의 아이들은 오디션을 통해 어린이 오케스트라에서 활동할 수 있습니다. 그중 뛰어난 자질을 보이는 아이들은 국립 어린이 심포니 오케스트라에 도전할 수 있지만, 매우 높은 수준을 요구합니다. 이처럼 이곳에는 자신의 노력에 따라 더욱 높은 꿈을 키워 갈 수 있는 상위 오케스트라 시스템이 존재합니다.

그 음악의 정점에 있는 것이 바로 카라카스 청소년 오케스트라와 시몬 볼리바르 청소년 오케스트라인 것입니다."

"그럼 상위 레벨로 향할 때는 무조건 오디션을 통해 입단하는 시스템인가요?"

"그렇습니다. 언뜻 들으면 엘 시스테마가 경쟁을 부추기는 집단처럼 느껴질 수도 있을 겁니다. 하지만 우리는 오케스트라 활동을 통해 꼭 가르치는 것이 있습니다. 그것은 경쟁의 환경 속에서도 남을 도우며 함께 성장한다는 믿음과 공동의 목표를 위해 개인의 책임을 다하는 것 그리고 소속감을 주는 지금의 자리에서 늘 최선을 다하는 것입니다."

"그렇다면 엘 시스테마를 준비하는 대한민국은 어떤 가치에 중점을 두어야 할까요?"

"우리 베네수엘라의 경우는 공공자금이 지속적으로 투입되어야 하는 큰 프로젝트인 만큼 먼저 사회적 차원의 합의가 필요했습니다. 나는 '음악은 조화, 상호협력을 이루어 가는 활동이기 때문에 사회 통합의 또 다른 방식이 된다.'라고 주장 했습니다. 하지만 대한민국은 경제적으로 부유하고, 사회적 포용력이 큰 국가이니, 엘 시스테마에 대한 분명한 운영철학과 내용적인 측면에 집중하는 것이 좋을 듯합니다.

먼저 엘 시스테마 코리아를 본격적으로 추진할 때 프로젝트의 비전을 분명해야 합니다. 이에 따라 중장기적인 단계별 목표를 설정하고 교육과 행정의 운영 원칙을 구분할 필요가 있습니다. 이때 꼭 베네수엘라의 것을 따를 필요는 없습니다. 이곳에서 잘 자란 나무가 대한민국에서도 반드시 잘 자랄 것이라고 말할 수는 없을 것입니다. 그저 우리의 것을 참고하시되 대한민국의 문화와 자원 그리고 사회적 현상을 반영하여 추진하길 바랍니다. 또한, 창의적이고 열정적인 강사를 육성하는 시스템을 갖춰야 합니다."

"창의적이고 열정적인 강사요?"

"그렇습니다. 오케스트라 교육의 핵심은 강사의 자질에 달려있습니다. 종이 악기를 제안한 강사의 예처럼 음악 강사는 호기심과 창의성 그리고 열정을 지녀야 합니다.

어떤 것을 가르칠 때, 지도 방법이 한 가지만 있는 것은 아닐 것입니다. 예를 들어 강사의 표정과 손의 움직임 하나도 어떻게 사용하는가에 따라 교육에 적용할 수 있습니다. 이렇듯 강사는 단순히 가르치는 사람이 아니라 창의적인 연구자로서 새로운 방법을 늘 고민하는 열정적 태도를 지녀야 합니다."

"그렇다면 강사에게 꼭 필요한 능력은 어떤 것들이 있을까요?"

"강사는 인격적 그릇이 크고, 음악 활동에 의미를 부여할 수 있는 능력을 지녀야 합니다. 우리는 아이들을 가르친다고만 생각하지 않습니다. 가르치며 우리도 함께 성장한다고 믿으며, 아이들의 삶을 어떻게 변화시켜야 할지도 함께 고민합니다. 또한 교육의 실제 현장에서 강사는 성실함과 호기심이 있어야 하고 학습 동기를 유발할 수 있어야 합니다.

이를 위해서는 아이들의 참여를 유도하고 실질적인 변화를 위한 음악의 교육적인 효용을 극대화하려는 노력이 필요합니다. 먼저, 아이들의 참여를 유도하기 위한 방법으로는 즐거움이 있는 수업을 제공하고, 아이들에게 활동의 과정에서 무언가 스스로 결정하고 선택할 수 있는 기회를 주어야 합니다. 자신의 의지로 무언가를 결정하고 선택한다는 것만으로도 아이들은 동기를 얻고 책임감을 느낄 수 있기 때문입니다."

"그럼, 음악의 교육적인 효용이란 구체적으로 어떤 것을 말씀하시는 건가요?"

"예를 들어 보겠습니다. 가령 2nd 호른 주자를 1st 호른으로 이동해야 할 경우, 해당 아이에게 '네가 가장 잘하니까 이제부터 1st 호른을 맡아라!' 라고 말할 수 있지만, 그렇게 하지 않는 것입니다. 우리는 다른 방식으로 이야기합니다.

우선은 지금까지의 노력을 칭찬합니다. 그런 후에 '1st 호른은 파트를 대표하고 우리 오케스트라의 솔리스트로서의 임무도 수행해야 하는 매우 중요한 자리이다. 어때! 네가 한번 해

보겠냐?' 라고 묻는다면, 아이는 1st 호른에 대한 책임감과 함께 오케스트라 활동에 대한 자긍심도 느낄 수 있을 겁니다."

"교수님께서 말씀하시는 음악의 교육적인 효용이란 활동의 과정에 의미를 부여하는 책임감, 성실함, 성취감 등을 말씀하시는 것이군요?! 그렇다면 강사는 아동에게 어떤 방식으로 성취감을 줄 수 있을까요?"

"오랫동안 준비한 공연을 잘 마치면 아이들은 큰 성취감을 맛볼 수 있습니다. 그러나 이런 기회가 자주 있지는 않지요.
하지만 강사가 경험이 풍부하고 성실하다면 모든 만남의 순간에도 작은 성취의 기회는 얼마든지 준비할 수 있습니다."

"적절한 과제를 주고 해결할 수 있도록 돕는 것이군요?"

"그렇습니다. 하지만 아이들에게 도전적인 과제를 주되 해결의 가능성이 높게 예상되어야 하고, 동기도 이끌어 낼 줄 알아야 합니다. 이러한 과정에서 아이들은 자신이 해냈다는 기쁨과 스스로에 대한 믿음, 성취를 맛볼 수 있습니다.
그러나 이 일이 계획대로 실행되기 위해서는 강사에게 요구되는 능력이 있습니다."

"그것은 어떤 것입니까?"

"아이들의 상태를 정확히 파악하여 적절한 과제를 제시할 수 있어야 합니다. 여기에서 상태란 음악적 수준과 함께 그날의 주의력과 마음 등의 정서적인 특성까지를 반영해야 합니다. 이처럼 강사는 자신의 직관을 포함한 모든 능력을 활용해야 합니다. 과연 아이가 주어진 시간 동안 과제라는 무게를 들어 올릴 수 있을지, 정확히 예측할 수 있어야 합니다.

만약 이 과정이 어설프게 돌아가면 자칫 아이는 더 큰 좌절을 경험할 수도 있습니다."

"결국 강사의 개인적인 경험과 자질이 중요하겠군요."

"맞습니다. 혹시 교육법 중에 더 궁금한 것이 있습니까?"

"저는 엘 시스테마 교육법 중에서 피어 티칭 peer teaching 이라는 것이 인상적이었습니다. 그 부분에 대해서도 한 말씀 부탁드립니다."

"우리는 피어 티칭을 보면대 친구 교수법이라고 부릅니다. 이것은 한 보면대를 공유하는 파트너가 서로의 장점을 활용해 상대의 단점을 보완해 주는 활동을 말합니다.

피어 티칭은 엘 시스테마 참여 아동의 수에 비해 부족했던 교사의 역할 보완하기 위해 처음 시도되었습니다. 하지만 우리가 지켜본 결과, 피어 티칭의 긍정적인 효과가 꽤 있다는 것을 알게 되었습니다. 그것은 단원들의 소통을 더욱 원활하게 하고, 아이들은 자신이 잘 아는 것으로 상대에게 도움을 주는 과정에서 뿌듯함과 행복을 느낀다는 사실이었습니다."

"존경하는 아브레우 박사님, 마지막으로 엘 시스테마 코리아를 준비하는 우리 대한민국을 위한 조언 한 말씀 부탁드리고 싶습니다."

"지금까지 엘 시스테마를 이끌어 오며 수많은 어려움의 고비들을 넘겨 왔습니다. 물론, 앞으로는 모든 것이 순탄하리라 생각하는 것은 아닙니다. 사람들은 엘 시스테마의 성공을 이야기하지만 저는 지금도 앞으로에 대한 큰 책임감을 느끼고 있습니다. 한 아이에게 좋은 것은 다른 아이에게도 좋은 것이어야 합니다. 그래야 진정으로 좋은 것이라 할 수 있을 겁니다. 그런데, 바로 음악이 그런 좋은 것입니다.

또한 좋은 것과 고귀한 것, 함께 누릴 만한 것은 언제든 다시 만들어 낼 수 있어야 합니다. 음악은 이 모든 것을 가능하게 하는 무한한 가능성이 있습니다. 이 때문에 우리는 나약해지거나 게으름을 피워서는 안 됩니다. 우리에게는 음악을 무한하게 생산할 책임이 있습니다. 이 사실을 꼭 기억해야 합니다." 인용출처_기적의 오케스트라 엘 시스테마 2008 다큐멘터리.

말러 챔버 오케스트라

예술의 전당 콘서트 홀.

독일 브레멘 음대 마르코 토마스 교수는 2004년 10월 말러 챔버 오케스트라의 아시아 투어에 참가했다.

"마르코, 서울은 처음이죠? 어떤가요?"

"환상적이야! 현대적인 빌딩들이 빼곡한 도시에서 가끔 아름다운 전통 건축물을 볼 수 있는 것도 신기한데, 그것들이 또 조화롭게 어우러진 모습이 아주 인상적이야!"

마르코 토마스 교수는 김명환의 클라리넷 스승으로 이탈리아 출신의 세계인 지휘자 클라우디오 아바도가 1997년 창단한 말러 챔버 오케스트라의 창립 단원이다.

청소년 음악 활동에 애정을 쏟았던 아바도는 1986년 오스트리아 빈과 이탈리아 볼차노를 기반으로 세계 최고 수준의 구스타프 말러 청소년 오케스트라를 조직했고, 시간이 흐르며 단원들이 성인으로 성장하자 이들을 중심으로 1997년 새롭게 창단한 단체가 바로 말러 챔버 오케스트라다.

아바도는 말러 챔버를 자유스럽고 실험적인 분위기로 이끌었는데, 당시 지휘한 보수적인 성향의 베를린 필하모닉에서는 시도하기 어려웠던 바로크에서 현대 음악에 이르는 다양한 레퍼토리를 새롭게 해석하는 작업을 수행했다.

이 때문에 말러 챔버는 유럽에서 가장 실험적이면서 완성도 높은 앙상블을 선보이는 단체로 인정받으며, 엑상 프로방스 페스티벌 Aix-en-Provence Festival, 페라라 썸머 페스티벌 Ferrara Summer Festival, 루체른 페스티벌 Lucerne Festival 등 유럽 주요 음악 축제의 상주 오케스트라로 활동해 왔다.

"명환! 대한민국에서는 어때?"

"아직 적응하는 중이에요. 일도 좀 알아보고 있고……."

"왜? 명환이 실력이면 당장 유럽에서도 통할텐데?"

"……"

김명환은 아무 말이 없었다.

"뭐야? 대한민국의 클라리넷 수준이 그렇게 높아?!
뭐, 세계 최고야??"

"왜 그래요. 그게 아니라 기회가 많지 않아요……."

마르코 토마스가 김명환의 표정을 살폈다. 상황을 이해할 수 없었다. 그도 그럴 것이 마르코 토마스는 김명환의 실력이라면 아시아의 어떤 오케스트라에서도 환영받을 수 있으리라 생각했기 때문이었다. 그만큼 김명환의 능력을 누구보다 정확히 알고 있었다.

"그러니까 내가 욀러 시스템 Oehler system 으로 바꿔보자고 할 때 시도했으면 얼마나 좋았을까! 분위기가 바뀌고는 있다지만 독일은 아직도 뵘 시스템 Boehm system 을 인정하지 않는 분위기란 말이야. 요즘이 어떤 세상이야! 마우스피스, 리드, 레가추어의 조합만으로도 얼마든지 원하는 음색을 얻을 수 있는데, 아직도 욀러를 고집하면서 뵘 시스템이라면 오디션 기회조차 주지 않으려고 하니 말이야. 명환! 지금이라도 다시 유럽으로 가자. 내가 지금 바로 알아볼 테니 기다려봐."

'지금 함께 온 말러 챔버 단원들만 해도 유럽 20개 나라에서 모인 녀석들인데……. 좀 기다려봐. 10분도 안 걸려.'

마르코 토마스 교수가 혼잣말 처럼 중얼거렸다.

"아니요. 죽어도 내 나라에서 죽을래요."

"뭐?! 으하하하! 역시, 대한민국이 좋은가 보네…… 농담도 많이 늘었어!"

김명환은 분위기를 바꾸려고 얼른 화제를 돌렸다..

"마르코는 아직도 말러 챔버에서 활동하고 있었어요?"

"아니. 나는 뭐랄까… 종신 단원? 뭐 그런 거야. 아시아 투어에 서울이 있는 걸 알고 명환이 보려고 내가 요청했어."

"그러셨군요. 저도 한번 보고 싶었어요. 소개해 드리고 싶은 아이도 있고요."

"누구?"

"학생인데 좀 특별해요. 감당이 안 돼요."

"뭐? 정말!!"

남부터미널에 도착한 주철환은 뛰고 걷고를 반복하며 음악당에 도착했다. 거친 숨을 몰아쉬며 들어선 로비에는 공연을 기다리는 사람들로 몹시 붐볐다.

올해 초 세상을 떠난 클라우디오 아바도, 클래식 마니아들은 그의 향기가 더욱 그리웠던 모양이었다.

'매표소. 어디 있지? 매표소!'

주철환의 급한 마음과는 달리 매표소는 좀처럼 눈에 들어오지 않았다. '시간 다 됐는데 어디 계시지? 콘서트 홀 매표소 앞에 계신다고 했는데…….'

바쁜 걸음으로 헤매던 주철환이 드디어 김명환을 발견하고 안도의 한숨을 내쉬었다.

"선생님!!"

말러 챔버의 공연은 아바도의 후임 음악감독으로 임명된 다니엘 하딩 Daniel Harding 의 지휘로 성공적으로 마무리되었다.

"선생님, 공연은 어떻게 보셨어요?"

"단원들의 긴밀한 호흡과 열정적인 연주가 인상적이었다. 철환아, 좋은 음악을 감상한다는 것은 음악의 깊고 아름다운 측면을 발견하고 접근할 수 있는 배움의 또 다른 방식이다. 우리가 공연장을 찾는 이유인 것이지."

"네, 명심하겠습니다. 마르코 선생님은 역시 오늘 멋지게 하시더라고요. 저는 마르코 선생님이 연주할 때 모든 무대 조명이 꺼지고 단 하나의 스포트라이트만이 마르코 선생님을 비추고 있는 것처럼 느껴졌어요!"

"그런데 철환아……, 그거 너무 오버 아니냐?"

"진짜! 진짜요!! 와아−."

로비로 모여드는 사람들 역시 만족스러운 표정을 지었다.

"마르코 선생님은 언제 처음 만나셨어요? 두 분은 친구처럼 대화도 편안하게 하시고. 나이도 비슷해 보이시던데요."

"그렇지. 지금은 친구 쪽에 더 가깝고. 마르코는 아바도에게 큰 의미가 있는 여러 오케스트라에서 수석 연주자로 활동한 분이다. 예를 들어 오늘 연주한 말러 챔버 오케스트라와 클래식계의 올 스타들이 함께하는 루체른 페스티벌 오케스트라 그리고 베를린 필하모닉 오케스트라 등에서 활동했지.

그러니까 20대 초반부터 클라우디오 아바도의 전폭적인 지지를 받은 연주자라고 할 수 있어. 그리고 마르코는 유럽 챔버 오케스트라, 도이치 오페라, 베를린 오케스트라, MDR 심포니 오케스트라, 밤베르크 심포니, 도이치 캄머필하모니, 브레멘 오케스트라에서 활동한 경험이 있다."

"정말 대단한 분이시네요."

"그렇긴 하지. 클라우디오 아바도가 어떤 인물이냐. 전설적인 헤르베르트 폰 카라얀의 뒤를 이어 베를린 필하모닉의 지휘자로 죽기까지 그 임무를 다하신 분이시니 말이다."

"그럼 브레멘 음대는 언제부터 교수가 되신 건가요?"

"2000년부터. 마르코 토마스는 1997년 당시 나이 24세에 베를린 필하모닉 수석이 되었는데 얼마 지나지 않아 브레멘 음대로 자리를 옮겼다. 그때 나도 마르코 토마스의 첫 제자가 되기 위해서 브레멘으로 갔던 것이고."

"그럼, 선생님은 독일에 가시기 전부터 마르코 선생님을 알고 계셨어요?"

"최용호 선생님과 마르코 토마스의 아버지는 같은 선생님의 제자이자 가까운 친구분들이시거든."

"마르코 선생님의 아버지도 클라리넷을 하셨군요. 선생님, 갑자기 궁금해졌는데요. 마르코 선생님은 어릴 때부터 클라리넷 천재라고 불릴 만한 재능을 가진 분이셨나요?"

"글쎄다. 증조할아버지부터 자신까지 4대에 걸쳐 클라리넷 연주자로 활동한 집안이기는 한데⋯ 뭐랄까 마르코는 천재라는 그런 느낌보다는 기본기를 강조하는 교육 철학으로 봐서 본인도 노력을 많이 했던 것 같다."

"주로 어떤 기본기를 강조하세요? 최용호 선생님과 같이 주법이나 발성 같은 것도 함께 지도해주시나요?"

"아니. 주법에 관한 이야기는 하지 않고, 매수업마다 롱톤, 레가토, 다이나믹, 음계 연습을 보통 1시간 정도 훈련한 이후에 작품 지도에 들어가시곤 했다. 그런데 너 급히 오느라고 저녁도 못 먹었지? 우리 간단히 먹고 내려가자."

"네. 배가 많이 고프네요. 그런데 마르코 선생님과 인사는 안 하세요?"

"오랜만에 함께한 단원들과도 할 이야기가 많으실 거고, 내일 오전 일본으로 떠난다는데 피곤하실 거다. 다음에 또 만날 수 있겠지……."

두 사람은 터미널을 향해 걸었다.

"선생님. 현재 독일에서는 마르코 선생님이 가장 좋은 선생님이라고 할 수 있나요?"

"아니."

주철환은 김명환의 망설임 없는 대답에 의아해했다.

"아니에요?"

"당연히 아니지. 독일에는 많은 훌륭한 선생님들과 연주자들이 있거든. 마르코는 그중 한 명의 선생님인 것이고."

"그럼, 독일에는 어떤 선생님들이 계세요? 베를린 필 하모닉의 전설적인 연주자 칼 라이스터도 독일 사람이잖아요?"

"그렇지. 칼 라이스터 Karl Leister는 1959년부터 1993년까지 베를린 필에서 활동했고, 1993년부터 2002년까지 베를린 한스 아이슬러 음악대학 교수를 지내셨다. 은퇴는 하셨다지만 아직은 정정하시니 30년은 더 학생들을 가르치실 것 같다."

"선생님은 실제로 칼 라이스터를 보신 적이 있으세요?"

"음. 표정이 좀 무겁고 말씀도 거친 편이셨어. 그리고 재능 없는 학생들은 싫어하시는데, 거의 미워하는 수준이야."

"그럼 자비네 마이어 Sabine Meyer 는 어디에 계시나요?"

"자비네 마이어는 뤼벡음대 Musikhochschule Lübeck 에 계신다.

뤼벡은 브레멘 인근의 함부르크에서 열차로 1시간 거리에
있는 작고 아름다운 도시로 독일 16개 연방 주 중에서 최북
단에 위치해 있다."

'왠지 자비네 마이어는 큰 도시에 계실 것 같았는데⋯⋯.'

"또한 뤼벡하면 저녁 음악 Abendmusik 이 시작된 곳으로 알
려져 있다. 이것은 17세기부터 성 마리아 교회 Marienkirche 에
서 열린 콘서트를 말하는데, 성 마리아 교회의 오르가니스트
프란츠 툰더 Franz Tunder 와 그의 후임자 디테리히 북스테후데
Dietrich Buxtehude 라는 당대 유럽 최고의 오르가니스트가 개최
한 것이다. 이와 관련해 1705년 요한 세바스티안 바흐가 디
테리히 북스테후데의 음악을 듣기 위해 독일 중부의 튀링겐
에서부터 400㎞를 걸어왔다는 유명한 일화도 있다."

"음악을 듣기 위해 400㎞를 걸어요? 대단하네요. 그럼 혹
시 뤼벡 음대 규모는 어떤가요? 선생님은 실제로 자비네 마
이어도 보셨어요?"

"철환아, 독일에서 음대 규모는 중요하지 않다. 학교는 건

물의 크기나 학생의 수를 따지기보다는 어떤 교육 과정으로 이루어졌는지, 교수님은 어떤 분인지를 살펴봐야 한다."

"네……."

"뤼벡 음대는 외형적으로 규모 있는 대학은 아니지만, 훌륭한 교수들이 넘치는 곳이다. 나도 그곳에서 자비네 마이어를 처음 만났는데, 첫인상은 큰 키에 아주 우아하고 품위 있는 모습이셨다. 항상 잘 웃으시고 친절하셨지.

뤼벡에서는 작은 서점이나 마트에서도 자비네 마이어의 클라리넷 음반을 어렵지 않게 구할 수 있는데, 메이저 음반사에서 발매한 것은 아니었지만 제자들과 작업한 음반도 꽤 있었다. 그것들을 보며 나는 뭐랄까, 시민들이 자비네 마이어를 자랑스럽게 여기고 있다는 느낌을 받기도 했다."

"대단하네요. 시민의 사랑을 받는 예술가라!"

"철환이 너는 어떤 연주자를 좋아하지?"

"저는 디터 크뢰커 Dieter Klöcker 의 연주를 좋아해요.

요즘은 디터 크뢰커의 지아코모 마이어베어의 클라리넷 5중주 *Giacomo Meyerbeer Clarinet Quintet in E-flat major* 를 매일 듣고 있어요. 이 음악을 들으면 연주에 대한 의욕이 생겨서 좋아요."

"그렇구나. 디터 크뢰커는 1975년부터 독일 프라이부르크 음악대학에 재직하셨는데, 2002년 은퇴하신 것으로 알고 있다. 나 역시 디터 크뢰커의 정돈된 소리, 어떤 작품도 편하게 연주하는 스타일이 좋아한다. 그렇다고 연주가 가볍게 느껴지지도 않고 말이야. 무엇보다도 그분의 업적이라고 한다면 클라리넷 연주자들에게조차 잘 알려지지 않은 작품들을 발굴하고 재해석하며 세상에 적극적으로 알린 노력이라고 할 수 있어. 모든 클라리넷 연주자들은 그런 분에게 항상 깊이 감사해야 한다.”

   “명심하겠습니다. 독일에 가면 꼭 디터 크뢰커 선생님을 꼭 한번 만나보고 싶어요.”

 터미널 식당에 들어선 김명환과 주철환의 이야기는 끝을 모르고 이어졌다. 아니, 주철환의 질문이 멈추질 않았다.

 “선생님은 독일 선생님 중 배워보고 싶은 분이 계세요?”

 “왜? 갑자기.”

 “그분께 제가 배우려고요.”

 “와아ー 너 똑똑하구나!”

   “마르코 선생님과는 왠지 언젠가 다시 만나게 될 것 같고, 그 외 다른 분들도 좀 알고 싶어서요.”

   “기회는 없었지만 열정으로 가득 차 있었던 시절에 꼭 한

번 이야기 나눠보고 싶었던 분이 있었다."

"그게 누구예요??"

"한스 다이저 Hans Deinzer. 하노버 음대에서 30년 동안 교수로 계시다가 1996년에 은퇴하신 분이다. 볼프강 마이어 Wolfgang Meyer, 자비네 마이어 Sabine Meyer, 라이너 벨레 Reiner Wehle, 마틴 스판겐베르그 Martin Spangenberg, 안드레아스 순덴 Andreas Sundén, 앤드류 마리너 Andrew Marriner, 니콜라스 콕스 Nicholas Cox, 안토니오 살게로 Antonio Salguero, 미셸 주코브스키 Michele Zukovsky, 마틴 프뢰스트 Martin Fröst 등 수많은 연주자들을 세계적인 수준으로 성장시킨 분이시지. 내가 독일에 도착했을 때는 이미 이탈리아 어딘가로 떠나셨다는 이야기를 들었는데, 그때 참 아쉬웠다. 사실 내가 브레멘에 정착한 이유 중 하나가 하노버와 가깝다는 지리적인 점도 있었거든."

"그래요? 그러면 저는 더욱 배울 수가 없는 분이잖아요! 실제로 배울 수 있는 분을 좀 이야기해주세요."

"글쎄, 쾰른 음대의 랄프 만노 Ralph Manno 교수가 좋은 선생님인지는 모르겠지만 그의 연주를 들었을 때 엄청난 충격을 받았던 기억이 있어. 지금도 이해가 안 되는 것은 그런 엄청난 사운드가 도대체 어떻게 가능한지도 또 필요한지도 모르겠다. 아무튼 랄프 만노와 함께 하루를 보내는 동안 엄청난 경험을 했었다. 그런데 철환아, 독일에 가면 여행한다 생각하고 30개 정도 되는 음악대학을 한번 쭈욱 돌아봐라.

교수님들과 입학 가능성을 타진하는 포어 슈필 Vorspiel 일정을 세우고, 여행하듯 학교와 도시 분위기를 살펴보는 것도 좋은 방법이다. 누구의 말을 듣기보다는 직접 부딪치며 느껴야 후회 없는 판단을 할 수 있을 테니 말이다."

"선생님도 그렇게 하셨어요?!"

"그럼. 나중에 깨달았지만 독일에 도착해서 학교와 도시를 돌아보던 그때가 가장 여유 있고 행복했던 시간이었어."

"그런데 저는 독일어를 전혀 몰라요? 영어만 조금 할 수 있는데요……."

"독일어는 배워야 하지만 교수님들과 포어 슈필의 일정을 잡고 초기 수업을 받을 때는 영어를 사용해도 다 이해해 주신다. 어설프게 독일어를 사용하고 알아듣지도 못하는 것보다는 어떤 면에서는 영어가 좋을 수 있어. 물론 입시에서는 독일어로 질문하고, 학교마다 실기 전후로 독일어 시험을 요구할 수도 있으니 어쨌든 독일어는 꼭 공부해야 한다."

"네."

두 사람은 식당을 나왔다. 버스를 기다리는 두 사람은 잠시 각자의 생각에 잠겼다. 김명환은 내색하지는 않았지만, 자신을 만나기 위해 말러 챔버의 일원으로 기꺼이 아시아 투어에 참여한 마르코 토마스 교수와의 짧은 만남이 마음에 걸렸다. 무엇보다 현재 한국에서 아무것도 성취한 것 없는 자신의 초라함을 여과 없이 들어낸 것이 더욱 마음에 쓰였다.

'숙소가 리치 칼튼이라고 했던가⋯ 아직 도착했을 시간은 안 된 것 같고, 조금 후에 전화라도 드려야겠구나.'

"선생님! 자— 이거 받으세요."

주철환은 실없는 미소를 지으며 가방에서 무언가를 꺼내 김명환 앞으로 쓱 내밀었다.

"이게 뭐냐? 고양이?!"

"행운을 부른다는 복 고양이에요. '마테키네코'라고 부르더라고요. 성공적인 해외 데뷔 무대를 마치고 돌아온 제자의 선물입니다!"

김명환은 피식 웃으며 건네받은 선물을 한 번 더 살피는 시늉을 했다.

"그래, 고맙다. 그런데 어땠어?"

"피곤하긴 했어도 좋은 경험이 됐어요. 선생님께 배운 슬랩 텅잉을 저도 전수 좀 해 주고 왔습니다. 하하하!"

"클래스 아이들과 잘 지냈나 보구나? 참가자들의 실력은 어떻든?"

"전체적으로 수준이 높았어요. 그래서 많이 배웠고요.

모두 자기 작품에 대한 정리가 깔끔했는데, 공통적인 특징도 있었어요. 뭐랄까 감정에 치우치기보다는 미리 정한 계획대로 절제하며 연주하는 듯한 치밀함을 느낄 수 있었어요. 악보에는 들이마시는 호흡은 몇 퍼센트를 마셔야 한다는 수치까지 기록해 놓았더라고요!"

"그래. 모든 연주자들이 그런 것은 아니겠지만, 많은 일본 학생들의 특징이라고도 할 수 있지. 그렇게 치밀하게 계산된 연주 방식이 연주자들의 평균적인 수준을 높이기도 하지만, 그것이 어떤 면에서는 일본이 세계 최고 레벨의 음악가들을 배출시키지 못하는 원인으로 지목되기도 한다."

"네. 제 스타일은 아니더라고요!"

"찰스 나이디히 선생님은 어떠셨어?"

"친절하셨어요. 가르치실 때 좀 특이했던 것은 호흡할 때 아래턱을 리드에서 완전히 때라고 하시더라고요. 그리고 연주할 때 입안 발음은 '히' 라고 계속해서 강조하셨어요. 이유가 뭘까요?"

"너는 어떻게 생각했는데?"

"글쎄요. 아래턱을 떼도 악기가 균형을 유지하는 데 어려움은 없었는데……. 굳이 왜 그러셨을까요? 솔직히 저는 잘 모르겠어요. 어쨌든 저는 금방 따라 할 수 있었어요. 아래턱을 떼며 슬랩 텅잉하는 방법을 배워서 그런지 바로 되더라고요. 어? 혹시…… 선생님?! 슬랩 텅잉을 가르쳐 주시면서 일부러 제게 턱을 떼는 연습을 시키신 거예요? 찰스 나이디히 선생님이 그 부분을 강조하실 것을 미리 아시고요?"

"당연하지. 이유 없는 가르침이 얼마나 있겠냐? 사실 악기를 배우는 과정은 조금 순차적인 방향으로 진행될 뿐이다."

"와아─ 선생님. 참 치밀하시고 계획적이시네요! 그럼 턱을 떼고 호흡을 하라고 한 이유를 아시겠네요?"

"내가 어떻게 찰스 나이디히 선생님의 생각을 알 수 있겠냐. 다만, 내가 해보니 몇 가지 장점이 될 만한 것을 발견하긴 했다."

"그게 뭔데요?"

"클라리넷은 턱을 활용해서 연주하는 악기이지?"

"네, 그렇죠. 윗니보다는요."

"턱을 리드에서 떼며 호흡을 하면 입이 크게 벌어지면서 목구멍도 크게 열리는데, 이때 호흡을 깊게 마실 수 있다."

"선생님, 그런데 턱이 움직이는 시간이 있잖아요! 그 때문에 빨리 마시기는 힘들 것 같은데요."

"물론 아주 짧은 순간에 호흡해야 하는 경우라면 굳이 이 방법으로 연주할 필요는 없지. 다른 장점으로는 턱을 리드에서 반복적으로 떼는 과정에서 입술의 피로를 줄이면서도 입술의 모양과 위치를 새롭게 할 수 있다. 간접적으로 입안의 공간 확보에 도움이 될 수도 있고."

"그런데 선생님은 그렇게 연주 안 하시잖아요!"

"어떤것의 장점을 발견하게 되면 이전의 방식으로도 어느 정도 새로운 것을 취할 수가 있다. 같은 결과를 얻기 위한 방법이 하나만은 아니기 때문이기도 하고. 결국은 무엇이든 자신이 생각해서 결정하기 나름이야."

"네. 그럼 '히' 발음은 왜 시키신 걸까요?"

"아마도 너에겐 시키시지 않았을 텐데?"

"어? 그걸 어떻게 아셨어요?? 맞아요. 세 명 정도 학생들에게만 매일 같이 말씀하셨어요."

"아마 그 학생들은 공기의 압력에 대해 잘 이해하지 못하고 있거나 또는 그것을 연주에 활용하지 못했기 때문일 텐데, 이런 경우 특정한 발음을 사용해서 입안의 공기 압력을 높일 수도 있다. 하지만 나는 '히' 발음을 좋아하지 않는데, 그 이유는 입안의 공간이 좁아질 수도 있기 때문이야. 다만, 입안의 공기 압력이 무엇인지 전혀 느낄 수 없는 학생들에게는 나름 괜찮은 방법이 될 수도 있다. 사실 공기의 압력을 높이는 방법은 발음을 활용하는 것보다 더 효과적인 다른 방법들도 많이 있거든."

"선생님. 공기의 압력을 갖고 연주하는 것이 그렇게 중요한 건가요? 그럼 왜 찰스 나이디히 선생님이 저에게는 이야기하지 않으셨을까요?? 생각해보면 예전에 최용호 선생님께서도 비슷한 말씀을 하신 적이 여러 번 있으셨어요."

"철환아. 사실 '입안 공기 압력'이라는 말은 이해하기 쉽게 표현한 것이고, 이것을 보다 구체적으로 말하자면 호흡의 길 전체에 공간을 확보하고 압력을 유지하며 연주에 활용하는 활동인 것이다. 이것은 레가토와 소리의 진행 그리고 음색의 유지에 직간접적으로 연관이 있는 것으로 너는 이미 그 수준을 몇 단계 넘어섰는데 아직 모르겠어?"

"제가요? 저는 아직 확실하게는 모르고 있는데요······."

"설령 네가 배우는 과정을 모두 깨달을 수 없었어도 지금 그것들을 활용하면서 자유로운 발성도 하고 있잖아?"

"그렇군요……."

"그것들은 이미 네 몸이 먼저 습득한 거다. 최용호 선생님의 작품인 것이지! 다른 방식으로 너에게 이해를 이끌어내시고 그것을 활용할 수 있도록 지도하신 것이야."

주철환에게 오늘 하루는 무엇과도 바꿀 수 없을 만큼 값진 시간이었다. 그리고 최용호, 김명환이란 두 스승의 날개가 더욱 크게 느껴졌다.

두 사람이 대화가 계속되는 사이 익산행 버스가 정류장 게이트에 들어섰다.

김명환은 잘 들어가라는 듯 주철환의 어깨를 툭 쳤다.

"먼저 가보겠습니다. 선생님도 조심히 들어가세요!"

버스의 경쾌한 엔진음과 함께 김명환은 발걸음을 옮겼다.

브람스의 클라리넷 소나타

충정로, 최용호 선생 자택.

문예준은 거실 주방으로 들어가 냉장고 문을 열었다.

시원한 물을 얼음과 함께 컵에 가득 부어 벌컥 들이켰다.

'아이고, 이제 좀 살겠네!'

레슨실에서는 최용호 선생의 목소리가 나지막하게 들렸다.

'선생님이 수업 중이신가? 어라?'

잔잔히 깔린 클라리넷은 피아노와 맞물려 움직임을 갖고 어느덧 감미롭게 흐르기가 반복되었다.

'브람스 소나타 Op.120 No.1 알레그로 아파시오나토 Allegro appassionato? 누구지??'

문예준은 궁금해서 그냥 기다릴 수 없었다. 수업 중인 문손잡이를 살짝 돌렸을 뿐인데, 소리가 들려왔다.

"예준이 들어와라."

"네. 그런데 누가……!"

방안에는 문예준이 전혀 상상하지 못했던 홍우진이 있었다.

'이건 뭐지?'

피아노를 연주하던 안미영이 예준이를 반겼다.

"예준이 안녕!"

"어… 누나 안녕. 선생님! 그런데 저 형이 왜 여기 있어요?"

"우진이 수업 중이니 조금 기다려라."

문예준은 대꾸 없이 홍우진에게 시선을 고정하며 피아노 옆에 놓인 의자에 앉았다. 눈앞에 있는 홍우진이 왠지 못마땅했지만 바로 코앞에서 실력을 확인할 좋은 기회라는 생각도 들었다. 작년 서희정 교수와 연주했던 피아노 협주곡 Concerto No.23 K.488 만으로는 그의 실력을 정확히 가늠할 수 없었기 때문이었다.

홍우진은 고개를 돌려 문예준의 얼굴을 똑바로 바라봤다.

'쟤가 문예준이구나… 비루투오소 오케스트라 악장 문예성과 플루트 파트 문예람의 동생!'

홍우진 역시 문예준에 대해 조금은 들은 것이 있었다.

'이화경향콩쿠르에서 1등 한 아이…. 악기에 관해서 만큼은 승부욕이 강한 아이라고 들었다.'

「브람스 클라리넷 소나타 Op.120, No.1」

 고전 소나타 형식을 취함과 동시에 서정성과 풍부한 화성으로 브람스 후기 소나타의 특징이 잘 반영된 작품이다.

 "우진이 레가토가 좋은 흐름으로 연결되는구나."

 "선생님. 이 작품은 선율이 단조로워 보이는데, 정확한 리듬 안에서 레가토를 표현하는 것은 의외로 까다롭네요. 리듬에 집중하면 흐름을 놓치게 돼요."

 문예준은 혼자만 아는 코웃음을 쳤다.

'무슨 핑계가 그렇게 많아서야……'

 "그냥 단순하게 생각하면 모두 기본적인 리듬의 조합인데 왜 이렇게 어색하게 연주되는지 모르겠어요. 이번에 처음 브람스 소나타를 배우면서 브람스의 선율은 어느 것 하나 가볍게 여길만한 것이 없다는 것을 알게 됐어요."

 "브람스는 멘델스존과 슈만 이후 낭만주의 시대의 작곡가 중에서 가장 보수적이고 탄탄한 형식을 고집하는 작곡가라고 할 수 있어. 이 브람스 소나타를 연주하기 위해서는 연주자에게 필수적으로 요구되는 능력이 있다. 그것은 선율의 흐름과 음색에 대한 인지라고 할 수 있는데, 자신이 연주하는 클라리넷에 관한 것뿐만 아니라 함께 연주하는 피아노의 음색을 섬세하게 받아들일 수 있어야 한다."

"하지만 그게 쉽지가 않아요."

"그래. 설명을 덧붙이자면 음색은 명시성, 운동감, 온도
감, 중량감, 강약, 경연감에 관한 성질을 지니고 있다. 명시성
은 멀리에서도 음색이 귀에 들어오는 정도를 말하는 것이고,
운동감은 음색에 의한 소리의 움직임, 온도감은 음색의 차고
따뜻함을 나타내며, 중량감은 무겁거나 가볍게 느껴지는 것
을 말하고, 강약은 세기 정도를 나타내며, 경연감은 음색에
따라 느껴지는 단단하거나 부드러운 질감을 말한다. 이 외에
도 음색은 리듬과 함께 흥분과 안정의 진정효과 등의 감정적
인 요소를 표현할 수 있는데, 이것에 대한 인지는 음악을 이
해하는 정도와 관계가 깊으니 항상 마음에 새겨야 한다."

"음색의 연주가 이렇게 중요한 거였나요?"

"음색이 중요한 이유가 뭘까? 그것은 음악에 담긴 감정,
흐름, 방향, 정도, 목적을 나타내는 지표가 되기 때문이다."

"그러면 리듬은요? 제 연주는 리듬이 선율에 잘 섞이지
않고 겉도는 느낌이 들어요."

"그럼 브람스 소나타에 사용되는 리듬이 사람의 혀와 같
은 것이라고 한번 가정해보자. 말하는 사람이 자신이 말하려

는 내용이나 전달하려는 감정보다 혀의 움직임에 더욱 신경을 쓴다면 어떻게 될까?"

"아무래도 전달하려는 말의 내용이나 감정에 신경을 못 쓰게 되겠죠. 혀의 움직임을 계속 관찰해야 하니까요⋯⋯."

"그래. 그렇게 되겠지. 알겠니? 선생님이 어떤 부분을 이야기하고 싶은 것인지!"

"네⋯⋯. 조금은 이해할 수 있을 것 같아요."

"물론 정확한 리듬의 연주는 매우 중요하다. 다만, 우선은 브람스가 표현하고자 하는 선율에 초점을 맞춰 보자."

"그럼, 구체적으로 어떤 것에 집중할까요?"

"먼저 네가 말한 것처럼 '어느 것 하나 가볍게 여길만한 것이 없는 브람스의 모든 선율'의 감성을 느껴야 한다. 이것은 선율과 함께하는 음색에 귀를 기울이는 것에서 무언가를 발견할 수 있을 거다."

"네. 놓치고 있었던 부분을 말씀해 주셔서 감사합니다.
 제가 이렇게 연습하는 습관이 안 돼 있어서 자신은 없지만 한번 해 보겠습니다."

 최용호 선생의 수업을 가만히 듣고 있던 문예준은 문득 오래전 어떤 순간이 떠올랐다.

'예준아, 소리는 듣는 것과 보는 두 가지 방식으로 인식할 수 있고, 보이는 소리는 무채색과 유채색으로 나뉘며 무채색은 백색에서 회색을 거쳐 흑색에 이르는 감각상 색상, 채도가 없고 명도만으로 구별된다. 다시 말하면 무채색은 흑백 만화처럼 명도의 단계로 밝기를 나타내는 색을 말한다.

음색의 표현 중 무채색을 인식하여 사용할 수 있는 능력은 클라리넷 연주자에게는 기초적인 수준이라고 할 수 있다.

하지만 너는 앞으로 유채색, 그러니까 진짜 색을 인식하고 구분하여 연주하는 단계에 들어서게 될 것이다.'

'선생님, 저는 소리의 색깔은 조금 이해가 가는데, 소리가 눈에 보이지는 않아요.'

'하하하! 그건 물론 선생님도 알고 있다. 어떤 사람은 아무런 노력 없이도 음색을 눈으로 볼 수 있지만, 그렇다고 그 사람이 색을 표현할 수 있는 능력을 함께 지니고 있는 것은 아니다. 그래서 선생님은 예준이 너에게 음색을 표현할 수 있는 연주법을 먼저 가르친 이후에 그것을 자연스럽게 눈으로 느껴 볼 수 있도록 할 셈이다. 어떠냐?! 궁금하지 않냐?'

'네. 너무나 알고 싶어요. 그럼, 어떤 연습을 할까요?'

'먼저, 유채색이 뭔지 알아보자. 유채색은 무채색을 제외한 명도, 색상, 채도로 분류할 수 있는 모든 색을 말한다.

명도는 색의 밝기를 나타내는 기준으로서 무채색과 유채색에 모두 있으며, 색상 간의 명암, 색채의 밝기를 나타내는 성질, 이러한 밝음의 감각을 나타내는 정도를 말한다.

색상은 색을 구별하기 위한 색의 명칭이며 빨강, 초록, 파랑, 노랑과 같이 다른 색과 구별되는 고유의 성질을 말한다.

채도는 색의 순수한 정도 즉, 맑고 탁한 정도를 말하며 유채색에 무채색을 섞을수록 채도는 낮아지게 된다. 그렇다면 이러한 컬러를 나타내는 연주란 과연 어떤 것일까?!

색을 나타내는 연주란 거의 완벽에 가까운 음악에서만 그 실체를 드러내기 마련인데, 불균형과 부조화가 섞인 소리는 그저 2차원적인 무채색에 머물게 되는 것이다. 따라서 너는 완벽에 가까운 대가들의 음악을 찾아 들어라. 이때 클라리넷 작품도 좋지만 다양한 악기들이 함께 연주하는 오케스트라 음악을 꼭 함께 들어야 한다.'

'그럼 어느 시대의 음악을 들어야 하나요?

'시대와 장르를 가리지 말고 완벽한 음악을 발견하는 것이 중요하다. 각 악기의 음색에 귀 기울이고 하모니를 느끼며 소리의 감성을 깊이 이해하는 노력을 통해 음색의 비밀에 가까이 갈 수 있는 것이야. 또한 색채 감성을 딱딱한–부드러운, 차가운–따뜻한, 두 축으로 나누어 네가 듣는 소리의 음색이 어느 만큼 위치하는지 발견하려는 노력이 병행되어야 한다.'

'……그래. 선생님은 나에게 음색에 관해 자주 이야기 해주시곤 했어. 그런데 내가 이 모든 걸 까맣게 잊고 있었다.

 음색은 음악에 담겨 있는 감정, 음악의 흐름과 방향, 정도, 목적을 나타내는 지표가 된다는 것을 나는 어째서 놓치고 있었을까…….'

"자, 그럼 브람스 클라리넷 소나타에 대해 알아보자. 브람스의 클라리넷 소나타는 1894년에 작곡된 그의 최후의 실내악곡임과 동시에 마지막 소나타 작품이다. 특히 브람스의 2개의 클라리넷 소나타는 연주자들이 선호하는 레퍼토리에 속하면서도, 듣기엔 단순한 것 같으나 브람스만의 독특한 기교를 보여주는 까다로운 작품이다. 이 작품과 관련된 한 가지 일화가 있는데 우진이 한 번 들어볼래?"

"네. 궁금해요."

"1890년. 브람스는 자신의 두 번째 현악 5중주 Op.111

String Quintet No.2 작업을 끝으로 작곡자로서 은퇴를 선언했다. 브람스는 스스로 이제껏 충분히 많은 것들을 이루었다고 생각했고, 가까운 친구로 지낸 메조 소프라노 알리체 바비 Alice Barbi 에게 청혼하여 행복한 노년을 즐기려는 계획도 있었다. 이런 브람스가 1891년 1월 예술 축제에 참가하기 위해 마이닝겐으로 여행을 가게 되었는데, 그곳에서 마이닝겐 궁정 오케스트라 Court Orchestra 의 클라리넷 연주자 리하르트 밀펠트의 연주를 운명처럼 듣게 되었다. 브람스는 밀펠트의 매력적이고 완벽한 기교, 풍부한 음악에 매혹되어 이전에는 느끼지 못했던 클라리넷에 대한 새로운 가능성을 발견한 것이다. 브람스는 이전까지 빈 클라리넷 연주자들의 음악에 익숙해 있었기 때문에, 클라리넷이 지닌 무한한 잠재력을 정확하게 알아보지 못했고, 그로 인해 이전까지 자신의 주요 실내악 작품에 클라리넷을 포함시키지 않았었다. 그러나 밀펠트에 대한 브람스의 존경심은 작곡에 대한 열정을 되살리는 계기가 되어, 1891년 클라리넷 트리오 Trio in A Minor Op. 114 와 클라리넷 5중주 Quintet in B Minor Op.115를 완성했고, 1894년에는 두 개의 클라리넷 소나타 Sonata in F Minor Op.120 and in E Flat Major Op.120 를 탄생시키게 된 것이다."

홍우진의 눈이 번쩍였다.

"그럼, 브람스의 모든 클라리넷 작품은 리하르트 뮐펠트를 위해 작곡된 건가요? 만약, 브람스가 마이닝겐을 가지 않았더라면, 그리고 뮐펠트를 만나지 않았더라면 이러한 명곡들이 세상에 나오지 못했겠네요?"

"물론이다. 브람스의 클라리넷을 위한 작품들은 리하르트 뮐펠트를 위한 작품이자 그가 죽기 전 작곡한 마지막 실내악곡들로 지금까지 위대한 걸작으로 평가받고 있다."

브람스 소나타 1번 1악장.

알레그로 아파시오나토 Allegro appassionato.

고전주의 소나타 형식을 선호한 브람스는 낭만주의의 새로운 요소와 결합해 자신만의 음악을 만들었다. 1악장은 전통적인 소나타의 형식으로 제시부-발전부-재현부-코다로 구성되어 있고, 제1주제와 제2주제는 다양한 반복과 변형에 의해 악장 전체를 이끌고 있다. 똑같은 반복이 아닌 계속적으로 변화되며 새로운 아이디어를 제시한 발전적 변형 기법이라 불리는 작품이다.

홍우진이 생각의 틀이 벗어나자 연주가 이전과는 다르게 자유롭게 흘렀다. 깊고 부드러운 소리는 멈추는 법이 없었고, 유연하게 흐르는 선율이 되어 어떠한 레가토도 어렵지 않게 연결할 수 있었다.

"자, 우진아! 오늘 수업은 여기까지 하자. 오늘을 계기로 더욱 발전할 수 있을 것 같은 느낌이 드는구나!"

"감사합니다. 브람스 소나타를 어떻게 접근해야 할지 조금은 알게 됐습니다."

"그래. 다음 주 오케스트라 연습에서 다시 이야기해 보자!"

"네!"

"미영이도 오늘 애썼다. 피아노와 함께하니 우진이가 작품에 몰입하면서 이해할 수 있었던 것 같다."

"브람스 소나타를 초견으로 연주하려니 엄청 긴장하면서 쳤어요. 다음에는 더 잘 해 볼게요."

언제나 긍정적이고 밝은 안미영이었다.

"누나! 나도 나중에 피아노 좀 해줘!!"

"그래, 물론! 예준이 곧 예원학교 실기가 있지? 잘해라!"

안미영은 문예준의 머리를 가볍게 쓰다듬으며 방을 나갔다.

홍우진은 악기를 정리하고 겉옷을 입으며 문예준을 바라봤다. 서로의 눈이 마주쳤다. 홍우진은 갑작스런 헛웃음이 흘러나왔다. 자신을 적대시하는 꼬마의 눈빛이 당황스러우면서도 한편으로는 귀엽게 보이기도 해서 자신도 모르게 나온 웃음이었다.

"왜? 왜 웃어!"

문예준은 급발진하며 눈에 힘을 함께 주었다.

"아냐. 아무것도."

홍우진이 떠난 지 한참이 지났지만 문예준은 궁금답답해 견딜 수가 없었다.

"선생님. 그런데 홍우진 형은 어떻게 된 거예요!"

"뭐가?"

"왜 갑자기 선생님께 수업을 받는 거냐고요?!"

"그게 뭐가 궁금하냐. 그나저나 필기시험 잘 준비하고 있지? 실기야 늘 하는 것이지만 예원학교는 필기시험도 중요하니 두루두루 잘 준비해라."

"선생님! 국어, 수학, 사회, 과학. 5학년부터 6학년 1학기까지의 모든 교과 내용! 이 문예준. 아주 잘 알고 있습니다. 걱정하지 마세요! 그런데… 진짜로 우진 형이 왜 왔냐니까요? 아, 궁금해! 진짜 궁금하다!!"

"허허허! 이 녀석. 우진이 아버지한테 전화가 왔었다.

올 초부터 우진이가 브람스 소나타를 공부하고 싶다고 해서 한 달 전부터 시작했는데, 갈피를 못 잡고 있다고 하더라.

아버지이자 선생님인 자신도 별 도움이 되지 않는 것 같다면서 우진이를 한번 부탁드려도 되겠냐고 해서. 내가 보내라고 그랬다."

"아— 그랬구나. 우진형 아버지도 클라리넷하세요?"

"그렇다고 들었다. 우진이를 보면 분명 경험이 풍부한 선생인 걸 알 수 있지."

"저 또 궁금한 것이 있는데요…….."

"그래 말해봐라."

"음색에 대해서 생각을 좀 해봤는데요. 유채색을 나타내기 위해서는 완벽한 소리의 조화가 필요하다고 하셨잖아요?"

"그랬지."

"그 외 다른 요소가 있다면 어떤 것들이 있을까요?

가령 한 가지 악기가 한 음을 연주할 때에는 색이 사라지게 되는 것일까? 하는 생각이 들어서요."

"당연히 한 음의 연주에서도 음색은 나타날 수 있다. 중요한 것은 이때 정확한 음정과 풍부한 울림이 필요한데, 이것이 음색을 나타내는 재료가 되는 것이다.

 기본적으로 각 악기는 음역에 따라 고유한 색채를 지니고 있고, 음의 높낮이에 따라 명도에 차이가 나타나고, 소리의 크기는 색채의 면적과 관련 있는 것이다."

 "그러면 음의 강약은요?"

 "음의 강약은 채도와 관련 있다고 할 수 있지.

 채도는 색의 순수한 정도를 나타내는데, 일반적으로 선명하고 짙게 보이면 채도가 높다고 하고, 색이 흐리게 보이면 채도가 낮다고 한다. 흰색, 검은색, 회색 등 무채색에 가까울수록 낮은 채도 값을 갖는 것이고."

 "아, 그렇군요. 선생님! 저 이제부터 음색에 대해 깊이 있게 공부하려고요."

 "갑자기? 그래 어쨌든 잘됐구나. 그럼, 예준이는 어떤 빛깔을 내뿜는 클라리네티스트가 되고 싶으냐?"

 "황금빛요. 밝은 금빛 클라리네티스트가 되고 싶어요!"

 "하하하! 예준이는 왠지 돈을 많이 버는 음악가가 될 것 같구나. 자, 그럼 황금빛 음색으로 멋지게 연주해 볼까?!"

 "네!!"

모차르트 클라리넷 협주곡

세종문화회관 소극장.

44회 동아 음악콩쿠르 결선.

콩쿠르 결선에 올라온 주철환이 차례를 기다리고 있다.

≫ 결선 지정곡.

모차르트 클라리넷 협주곡 전악장.

「Clarinet Concerto, K.622」

모차르트가 세상을 떠나기 불과 두 달 전, 오스트리아 빈에서 완성한 클라리넷 협주곡 K.622는 시대를 초월한 걸작으로 인정받고 있다.

'참가번호 4번, 주철환 학생. 지금 바로 무대로 나가세요.'

주철환이 자리에서 일어섰다.

'욕심이 생긴 것인가… 손끝이 차갑다.'

주철환은 불규칙한 맥박에 깊은 숨을 쉴 수 없었다.

'잠깐만 시간을 주세요. 아주 잠깐만…….'

주철환은 물병을 들었다. 마른 입을 적시고, 깊은 심호흡을 반복했다. 눈을 감고 장수 승마장에서 장군이를 처음 대면했던 순간을 떠올렸다. 함께 교감을 나누며 서로에게 위안이 되었던 그 순간들을……. 넓은 들을 달리며 두려움을 이겨냈던 그 변화의 시간들을 의식적으로 떠올렸다. 그러자 신기하게도 곧 두려움은 사라지고 마음에 여유가 생겨났다.

 무대 조명은 객석이 보이지 않을 만큼 강렬했다.
 주철환은 협주곡 전체 흐름을 머릿속에 그려 넣었다.
 '됐어. 호흡이 안정적으로 돌아왔다.'
 우아한 주요 주제를 제시하는 오케스트라 도입부를 연주하는 피아노의 연주가 시작되었다.

 1791년 10월 초. 모차르트는 1780년대 초부터 우정을 쌓은 안톤 슈타틀러 Anton Stadler 를 위해 자신의 마지막 열정을 담은 클라리넷 협주곡을 완성했고, 이 악보는 곧바로 당시 보헤미아에 있던 슈타틀러에게 보내졌다. 하지만, 이 원본 악보는 1791년 10월 16일 프라하 극장에서 열린 슈타틀러 자선 콘서트의 성공적인 초연 이후 어디론가 사라졌다.
 모차르트는 당시 바셋 혼 최고 연주자로 알려진 안톤 슈타틀러를 위해 이 협주곡을 작곡했다. -모차르트는 슈타틀러를 위해

'케겔슈타트 트리오' Kegelstatt Trio K.498 (1786), '클라리넷 5중주' Clarinet Quintet, K.581 (Originally written for basset clarinet (1789)를 작곡한 바 있었다.-

바셋 혼을 위한 그러니까 표준 클라리넷처럼 음역을 낮은 미로 제한하지 않고 바셋 혼 음역의 낮은 도까지로 크게 확장하여 작곡할 계획이었다. 하지만, 당시 바셋 혼은 주문 제작방식의 악기로 제작 기간이 길고 연주자 사이에서도 일반적이지 않은 희귀 악기였기 때문에 모차르트는 표준 클라리넷을 위한 협주곡을 작곡하기로 마음을 돌렸다. 그리고 이러한 결정을 할 수 있었던 것은 클라리넷과 바셋 혼을 모두 훌륭하게 연주하는 슈타틀러에 대한 믿음과 우정이 있었기 때문이었다.

그러나 슈타틀러의 생각은 달랐다. 완성된 악보를 처음 받아든 슈타틀러는 크게 실망하며 얼굴을 일그러뜨렸다.

'나를 위한 작품이라고 했지만 내가 오랫동안 기다리던 바셋 혼을 위한 작품이 아니잖아! 이것은 진정 나를 위한 작품이 아니야! 분명히 나만을 위한 바셋 혼 협주곡을 작곡한다고 했는데… 모차르트! 약속을 먼저 어긴 사람은 바로 너야!!'

안톤 슈타틀러는 그대로 물러서지 않았다. 결국 초연을 앞둔 시점에서 협주곡 일부를 변경하기로 결심했다. 결심이 서자 실행에 옮기는 것은 그리 어렵지 않았다. 슈타틀러는 바

셋 혼을 위한 음역으로 더욱 화려한 아르페지오를 그려 넣
으며 음역을 확장했다. 공연은 슈타틀러가 기대한 바와 같이
큰 성공을 거두었고, 유럽의 출판사들은 앞다투어 모차르트
클라리넷 협주곡에 대한 출판을 요청했다. 하지만, 슈타틀러
는 자신의 가방은 도둑맞았고, 그 일로 모차르트 친필 서명
이 있는 원본 악보가 함께 사라졌다고 주장했다. 시간이 지
날수록 사건의 진실은 미궁 속으로 빠져들었고, 악보의 행방
도 밝힐 수 없었다. 무엇이 진실이라 아무도 말할 수 없었다.
그러나 모차르트의 부인 콘스탄체는 슈타틀러의 모든 주장
이 터무니없는 거짓말이라고 생각했다. 이러한 의심의 원인
은 슈타틀러의 반복된 거짓말에서 비롯된 것이었다.

　슈타틀러는 평소 모차르트에게 귀중품이나 돈을 자주 빌려
쓰고 갚지 않는 버릇이 있었는데, 이러한 행위는 모차르트가
죽기까지 계속되었다. 결국 모차르트는 슈타틀러를 위해 작
곡한 협주곡을 들어보지도 못한 채 쓸쓸히 세상을 떠났다.

　콘스탄체는 남편이 사망한 후 오펜바흐에서 출판사를 경영
하는 독일 음악가 요한 안드레 Johann André 에게 편지를 보내
슈타틀러가 클라리넷 협주곡 원본 악보를 숨기고 있으며, 모
차르트는 최종적으로는 바셋 혼을 위한 협주곡이 아닌 클라

리넷을 위한 협주곡을 작곡했다고 주장했다.

결국, 최초의 모차르트 클라리넷 협주곡은 1801년 요한 안드레 출판에서 오늘날 사용되고 있는 A조 클라리넷 버전으로 출판하게 되었는데, 이것은 콘스탄체의 증언과 출판사의 상업적으로 유리한 결정에 의한 것으로 당시 표준 악기의 음역을 반영한 것이다. 그러나 분명한 것은 모차르트는 슈타틀러의 밝은 성격을 좋아했고 그의 예술성을 깊이 존경했다는 것이다.

제1악장 알레그로 Allegro.

우아한 서정적인 분위기의 소나타 형식.

주칠환의 연주는 우아하면서도 생기를 잃지 않았다. 따뜻한 중음역. 깨끗한 고음과 묵직한 저음역에 이르기까지 누구보다도 아름다운 울림으로 선율을 노래했다. 때로는 어둡고 작은 소리와 극적으로 대비되는 강렬함, 조금의 틈도 허락하지 않는 화려한 테크닉과 절묘한 피아노와의 앙상블은 다채로운 음악에 미묘함을 더하며 마무리됐다.

'ARD 국제 콩쿠르 International Music Competition in Munich 에서도 충분히 통하겠는데…….'

심사위원 이형수 선생의 혼잣말이었다.

제2악장 아다지오 Adagio.

라장조 D major. 가곡 형식이라고도 하는 ABA의 3부 음악 형식으로 예술적 경이로움을 느낄 수 있는 작품이다. 고요하면서도 깊이 있는 아름다움을 품고 있는 선율은 불필요한 어떤 것으로도 방해받지 않는 단순함의 정수를 보여준다.

3일전. 최용호 선생의 레슨실.

'선생님. 이 아다지오의 깊이는 어느 곳까지 닿아있는 건가요?'

'깊이의 정도라… 좋은 질문이구나. 철환아, 모차르트의 작품 '거룩한 성체' Ave forum corpus K.618를 들어본 적이 있냐?'

'거룩한 성체요? 아니요?'

'그럼, 콩쿠르 참가 전에 꼭 한번 들어봐라. 분명 무언가 깨달을 수 있을 것이다. 나는 분명 그 음악이 아디지오와 연결되어 있다고 생각한다. 아디지오의 깊이를 물었지? 너의 음악이 거룩하기까지 노력해라.'

아베포룸 코르푸스 Ave forum corpus K.618 거룩한 성체.

모차르트가 클라리넷 협주곡을 작곡하기 4개월 전인 1791년 6월. 그의 종교 음악 중 가장 친밀한 혼성 4부 합창곡으로 짧지만 간절하면서 성스러운 작품을 작곡했다.

주철환은 기도하듯 연주했다. 클라리넷은 현의 조용한 중얼거림 위에 길고도 평화로운 선율을 나타냈다. 아름다운 울림과 색채는 넓은 도약의 대조를 통해 더욱 간절하게 나타났다. 주철환의 연주는 삶의 덧없는 본성과 아름다움 뒤에 숨겨진 슬픔에 대한 심오함을 이야기하는 듯했다.

제3악장 론도 알레그로 Rondo Allegro.

가장조 A major. 앞선 악장의 거룩한 분위기에서 벗어난 빠르고 경쾌한 피날레. 쾌활한 반복구와 다소 서정적인 분위기의 에피소드가 대조를 이루며 전개됐다. 클라리넷과 피아노는 경쾌한 주요 테마를 연주한 후 클라리넷의 감미로운 연주로 전개함에 따라 점점 더 표현이 풍부해졌다. 다시 주요 테마로 짧게 돌아온 후 단조의 대조적인 에피소드를 지나 흥겨운 연주가 계속됐다. 모차르트는 자신의 위대한 희극 오페라에서 보여주었던 것처럼 코미디에 진지한 감정을 포함하듯 후렴 사이에 놀라울 정도로 감동적인 방식으로 멜로디를 발전시켰다. 음악이 그 끝을 향할수록 화려한 아르페지오, 활기찬 음계는 엄청난 에너지를 내뿜으며 내달리고 있었다.

모차르트는 음악의 가장 진실한 표현을 통해 신의 인간에 대한 사랑, 인간의 간구함과 응답, 삶의 행복과 슬픔을 이야기했다. 그러나 이것들은 삶에서 종종 뚜렷한 양극이 아니라 더 깊은 진리의 동시적 측면을 나타낸다는 것을 주철환은 깨달았다.

"안녕하세요. 최용호 선생님!"

"이게 누구십니까, 우광효 선생님!"

"오늘 심사위원 명단을 듣고 여기 계실 줄은 알고 있었습니다. 그런데 누구 기다리십니까?"

"최용호 선생님을 기다리고 있었습니다.
베네수엘라는 어떻게 잘 다녀오셨습니까?"

"네. 짧은 일정이었지만 그곳에서의 받은 감동은 평생 잊지 못할 기억으로 남을 것 같습니다."

"그렇군요. 제가 요즘 최용호 선생님께 궁금한 게 참 많습니다. 오늘 주철환 학생의 연주. 참 인상적이었습니다.
클라리넷의 깊고 풍부한 소리와 우아하게 흐르는 선율이 참 좋더군요. 특히 2악장의 아다지오는 압도적이었습니다. 어떤 연주자들은 고독과 상실을 표현하고, 어떤 이들은 환희를 노래하는데, 주철환만은 달랐습니다. 그런데 그것이 무엇인지 명확히 읽히지 않더군요……."

"신에 대한 경외감이었습니다. 주철환은 하나님께 간절한 기도를 드린 것입니다."

"그렇군요. 간절한 기도라…… 작년 이 대회에 출전한 김수영의 연주도 놀라웠는데, 주철환까지. 아니, 또 어떤 녀석들을 키우고 계시는가요?"

"제가 뭐 가르치는 것이 있나요. 성실한 아이들이었던 것이지요."

"그건 아니지요. 아무리 성실히 노력해도 스승이란 날개 없이는 이런 큰 산들을 넘을 수가 없지요."

이야기를 나누는 동안 최용호 선생의 시야에 한 남성의 모습이 들어왔다.

"안녕하십니까, 최용호 선생님! 저 이형수입니다."

"아이고, 안녕하시오. 이 선생!"

"바쁘다는 핑계로 그동안 인사도 제대로 한 번 드리지 못했습니다. 건강하시지요?"

"나야 잘 지내고 있습니다."

"그런데 주철환 학생, 선생님 제자 맞으시죠?

이 녀석은 다른 학생들과는 레벨이 다르던데요! 안 그렇습니까?! 우광효 선생님!"

"안 그래도 지금 그 이야기 하고 있었어요."

"선생님께서는 학생들을 지도하실 때, 어떤 점들을 중요시하시는지 여쭤봐도 될까요?"

이형수 선생이 조심스럽게 물었다.

"나는 그저 나의 학생들이 매일 노력하고 같은 일을 꾸준히 반복할 수 있도록 격려할 뿐입니다."

"클라리넷의 길을 걷는 학생들이 성실하게 연습하면 어느 정도의 수준에는 도달하겠지만, 이런 큰 무대에서 두각을 나타내기 위해서는 먼저 재능이 있어야 가능하지 않습니까?"

"글쎄요. 재능이란 정도의 차이가 있을 뿐 누구나 지닌 것입니다. 나의 경험으로는 학생들은 재능에 따라 열심히 하는 것이 아닌 스스로 더욱 발전하여 높은 경지에 도달하고자 하는 열망에 따라 행동합니다. 꾸준함과 성실한 태도를 지닌 아이들은 자신의 잠재력을 재능으로 발현시키며 더욱 큰 열망을 바라는 순환 과정을 통해 성장합니다. 어느 곳까지 오를 수 있을지는 아무도 모릅니다. 다만, 꾸준함으로 자신이 걷는 길에 도전을 즐기고 기쁨을 느낄 수 있다면 그 학생은 연주자의 바른 정신을 지닌 것이고 마스터가 될 수 있는 자질은 이미 갖추고 있는 것입니다."

두 천재의 동행

중구 예원학교.

운동장에는 입시생들의 파트별 실기순서 추첨이 진행되고 있었다.

"벌써 아이들이 모여 있네… 예준아, 끝나면 전화해 엄마는 요기 앞에서 커피 한 잔 마시고 있을게."

파리음악원에 대한 미련이 아직 남아 있는 문예준은 시무룩한 얼굴을 하고 있었다.

"빨리 끝내고 올 테니까 전화하면 바로 와요!"

문예준이 투덜거리며 차에서 내렸다.

'왠지 이 학교. 하나도 재미없을 것 같다…….'

문예준은 무거운 발걸음을 느릿하게 옮기며 학교에 들어섰다. '클라리넷'이라 쓰인 팻말이 눈에 들어왔다.

'저기구나. 관악기 모집인원은 26명인데, 도대체 몇 명이 온 거야? 딱 봐도 100명은 더 왔네.'

한 여선생님이 팻말을 흔들며 소리치듯 말했다.

"클라리넷 지원자는 이쪽으로 모여주세요! 수험표와 신청자 명단을 확인하겠습니다. 저기 학생?! 수험표 좀 보여주세요. 이름이 뭐죠?"

"정종하요."

"어라?! 저 녀석은. 대한민국 어린이 콩쿠르에서 봤던 정종하! 오호 — 너도 왔구나!"

순간 문예준의 눈이 빤짝 빛을 냈다. 이유 모를 어떤 강한 의욕이 생겨나고 있었다.

'지루할 것만 같았던 학교 생활이 기대되네. 갑자기!'

"클라리넷 파트 지원자들은 저를 따라오세요. 모두 건물로 입실하겠습니다."

대기실은 좁았다. 10명의 클라리넷 지원자들은 말없이 앉아 자신의 순서를 기다리고 있었다.

문예준은 얌전하게 앉아 있는 정종하에게 다가갔다.

"너 정종하지?"

정종하가 고개를 들었다.

"어."

"너 콩쿠르에서 본 적이 있어. 꽤 잘하더라!"

"나도 너 알고 있어. 넌 이름이 뭐야?"

"문예준."

"그렇구나."

"정종하 너는 그동안 왜 대회에 안 나온 거야? 너 정도 실력이면 꽤 많은 대회에서 우승할 수 있었을 텐데."

"난 얼마 전까지 미국에 있었어."

"미국? 그럼 미국에서 클라리넷을 배운 거야? 미국인 선생님도 있었어??"

"어. 예후다 길다드 선생님에게 배웠어."

"그래? 누군지는 모르겠는데… 아무튼 대단하다. 너 영어 잘하겠다? 프랑스 말도 할 줄 알아?"

"프랑스말?? 못해."

"나는 나중에 프랑스 갈거야. 홍우진, 어쨌든 우리 앞으로 잘 지내자."

*　　*

충정로, 최용호 선생 레슨실.

김수영은 콜번 스쿨 입학 준비를 위해 미국으로 출국을 앞두고 있었다.

"선생님. 철환이가 정말 동아콩쿠르 1등을 했어요? 대단하네요. 철환이는 성장하는 속도가 참 빨라요."

"그래. 최근에 김명환 선생과 함께하면서 좋은 영향을 많이 받았더구나."

"선생님! 저도 김명환 선생님에게 배우고 싶은데… 저도 한번 보내주세요!"

"하하하! 수영이 너 다음 주에 미국으로 떠난다는 걸 잊었냐? 그리고 명환이는 광주시향에 25년 만에 클라리넷 수석 오디션 기회가 있어서 준비하고 있다. 시간 없어."

"아- 그래요……. 그냥 걱정되고 불안해서요. 이 정도 실력으로 잘 해낼 수 있을지 모르겠어요……."

"수영아, 걱정하지 말고 부딪혀봐라. 그러면 알게 될 거야. 네가 얼마나 잘 준비된 연주자인지 말이다. 너를 먼저 알아보고 손을 내민 예후다 길다드 교수가 그 증인이 되는 것 아니겠냐. 그리고 수영아, 콜번 스쿨을 발판으로 더욱 넓은 세상으로 나가야 한다. 멈추지 말라. 최고의 수준에 오르기 위해서는 절대로 멈춰서는 안 된다."

변화의 계기

 신한남도 광주시립교향악단은 바이올린, 튜바 일반 단원과 함께 클라리넷 수석에 대한 공개모집 공고를 냈다.

 25년 만의 일이었다. 국내외에서 학업을 마치고 기다리던 수많은 연주자들이 간절히 바라던 소식이었다.

 최용호 선생은 어린 시절의 김명환을 떠올렸다.
'선생님, 저는 나중에 꼭 오케스트라단에 들어가서 유명한 작곡가들의 작품들을 많이 연주해 보고 싶어요!'
 "그래. 명환이라면 걱정 없어……."

 오디션 당일.

 신한남도 광주시립교향악단 클라리넷 수석 오디션은 전국에서 18명의 연주자가 지원했다. 국내외 최고연주자 과정을 이수한 학위 취득자들이었다. 아무리 탁월한 김명환이라도 한순간의 작은 실수도 용납될 수 없는 결코, 쉽지 않은 경쟁이 예상됐다.

실기전형은 신한남도 문화회관 내에 있는 교향악단 합주실에서 진행됐다. 지정곡은 모차르트 클라리넷 콘체르토 전 악장과 오케스트라 솔로 발췌 Orchestral Excerpts 작품 8개 중 심사위원들이 당일 추첨한 세 작품이었다.

이날 심사위원들이 추첨한 작품은 베토벤 '심포니 6번', 멘델스죤의 '한 여름밤의 꿈 A Midsummer Night's Dream', 스메타나의 '팔려간 신부 Bartered Brided' 였다.

실기 전형은 추첨 순서에 따라 순조롭게 진행되고 있었다. 그러나 오디션을 마친 연주자들은 자신의 연주에 대한 만족보다는 아쉬움이 더 크게 남았다. 이 자리를 간절히 원하는 만큼, 말로 다 할 수 없는 지난 노력의 시간만큼, 합격에 대한 간절함은 커졌고, 이전에 경험하지 못한 부담감이 밀려든 것이었다.

드디어 김명환의 차례가 되었다. 김명환이 심사위원 앞에 섰다. 심사위원장으로 보이는 한 남성의 설명이 있었다.

"먼저, 모차르트 협주곡을 연주합니다. 편안하게 호흡을 가다듬고 준비가 되면 시작해주세요."

연주자가 준비한 모든 실력을 발휘할 수 있도록 서두르지 않고 차분하게 안내했다.

김명환은 깊은 호흡을 했다. 두려움을 떨쳐내는 호흡이었다. 곧 주저함 없는 피아노의 첫 음이 울렸다.

1악장 알레그로 Allegro.

밀도 높은 세련된 소리. 윤곽이 명료한 흥겨운 선율은 즐거
움을 나타냈다. 화려한 아르페지오는 음악의 방향에 순응했
고, 형식에 얽매이지 않는 자유로운 연주는 솔리스트의 면모
를 나타내기에 충분했다.

2악장 아다지오 Adagio.

어둡지만 포근한 음색, 흐르듯 연결되는 완벽한 레가토.
김명환은 모차르트가 악보에 펼친 세상을 그려가고 있었다.
클라리넷은 붓이 제구실을 하듯 섬세하게 움직였다.

리퀴드 화이트가 적셔진 흰 도화지에 프탈로 블루가 혼합되
며 밝은 하늘이 그려졌다. 카덴차를 지나는 선율은 우리의 옛
기억을 회상하게 했다. '연하고 희미한 기억이지만 소리 색은
더욱 깊어야 한다.' 김명환은 프탈로 그린을 떠올렸다. 리퀴드
화이트와 프탈로 블루가 혼합된 하늘에 프탈로 그린을 더했
다. 예상대로 색이 깊어졌다. 붓이 움직이듯 선율이 좌우로 움
직이며 생명들이 평화롭게 안식하는 세상이 완성됐다. 음악
은 모차르트가 꿈꾸었던 세상이자 신께 드리는 기도였다.

3악장 론도 Rondo.

즐겁고 경쾌한 론도. 하나의 주제가 여러 개의 삽입부를 사

이에 두고 반복됐다. 김명환의 텅잉은 가볍고 손가락의 빠른 움직임에 음악은 넉넉한 여유가 있었다. 그저 몸에 밴 습관처럼 스스로를 믿으며 자신감 넘치는 연주를 했다.

김명환이 다른 연주자와 차이를 보이는 것은 음악에 색채감을 더하여 음악을 구성하는 방식에 있었다. 이것은 단순히 클로드 드뷔시나 모리스 라벨 같은 인상주의 작가들의 작품에 색채감이 묻어나는 것과는 결이 다른 것이었다.

'밝은색을 표현하기 위해서는 어두운 색이 사용되어야 한다. 우리의 삶도 마찬가지이다. 삶에 조금의 슬픔도 존재하지 않는다면, 진정한 행복이 찾아오더라도 우리는 이것을 알아차리지 못할 것이다.'

김명환은 2악장 아디지오에서 선율이 허용할 수 있는 수준의 어두운 색채를 사용했다. 점차 소리의 색채를 환하고 더욱 깊게 함으로써 음악의 내면을 깊게 표현할 수 있었다.

"수고했습니다. 다음은 오케스트라 솔로 부분 연주를 이어가겠습니다. 베토벤 심포니 6번, 멘델스존의 한 여름밤의 꿈, 스메타나의 팔려간 신부 순서로 합니다. 준비되면 시작해주세요"

김명환의 스승인 마르코 토마스 교수는 베를린 필하모닉 오케스트라의 수석 연주자의 경험을 살려 오케스트라 솔로 부분을 철저하게 지도하는 것으로 유명하다. 더구나 세계 최고 수준의 텅잉 스피드와 테크닉을 지닌 김명환에게 '한 여름밤의 꿈'과 팔려간 신부'는 너무나 가벼운 연주과제였다.

물론 텅잉 스피드가 낮은 연주자에게는 악몽과도 같은 시간이었을 것이다.

김명환의 모든 연주가 끝났다. 자신이 준비한 모든 것을 전력으로 솟아냈음에도 호흡 하나 흐트러지지 않았다.

그만큼 완벽하게 관리된 연주를 한 것이다.

4주일 후. 신한남도 광주시청 홈페이지.

≫광주시립교향악단 클라리넷 수석 실기오디션 결과

• 클라리넷 수석 단원 실기합격자 _김명환

실기전형 합격자는 1주일 후 면접 전형에 참석해야 하며, 면접 전형의 합격자가 최종 합격자로 선발됩니다.

'명환이가 합격했어. 됐어. 됐다!'

최용호 선생의 눈에는 눈물이 가득 괴어 있었다. 곧바로 김명환에게 전화를 걸었다.

"명환아! 봤지? 봤어!! "

"네. 선생님 저도 방금 확인했습니다."

"수고했다! 어머니가 그동안 고생 많이 하셨는데…….."

"네. 모든 것이 선생님 덕뿐입니다."

 "무슨 소리. 네가 그동안 얼마나 열심히 했냐! 어머니에게 바로 전화 좀 드려라. 기뻐하실 텐데"

 간절히 기다렸던 소식에 두 사람은 모처럼 행복했다.

 하지만… 이 행복은 오래가지 못했다.

 광주시립교향악단의 실기전형에 함께 합격한 바이올린, 튜바 연주자는 면접 전형에 합격했지만, 오직 클라리넷 수석 실기전형에 합격한 김명환만은 면접 전형에서 탈락했다.

 처음 있는 일이었다. 국내 시립교향악단의 실기전형 합격자가 면접 전형에서 특별한 결석 사유도 없이 탈락된 경우는 단 한 번도 없었다.

'이런 개 같은 자식! 금주상! 실기 경쟁을 통해 연주력을 검증한 합격자를 대상으로 하는 면접 전형은 과연 무엇을 판단하는 것이냐. 그것은 실기합격자가 오케스트라의 일원이 될 만한 인성과 태도를 지니고 있는지를 확인하는 것이다.'

 최용호 선생은 화가 치밀어 올랐다. 실기전형 발표 이후 불안한 소문들은 최용호 선생의 귀에까지 들려왔다. 그것은 광주시립교향악단 단원이었던 박충배가 수석으로 내정되어 있었는데, 그들의 계획대로 일이 진행되지 않자 모든 것을 엎어뜨리려 한다는 것이었다. 하지만, 설마 설마 했다. 아무리 그런 마음이 있었더라도 실기전형 결과가 이렇게 발표된 된 마당에 그런 짓까지는 하지 않으리라 생각했다.

그러나…… 그것은 정말 순진한 착각이었다.

면접 전형.

지휘자 금주상과 신한남도 문화회관 관장이 심사위원으로 자리에 앉았다. 금주상, 술로 평생을 허비한 자신의 아버지가 지은 이름이다. 밥상에서는 절대 금주하여 자신과 같은 무책임한 가정을 이루지 말라는 간절한 소망을 담아 지은 이름이었다. 하지만, 금주상은 아버지의 바람과는 달리 금주에는 어디에서 술을 퍼마실까 고민하는 것을 낙으로 여기는 인물이었다.

신한남도 문화회관 관장이 질문을 시작했다.

"김명환 씨, 이력서를 보니까. 전주에서 꽤 오래 앙상블 활동을 해왔고… 독일 브레멘도 다녀왔고……. 현재는 대학에서 시간 강사로도 학생들을 지도하고 있네요? 이곳 신한남도에는 아무런 연고가 없는 것 같은데 왜 지원했죠? 혹시, 광주에 친인척이라도 있나? 뭐 공무원, 언론인이나 정치인 같은?"

"없습니다. 저는 법성포에서 태어나 그곳에서 고등학교를 졸업했고, 대학 진학을 위해 전주로 이사한 이후 줄곧 그곳에 머물고 있습니다."

"음… 이곳에 아무런 연고가 없다……. 그렇군요. 내 질문 여기까지입니다."

지휘자 금주상은 무언가 불만이 가득한 딱딱한 말투로 입을 열었다.

"하모니가 무슨 뜻입니까? 필 하모니!"

"하모니는 '조화를 이루다' 그리고 필 하모니는 '음악을 애호한다'는 뜻입니다. 조화는 오케스트라에서 가장 중요시되어야 할 부분이므로 많은 오케스트라에서 이런 명칭을 사용하고 있습니다."

"음…. 그럼, 말러의 교향곡은 총 몇 개가 있나요?"

"말러의 교향곡은 10개가 있습니다."

"무슨 소리!! 말러 10번은 미완성인데 어떻게 10개야!"

지휘자 금주상은 심사석에 함께 앉은 관장을 쳐다보며 계속해 말을 이어갔다.

"이거 봐. 이거 봐. 아무것도 모르잖아요!"

관장은 아무런 미동도 없이 침묵했다.

"지휘자님 견해와 같이 말러 10번 미완성 교향곡을 빼더라도, 말러가 9번째로 교향곡을 작곡하고도 번호를 붙이지 않은 '대지의 노래' 가 있습니다. 물론 가곡 형식으로 교향곡으로 볼 수 없다는 견해도 있습니다만……"

"무슨 소리 하는 겁니까? 지금! 그럼 말러의 교향곡이 11개라는 겁니까! 지금!!"

" ……… "

김명환은 입을 닫았다.

금주상은 두꺼운 책 한 권을 가방에서 쓰윽 꺼내 책상 위에 펼쳤다. 음악용어 사전이었다. 금주상은 사전을 펼치며 질문을 이어 갔다.

"고르겟지 gorgheggi. 이게 무슨 뜻입니까?"

"모르겠습니다. 처음 들어본 용어입니다."

금주상은 음악용어 사전의 이곳저곳을 유심히 살펴봤다.

꽤 오랜 시간이 지났다.

"여기 있네… 까리롱? 카리용! carillon 무슨 뜻입니까?"

"프랑스어 같은데… 모르겠습니다. 처음 들어봅니다"

"뭐를 다 처음 듣는데!! 이런 것도 모르면서 스스로 오케스트라 단원이 될 자격이 있다고 생각해?!"

"그럼, 카리용이 무엇입니까?"

"종! 4개가 1벌로 구성된 종! 교회에서도 사용하는 종!!"

"지휘자님. 제가 아직 배워야 할 게 많은 사람인 것은 알고 있습니다. 하지만, 지휘자님께서 원하시는 수석 연주자의 역할이 음악용어 사전을 모두 암기하는 것인가요? 저는 연주자의 역할이 끊임없이 의미를 해석하고 훈련해서 사전에서 제시하는 표현을 더욱 발전시키는 것이라 생각합니다."

"어디다 질문을 해! 당신! 지금 내가 당신한테 면접 보러 온 줄 알아! 내가 지금 심사위원이야! 지휘자라고!!"

금주상은 불쾌하다는 듯 언성을 높였다.

"그 부분은 죄송합니다. 저는 음악용어 사전을 전부 암기할 수 있는 그런 능력은 없습니다. 하지만, 저는 제 인생의 대부분의 시간 동안 음악을 공부하며 경험했던 음악용어는 잘 이해하고 있습니다. 그렇기 때문에 실기전형을 통해 지휘자님께서 중요시하는 음악적 표현을 검증받아 이 자리에 있는 것입니다."

"그걸 내가 어떻게 알아! 나는 실기전형에 들어가지도 못했는데!"

금주상은 관장에게 김명환이 여러모로 기본도 안 된 음악인이라는 것을 더욱 각인시키려는 듯 더욱 격양된 목소리로 말을 이었다.

"그리고 계속 처음 들어보는 용어라고 하는데! 지금 사용하지도 않는 용어를 질문한다는 거야? 여기 적혀 있잖아. 사전! 음악용어 사전!! 이런 걸 안 쓰면 도대체 누가, 왜. 이것을 왜 만들어 놨겠어!!"

관장이 침묵을 깨며 입을 열었다.

"김명환 씨는 지금 예술고등학교와 음악 대학도 출강하고 있는데, 기본은 좀 부족한 느낌이 듭니다."

금주상의 간사한 미소가 입가에 고물고물 기어 다녔다.

목적한 바를 다 이룬 비아냥거림이었다. 잠시 후 격조 있는 어투로 말을 바꾼 금주상이 다시 입을 열었다.

"내가 지휘자로서 마지막 질문하겠어요. 신한남도 광주시립교향악단의 최근 음악적 수준을 어떻게 평가합니까?"

김명환 역시 모든 상황을 정리했다.

'이 면접이라는 것… 그저 허접한 형식일 뿐이다.'

김명환은 그들이 원하는 바를 얻기 위한 놀이에 아무렇게나 홀로 던져진 모습으로 그렇게 끝까지 그들의 비웃음에 맞춰 춤출 수밖에 없었다.

"이 지역에서는 잘 알려진 오케스트라이고, 점차 발전하는 오케스트라라고 생각합니다."

"뭐? 이 지역에서 알려진 오케스트라……!"

"저도 한 가지 질문드리겠습니다. 다른 면접자들에게도 음악용어 사전을 들고 질문하셨나요?"

"아니. 면접 마칩니다! 끝났어. 끝!!"

그렇게 면접 전형은 끝이 났다.

면접 전형의 불합격 발표 후, 김명환은 한동안 주변 음악인들로부터 비웃음과 조롱을 당했다.

'아니, 오죽 사람이 모자라면 면접에서 떨어지냐?'

'참 나, 밥상을 차려줘도 먹질 못해요.'

평소 가깝게 지내던 박동원이라는 선생은 김명환을 더욱 비참하게 만들었다.

"어이, 김 선생 지난주에 금주상 선생이 전주 공연을 왔는데, 끝나고 함께 술 한잔했어. 내가 김명환 선생 때문에 금주상 선생과 소원하게 지낼 필요는 없잖아? 그 양반 호탕하니 사람 좋더구만. 술 잘 마시고 노래도 잘 부르데! 하하하!!"

최용호 선생은 김명환에게 가까운 변호사와 의논을 마쳤고 이미 법적 대응을 위한 준비에 들어갔다고 했다.

하지만 김명환의 대답은 정말 의외의 것이었다.

"선생님. 지난 한 주간 좀 힘들었지만, 지금은 다 괜찮아졌습니다. 어제 꿈을 꿨습니다. 연습실에서 한 손으로 무거워 보이는 아령을 들었습니다. 그런데 아령 한쪽이 떨어져 바닥에 깊숙히 박히더라고요. 다행히 발을 재빨리 피해서 다치지 않았는데, 아무리 애를 써봐도 박힌 아령을 뺄 수가 없었습니다. 그렇게 한참을 몸부림쳐도 아령은 꿈쩍도 하질 않았습니다. 너무 생생한 기억이라 꿈에서 깨어 곰곰히 생각했습니다. 결국 이건 제가 믿는 하나님이 제게 보이신 꿈이라는 것을 알 수 있었습니다. 그렇다면 이 결과는 내 힘으로 바꿀 수 없는 것입니다.

선생님, 지난 일, 다 잊고 싶습니다. 그리고 앞으로에 대해 새롭게 생각해보고 싶습니다."

얼마 지나지 않아 이 사건으로 금주상은 결국 불명예스럽게 교향악단을 떠났다. 대부분의 양심 있는 교향악단 단원들이 불공정한 면접 전형에 이의를 제기했기 때문이었다.

하지만, 시간이 지날수록 금주상은 이전보다 더욱 승승장구하며 교만이 하늘에 닿고 있었다. 그가 지닌 최고의 능력이라 할 수 있는 정치력이 잘 작동되었기 때문이었다.

에필로그

2005년 봄.

문예준과 정종하는 함께 예원학교 교복을 입었다.

김수영과 주철환은 각각 미국과 독일로 떠나 새로운 세상에 도전장을 내밀었다. 김수영은 자신의 계획대로 LA의 콜번 스쿨에 입학해 예후다 길다드의 클래스에서 순항 중이다.

주철환은 스승을 찾아나서는 떠돌이 생활을 이어가고 있다. 하지만, 독일 생활은 기대 이상으로 자유롭고 만족스러웠다.

김명환은 행정고시에 도전하는 외로운 길을 선택했다. 이제까지 한 번도 생각해 보지 않았던 전혀 새로운 길이었지만, 김명환은 자신의 남은 인생을 걸 정도의 뜻한 바가 있었다.

마지막으로 최용호 선생은 엘 시스테마 코리아 '꿈의 오케스트라' 설립을 위해 문화체육관광부, 한국문화예술교육진흥원과 함께 본격적인 작업에 착수했다.

이들이 만들어 갈 클라리넷 월드를 더욱 기대해 보자.

List of clarinet works by 300 great composers

No.	Country	Composer		Works for clarinet
1	독일	1696~1765	Johann M. Molter	6 Concertos in D major MWV 6.36~6.41 Concertino for 2 Chalumeaux and 2 Horns in C major, MWV 8.8 & in F major, MWV 8.9
2	체코	1717~1757	Johann Stamitz	Concerto in Bb major
3	이탈리아	1722~1781	Gregorio Sciroli	Sonata in Bb major.
4	체코	1729~1794	František X. Pokorný	Concerto No. 1 in Eb major Concerto No. 2 in Bb major Divertimento (for 2 clarinets and 3 Horns)
5	체코	1739~1813	J.Baptist Wanhal	Concerto / Sonata in Bb major / Sonata in C major
6	보헤미안	1741~1805	Václav Pichl	3 Quartets (for Cla, Vn, Va and Vc)
7	독일	1744~1812	Joseph Beer	Concerto in Bb Major
8	독일	1745~1801	Carl Stamitz	11 clarinet concertos Quartet in Eb major Op.8 No.4 (for Cla, Vn, Va and Vc)
9	체코	1747~1818	Leopold Koželuch	Concerto No.1 in Eb major / Concerto No.2 in Eb major
10	독일	1753~1827	Franz A. Dimmler	Concerto in Bb major
11	프랑스	1754~1786	Michèl Yost	11 clarinet concertos
12	오스트리아	1754~1812	F. A. Hoffmeister	Concerto in Bb major Concerto (for 2 Clarinets in E major)
13	오스트리아	1756~1791	W. A. Mozart	Concerto in A major KV.622 Quintet in A major KV.581 'Kegelstatt' Trio in Eb major KV. 498 Quintet fragment in Bb major KV.516c Quintet fragment in Eb major KV.516d Quintet fragment in Eb major KV.516e Quintet fragment in F major KV.580b
14	오스트리아	1757~1831	Ignace J. Pleyel	Concerto No.1 Bb major / Concerto No.2 Bb major
15	체코	1759~1831	Franz Krommer	Concerto in Eb major Op.36 & Op.52 Concerto in Eb major Op.91 (for two clarinets) Quintet in Bb major Op.95 Quartet Op.21 & Op.69 & Op.82 & Op.83 13 Pieces for 2 clarinets & viola Op.47
16	프랑스	1759~1803	François Devienne	Première Sonate pour clarinette Op.70 (from Oboe Sonata) Sinfonie Concertante in Bb major Op.25 (for 2 clarinets)
17	독일	1763~1826	Franz Danzi	3 Potpourris Op.45 (for Clarinet and Orchestra) Sonata in Bb major / 3 Wind Quintets Op. 67
18	프랑스	1763~1829	Jean Xavier Lefevre	Concerto No.3 in Eb major / Concerto No.4 in Bb major Concerto No.6 in Bb major / 12 Clarinet Sonatas 6 Quartets (for clarinet, violin, viola and cello)

19	오스트리아	1765~1807	Anton Eberl	Grand Trio in Ebmajor Op.36 (for clarinet, cello and piano) Grand Quintetto Op.41 Trio Op.44 (for clarinet, cello and piano) Grand Sextet in Eb major Op.47
20	오스트리아	1765~1846	Joseph L.Eybler	Concerto in Bb major
21	독일	1766~1803	Franz X. Süssmayr	Concerto
22	체코계 프랑스	1770~1836	Anton Reicha	Six Wind Quintets Op.88 Quintet for clarinet and string quartet Op.89 Six Wind Quintets Op.91 Quintet for clarinet and string quartet Op.107 Concertante for flute, oboe, clarinet, bassoon and horn
23	스웨덴	1775~1838	Bernhard H. Crusell	Concerto No.1 in Eb major Op.1 Concerto No.2 in F minor Op.5 Concerto No.3 in Bb major Op.11 6 Duos concertans Op.10 / 3 Quartets
24	독일	1776~1856	Philipp Jakob Riotte	Concerto in Bb major Op.24
25	오스트리아	1778~1837	Johann Hummel	Quartet in Eb major (for clarinet, violin, viola and cello)
26	오스트리아	1778~1858	S.Neukomm	Quintet in Bb major Schöne Minka Op.8
27	독일	1780~1849	Conradin Kreutze	Duo in C major for Two clarinets Trio in Eb major Op.43 KWV.5105 (for cla, Bn and piano) Septet in Eb major Op.62 / Quintet in A major KWV.5113
28	독일	1784~1838	Ferdinand Ries	Sonata in G minor Op.29 Trio in Bb major Op.28 (for clarinet, cello and piano) Sonate Sentimentale for Clarinet Sonata in Eb major Op.169 Grand Septuor in Eb major Op.25 (for clarinet, 2 horns, violin, cello, bass and piano) Grand Otetto for Octet Op.128 (for clarinet, horn, 2 bassoons, viola, cello, bass and piano)
29	포르투갈	1784~1842	José A. Canongia	Concerto No.1 in G minor / Concerto No.2 in Bb major Concerto No.3 in Eb major / Concerto No.4 in D minor
30	독일	1784~1847	Heinrich Bärmann	Concertino in Eb major Op.27 & in C minor Op.29 Quartet Op.18 / Quartet No.3 in Eb Major Op.23 Nocturne in Ab major (for clarinet and piano)
31	독일	1784~1859	Louis Spohr	4 Concertos / Quintet in c minor, Op. 52 Nonet in F major, Op.31 / Octet in E major Op.32 Fantasia and Variations for Clarinet & String Quartet Op.81
32	이탈리아	1785~1824	Vincent Gambaro	3 Wind Quartets Op.4 (for flute, clarinet, horn and bassoon)
33	폴란드	1785~1857	Karol Kurpiński	Concerto in Bb major Trio for clarinet, violin and cello
34	독일	1786~1826	Carl Maria von Weber	Concertino Eb major Op.26 / 2 Concertos / Quintet in Bb major Op.34 Grand Duo Concertant Op.48
35	독일	1786~1826	Robert Stark	Concerto No.1 in Eb major Op.4 Concerto No.2 in F major Op.13 Concerto No.3 in D minor Op.50

36	독일	1786~1826	Iwan Müller	Quartet No.1 Bb major / Quartet No.2 E minor Concerto No.3 Bb major Concerto No.4 Duo concertante Eb major Adagio et Polonoise Op.30 / Adagio et Polonaise Op.54 Introduction et rondo amabile Op.112 / 6 easy pieces
37	오스트리아	1787~1840	M. Leidesdorf	Quintet in Eb major Op.66 (for Cla, Bn, Vn, Vc and Pf)
38	오스트리아	1788~1831	Archduke Rudolph	Sonata in A major Op.2 Trio in Eb major (for clarinet, cello and piano) Serenade in B major (for clarinet, viola, bassoon and guitar)
39	독일	1791~1856	Peter Josef von Lindpaintner	Concertino in C minor Op.29 / Concertino in Eb major Sinfonia Concertante No.1 Op.36
40	독일	1791~1864	Giacomo Meyerbeer	Quintet in Eb major
41	이탈리아	1792~1868	Gioachino Rossini	Variazzioni di clarinetto Introduction, Theme and Variations Quartetto per flauto, clarinetto, fagotto e corno
42	독일	1794~1838	Friedrich Berr	Fantasy No.9 (for clarinet and Piano)
43	독일	1794~1850	Caroline Schleicher Kraemer	Sonatina 'Polacca' (for clarinet and Piano)
44	이탈리아	1795~1870	Saverio Mercadante	Concerto in Eb major Op.76 / Concerto in Bb major Op.101
45	독일	1795~1870	Caspar Kummer	Trio in F major Op.32 (for flute, clarinet and bassoon)
46	스웨덴	1796~1868	Franz Berwald	Quartet for Piano and Winds in Eb major Op.1
47	이탈리아	1797~1848	Gaetano Donizetti	Concertino in Bb major Concerto "Maria Padilla" (for 2 clarinets) Concertino / Clarinet Study in Bb major
48	독일	1797~1828	Franz Schubert	The Shepherd on the Rock D.965 (for soprano, cla and piano)
49	독일	1798~1859	Carl G. Reißige	Concertino in Eb major Op.63
50	독일	1799~1867	T. Täglichsbeck	Quintet in Bb major Op.44
51	체코	1801~1866	Johann Kalivoda	Introduction and variations Op.128 Morceau de Salon for clarinet and Piano Op.229
52	이탈리아	1802~1858	Marianna Bottini	Concerto in Bb major
53	프랑스	1804~1875	Louise Farrenc	Trio in Eb major, Op.44 (for clarinet, cello and piano)
54	이탈리아	1807~1874	Ernesto Cavallini	Adagio e tarantella / Adagio sentimentale / 30 Caprices / Elégie / Rêverie Russe in Bb major (for cla, fl and piano)
55	독일	1809~1847	Felix Mendelssohn	Sonata in E-flat major 2 Concert Pieces (for clarinet, basset horn and piano)
56	독일	1810~1873	Ferdinand David	Introduction et variations sur un thème de Franz Schubert Op.8
57	독일	1810~1856	Robert Schumann	Fantasiestücke Op.73 Märchenerzälungen (Fairy Tales) Op.132 (for Cla, Va, and Pf)
58	독일	1810~1836	Norbert Burgmüller	Duo in Eb major Op.15 (for clarinet and piano) Ständchen in Eb major for clarinet (or cello), viola and guitar
59	독일	1810~1885	Carl Baermann	Romanze Op.63 / Duo Concertant Op.33
60	독일	1812~1877	Julius Rietz	Concerto in G minor Op.29
61	독일	1813~1883	Wilhelm Richard Wagner	Adagio for Clarinet
62	영국	1815~1895	Henry Lazarus	Fantasia on Airs from Bellini's 'I Puritani' Fantasia on Favorite Scotch Melodies 3 Grand Artistic Duets

63	덴마크	1817~1890	Niels Wilhelm Gade	4 Fantasi pieces for clarinet and piano Op.43
64	독일	1817~1905	Fritz Spindler	Quintet in F major Op.360
65	독일	1819~1898	Louis Théodore Gouvy	Sonata in G for clarinet and piano Op.67
66	폴란드	1820~1898	Michał Bergson	Scene and Air' from Luisa di Montfort
67	독일	1824~1910	Carl Reinecke	Trio in A major Op.264 (for clarinet, viola and piano) Trio in B-flat major Op.274 (for clarinet, horn and piano)
68	오스트리아	1826~1905	Ernst Pauer	Quintet in F major Op.44
69	프랑스	1828~1907	Clémence de Grandval	2 Pieces for Clarinet and Piano
70	독일	1828~1919	Ludwig Wiedemann	Concertino in C minor Op.4
71	프랑스	1828~1885	Adolphe Blanc	Trio in B-flat major Op.23 (for clarinet, cello and piano)
72	프랑스	1833~1866	Jules Demersseman	Morceau de Concert Op.31
73	독일	1833~1897	Johannes Brahms	2 Clarinet Sonatas Op.120 / Trio in A Minor Op.114 Quintet in B Minor Op.115
74	이탈리아	1833~1871	Luigi Bassi	Rigoletto "Fantasia da concerto" Fantasia from I Puritani Divertimento sopra motivi dell'opera 'Il Trovatore' Divertimento sopra motivi dell'opera 'La favorita' Gran Duetto Concertato dell'opera 'La Sonnambula' Nocturne clarinet and Piano
75	덴마크	1835~1899	August Winding	3 Fantasy Pieces Op.19
76	프랑스	1835~1921	Camille Saint-Saëns	Sonata in Eb major Op.167 Caprice on Danish and Russian Airs Op.79 Tarantelle in a minor Op.6 (for flute, clarinet and piano) La carnaval des animaux (for 2 pianos, 2 violins, viola, cello, bass, flute, clarinet, harmonium and xylophone)
77	독일	1835~1913	Felix Draeseke	Sonata Op.38
78	영국	1835~1909	Ebenezer Prout	Concerto in Bb major Sonata for clarinet (or viola) and piano Op.26
79	스웨덴	1835~1909	John Jacobsson	Three Pieces Op. 45 (for clarinet, viola and piano)
80	오스트리아	1835~1915	Heinrich Molbe	Songe Op.80 (for clarinet, bassoon and piano) Scènes des Sylphides Op.66 (for Cla, english horn and piano) Nonet in Eb major Op.61 (for clarinet, english horn, bassoon, horn, 2 violins, viola, cello and bass)
81	덴마크	1835~1899	August Winding	3 Fantasy Pieces Op.19 (for clarinet and piano)
82	독일	1838~1920	Max Bruch	Concerto in E minor Op.88 (for clarinet, viola, and orchestra) Swedish Dances Op.63 Septet in E-flat major (for Cla, Hn, Bn, 2Vn, Vc and bass) Eight Pieces Op.83 (for clarinet, viola and piano)
83	독일	1838~1919	Ferdinand Thieriot	Quintet in E-flat major Quintet in a minor Op.80 (for Ob, Cla, Hn, Bn and piano) Octet in B major Op.62 (for 2 violins, viola, cello, bass, clarinet, bassoon and horn)
84	영국	1839~1884	Alice Mary Smith	Sonata in A major

85	리히텐슈타인	1839~1901	Josef Gabriel Rheinberger	Sonata Op.105a Nonet in E-flat major Op.139 (for violin, viola, cello, bass, flute, oboe, clarinet, horn and bassoon)
86	독일	1841~1894	Adolf Schreiner	Immer Kleiner (arr. Howard)
87	이탈리아	1841~1907	Donato Lovreglio	Fantasia La Traviata (for clarinet and Piano)
88	프랑스	1843~1917	Charles Lefebvre	Fantaisie caprice Op.118 (for clarinet and piano)
89	러시아	1844~1908	Rimsky-Korsakov	Concerto in Eb (for clarinet and military band)
90	프랑스	1844~1937	Charles-Marie Widor	Introduction and Rondo Op.72
91	프랑스	1844~1908	Paul Taffanel	Wind Quintet in g minor
92	프랑스	1847~1903	Augusta Holmès	Fantaisie in C minor (for clarinet and piano) Molto lento (for clarinet and piano)
93	독일	1847~1922	Robert Stark	3 Concertos/ Quintett Concertante Op.44 (for Wind Quintet)
94	프랑스	1850~1924	Edouard Destenay	Trio in B minor Op.27 (for oboe, clarinet and piano)
95	이탈리아	1850~1922	Antonio Scontrino	6 Bozzetti (for clarinet and piano)
96	독일계 미국	1850~1937	Eduard Herrmann	Sextet in g minor Op.33 (for oboe, clarinet and string quartet)
97	영국	1852~1924	Charles V. Stanford	Three Intermezzi Op.13 / Concerto Op.80 Fantasy No.1~2 (for Cla and String quartet) / Sonata Op.129
98	프랑스	1853~1929	André Messager	Solo de Concours
99	프랑스	1854~1917	Emile Justin Prosper Boussagol	Capricioso Op.36
100	프랑스	1855~1899	Ernest Chausson	Andante et Allegro (for clarinet and piano)
101	이탈리아	1856~1921	Aurelio Magnani	Solo de Concert / Mazurca-Caprice Élégie for Clarinet and Piano
102	덴마크	1857~1928	Sextus Miskow	Three Pieces for clarinet and piano
103	네델란드	1858~1904	Johann Gottfried Mann	Concerto in C minor Op.90 Concert piece for Es clarinet Op.97 Concert piece in Bb major Op.109 Rêve de Bonheur (Dream of happiness)
104	이탈리아	1858~1929	Carlo Della Giacoma	Fantasia on Mascagni's Opera "Cavalleria Rusticana" Op.83 Fantasia Op. 171 on Puccini's Tosca
105	독일	1861~1911	Wilhelm Berger	Trio in g minor Op.94 (for clarinet, cello and piano)
106	프랑스	1862~1918	Claude Debussy	Première rhapsodie / Petite Piece
107	프랑스	1862~1912	Alexandre Béon	Concerto
108	프랑스	1862~1938	Maurice Emmanuel	Sonate et Trio Op.11 (for flute, clarinet and piano)
109	프랑스	1863~1937	Gabriel Pierné	Canzonetta Op.19
110	영국	1863~1937	Arthur Somervell	Quintet in G major
111	이탈리아	1864~1945	Alessandro Longo	Suite in B-flat major Op.62 (for clarinet and piano)
112	독일	1864~1943	Heinrich Bading	Caprice D minor Op.14 Andante con moto in Ab major Op.15
113	러시아	1864~1956	A.Gretchaninov	Sonata No.2 Op.172
114	독일	1864~1924	Stephan Krehl	Quintet in A major Op.19
115	독일	1865~1920	Gustav Jenner	Sonata in G major Op.5
116	벨기에	1865~1942	Paul Gilson	Trio in b minor (for clarinet, oboe and piano) Trio (for oboe, clarinet and bassoon)

117	러시아	1865~1936	Alexander Glazunov	Rêverie orientale 14 No.2 (for Clarinet Quintet)
118	덴마크	1865~1931	Carl Nielsen	Concerto Op.57 / Wind Quintet Serenata in vano (for cello, bass, clarinet, bassoon and horn) Fantasy Piece in g minor (for clarinet and piano)
119	이탈리아	1866~1924	Ferruccio Busoni	Suite Op.10 BV 88 (for clarinet and piano) Solo dramatique Op. 13 BV 101 (for clarinet and piano) Andantino Op. 41 BV 107 (for clarinet and piano) Serenade no.2 Op. 42 BV 108 (for clarinet and piano) Sonata in D major BV 138 (for clarinet and piano) Suite in G minor quartet BV 176 (for clarinet and string) Abendlied by Schumann, transcribed BV B 107 (for clarinet and string quartet) / Elegie BV 286 (for clarinet and piano)
120	독일	1867~1933	Ewald Straesser	Quintet in G major Op.34
121	프랑스	1867~1950	Charles Koechlin	Sonata No.1 Op.85 / Sonata No.2 Op.86 Divertissement Op.91 (for 2 flutes and clarinet) Trio Op.92 (for flute, clarinet and bassoon) Sonatine modale Op.155/a (for flute and clarinet) Trio Op.206 (for oboe, clarinet and bassoon)
122	오스트리아	1868~1937	Carl Frühling	Trio in a minor Op.40 (for clarinet, cello and piano)
123	프랑스	1869~1937	Albert Roussel	Aria for Clarinet and Piano Divertissement Op.6 (for Fl, Ob, Cla, Hn, Bn and Pf)
124	프랑스	1870~1958	Florent Schmitt	Sonatine en trio Op.85 (for Fl, Cla and piano) A tour d'anches Op.97 (for Ob, Cla, Bn and piano)
125	오스트리아	1871~1942	Alexander Zemlinsky	Clarinet Trio in d minor Op.3
126	러시아	1872~1956	Sergei Vasilenko	Concerto Bb minor Op.135 Oriental rhapsody (for clarinet and piano)
127	스위스	1872~1940	Paul Juon	Sonata in F minor Op.82 Divertimento in C major, Op.34 (for clarinet and 2 violas) Wind Quintet in Bb major, Op.84 Arabesken in F major Op.73 (for oboe, clarinet and bassoon)
128	미국	1873~1953	Daniel G. Mason	Sonata Op.14 Pastorale in D major Op.8 (for clarinet, violin and piano)
129	독일	1873~1916	Max Reger	Sonata No.1 in Ab major Op.49 Sonata No.2 in f-sharp minor Op.49 Sonata No.3 in Bb major Op.107 Quintet in A major Op.146 Albumblatt Eb major for clarinet and piano WoOII/13 Tarantella G minor WoOII/12
130	프랑스	1873~1949	Rabaud Henri	Solo de Concours Op.10
131	미국	1874~1954	Charles Ives	Largo Op.73 (for violin, clarinet and piano)
132	프랑스	1874~1947	Reynaldo Hahn	Sarabande and Theme with Variations in Bb minor
133	프랑스	1874~1928	Paul Jeanjean	Carnival of Venice (Theme & Variations)
134	영국	1874~1934	Gustav Holst	Wind Quintet in Ab major, Op.14 H.67 Quintet in a minor, Op.3 H.11 Sextet in e minor (for Ob, Cla, Bn, Vn, Va and Vc)
135	영국	1875~1940	Donald F. Tovey	Sonata in Bb Op.16 / Trio in c minor Op. 8

136	영국	1875~1912	Samuel Coleridge-Taylor	Quintet in f-sharp minor Op.10
137	프랑스	1875~1937	Maurice Ravel	Le Tombeau de Couperin for Wind Quintet
138	프랑스	1875~1959	Max d'Ollone	Fantaisie orientale in Bb major (for clarinet and piano)
139	영국	1876~1906	William Hurlstone	4 Characteristic Pieces
140	덴마크	1876~1957	Jens Emborg	Clarinet Quintet Op.7
141	스페인	1876~1946	Manuel de Falla	Concerto (for harpsichord, Fl, Ob, Cla, Vn and Vc) Spanish Dance No.1 from La Vida Breve (for Cla and piano, arr. Fritz Kreisler)
142	독일	1877~1933	Sigfrid Karg-Elert	Sonata for Solo Clarinet Op.110
143	영국	1877~1946	Thomas F. Dunhill	Phantasy Suite in six movements Op.91
144	프랑스	1877~1944	Paul Ladmirault	Sonata
145	프랑스	1879~1941	Philippe Gaubert	Fantaisie for clarinet & piano
146	영국	1879~1962	John Ireland	Fantasy Sonata in Eb major
147	영국	1879~1941	Frank Bridge	Divertimenti, H.189 (for flute, oboe, clarinet and bassoon
148	프랑스	1879~1959	Jules Mazellier	Fantaisie Ballet (for clarinet and piano)
149	프랑스	1879~1944	Gabriel Grovlez	Lamento et tarentelle (for clarinet and piano)
150	프랑스	1880~1960	Louis Cahuzac	Cantilène / Fantaisie italienne Op.110 Variations Sur Un Air Du Pays d'Oc
151	프랑스	1882~1899	Victor Bruyer	Concerto
152	러시아	1882~1971	Igor Stravinsky	Three Pieces for Solo clarinet
153	이탈리아	1882~1973	Gian Malipiero	4 Sonatas (for flute, oboe, clarinet and bassoon)
154	프랑스	1882~1963	Joseph Barat	Fantaisie romantique (for clarinet and piano)
155	오스트리아	1883~1945	Anton Webern	Quartet, Op.22 (for clarinet, tenor sax, violin and piano) Concerto for Nine Instruments, Op.24
156	영국	1883~1953	Arnold Bax	Sonata in D major Nonet (for Fl, Ob, Cla, harp, 2Vn, Va, Vc and bass) Romance (for clarinet and piano)
157	헝가리	1885~1960	Leó Weiner	Ballade Op.8
158	오스트리아	1885~1935	Alban Berg	Vier Stücke (Four Pieces) for clarinet and piano Op.5
159	헝가리	1885~1960	Leó Weiner	Ballade in B-flat major Op.8 (for clarinet and piano)
160	영국계 미국	1886~1979	Rebecca Clarke	Prelude, Allegro and Pastorale (for viola and clarinet)
161	브라질	1887~1959	Heitor Villa-Lobos	Fantasia concertante (for clarinet, bassoon and piano) Chôros No.7 (for Fl, Ob, Cla, A.Sax, Bn, Vn and Vc) Fantasia concertante (for clarinet, bassoon and piano)
162	미국	1888~1982	Burnet Tuthill	Fantasy Sonata for Clarinet Sonata Op.3 Clarinet Quintet Op.15 Quintet (for 4 clarinets and piano) Family Music (for flute, 2 clarinets, viola and cello)
163	프랑스	1890~1962	Jacques Ibert	Cinq Pièces en trio (for clarinet, oboe and bassoon)

164	체코	1890~1959	Bohuslav Martinů	Sonatina H.356 / La revue de cuisine H.161 Les rondes H.200 (for oboe, clarinet, bassoon, trumpet, 2 violins and piano) Four Madrigals, for oboe, clarinet and bassoon H.266 Serenade I (2 clarinets, horn, 3 violins, viola) H.217 Serenade III (oboe, clarinet, 4 violins, cello), H.218 Musique de Chambre No.1 "Les fêtes nocturnes" Nonet H.374 (for Fl, Ob, Cla, Hn, Bn, Vn, Va, Vc and bass)
165	프랑스	1892~1974	Darius Milhaud	Sonatina Op.100 (for clarinet and piano) Sonata Op.47 (for flute, oboe, clarinet and piano) Pastorale Op.147 (for oboe, clarinet and bassoon) Suite Op.157b (for violin, clarinet and piano) Suite d'après Corrette Op.161b (for Ob, Cla and Bn) La cheminée du roi René (Suite) Op. 205 (for Wind Quintet) Concerto Op.230 / Duo Concertante Op.351 Caprice, Danse, Églogue Op.335 (for clarinet and piano) Scaramouche
166	프랑스	1892~1955	Arthur Honegger	Sonatine
167	영국	1892~1983	Herbert Howells	Sonata / Rhapsodic Quintet Op.31 A Near Minuet (for clarinet and piano)
168	프랑스	1892~1983	GermaineTailleferre	Sonata (for clarinet Solo) / Arabesque (for cla and piano)
169	벨기에	1892~1981	Oscar van Hemel	Quintet
170	미국	1893~1969	Douglas Moore	Quintet
171	이탈리아	1893~1963	Alamiro Giampieri	Il carnevale di Venezia
172	미국	1894~1976	Walter Piston	Concerto 3 Pieces for Wind Trio (for flute, clarinet and bassoon)
173	체코	1894~1942	Erwin Schulhoff	Divertissement (for oboe, clarinet and bassoon)
174	독일	1894~1977	Josef Schelb	Sonata / Quartet (for clarinet, violin, cello and piano)
175	독일	1895~1956	Walter Gieseking	Quintet in Bb major (for piano and winds)
176	독일	1895~1963	Paul Hindemith	Concerto / Quartet Op.30 / Sonata in Bb major
177	영국	1895~1984	Gordon Jacob	Trio (for clarinet, viola and piano) Sextet in Bb major Op.6
178	오스트리아	1895~1954	Karol Rathaus	Sonata Op.21 / Trio Op.53 (for Cla, Vn and piano)
179	스페인	1896~1970	Roberto Gerhard	Sonata / Wind Quintet Andantino for clarinet, violin and piano
180	이스라엘	1897~1984	Paul Ben-Haim	Quintet
181	미국	1897~1966	Quincy Porter	Quintet / Divertimento for Wind Quintet
182	오스트리아	1897~1984	Margaret Sutherland	Sonata (for clarinet (or viola) and piano) Little Suite (for flute, clarinet and bassoon) Trio (for clarinet, violin and piano) Quartet (for clarinet, violin, viola and cello)
183	덴마크	1897~1974	Knudåge Riisager	Sonata, Op.15 (for flute, violin, clarinet and cello) Variations Op.4 (for clarinet, viola and bassoon)
184	오스트리아	1898~1962	Hanns Eisler	Septet No.1 Op.92a, Variations on American children's songs Septet No.2 Circus Nonet No.1 (32 variations on a 5-measure theme) Nonet No.2 Suite for 9 Instruments
185	프랑스	1899~1963	Francis Poulenc	Sonata / Sonata (for Two Clarinets)

186	프랑스	1899~1983	Georges Auric	Imaginées III (for clarinet and piano)
187	프랑스	1899~1973	Robert Clerisse	Promenade / Vieille Chanson (for clarinet and piano)
188	러시아	1899~1977	Alexander Tcherepnin	Sonata
189	미국	1900~1990	Aaron Copland	Concerto / Sonata Sextet (for clarinet, 2 violins, viola, cello and piano)
190	네델란드	1900~1943	Leo Smit	Trio (for clarinet, viola and piano) Sextet (for flute, oboe, clarinet, horn, bassoon and piano)
191	프랑스	1901~1971	Henri Tomasi	Concerto
192	영국	1901~1956	Gerald Raphael Finzi	Concerto op.31 / Five Bagatelles Op.23
193	아르메니아	1903~1978	Aram Khachaturian	Trio (for Clarinet, Violin and Piano)
194	영국	1903~1959	Robin Milford	Lyrical Movement Op.89 (for clarinet and piano) Trio in F major Op. 87 (for clarinet, cello and piano) Phantasy Quintet Op. 33 (for clarinet and string quartet)
195	영국	1905~1985	William Alwyn	Sonata
196	영국	1905~1971	Alan Rawsthorne	Concerto
197	프랑스	1905~1991	Eugène Joseph Bozza	Fantaisie Italienne / Concerto Bucolique (for Clarinet and Piano) Aria (for clarinet and piano)
198	이탈리아	1905~1988	Giacinto Scelsi	Ko-lho (for flute and clarinet) Piccola suite (for flute and clarinet)
199	프랑스	1906~1932	Jean Cartan	Sonatine (for flute and clarinet) Introduction et Allegro (for Fl, Ob, Cla, Hn, Bn and piano) Phantasy Quintet Op.33 (for Cla and string quartet)
200	영국	1906~2005	Arnold Atkinson Cooke	Alla Marcia (for clarinet and piano) Sonata (for clarinet and piano) Prelude and Dance (for clarinet and piano) Concerto No.2 / Suite (for three Bb clarinets) Quintet / Quartet (for flute, clarinet, cello and piano) Trio (for clarinet, cello and piano) Septet (for Clarinets) / Concertante Quartet (for clarinets)
201	폴란드	1907~1973	Antoni Szałowski	Sonatina
202	미국	1907~1995	Miklós Rózsa	Sonatina Op.27 / Sonata Op.41 (for clarinet Solo)
203	영국	1907~1994	Elizabeth Maconchy	Concertino
204	스위스	1907~1992	Sándor Veress	Concerto
205	러시아	1908~1976	Alexander Manevich	Concerto
206	미국	1908~2012	Elliott Carter	Concerto / Concertino for bass clarinet / Quintet Esprit Rude / Esprit Doux (for flute and clarinet) Con Leggerezza Pensosa (for clarinet, violin and cello) Nine by Five for Wind Quintet
207	프랑스	1909~1991	Gaston Litaize	Recitaif et Theme Varie
208	미국	1910~1981	Samuel Barber	Summer Music for Wind Quintet Op.31
209	독일	1910~2000	Bernhard Heiden	Clarinet trio (two Bb clarinets and one bass clarinet) Quintet (for clarinet and strings)
210	스위스	1910~1995	Heinrich Sutermeister	Capriccio Solo

211	이탈리아	1911~1979	Nino Rota	Sonata / Pezzo in re per clarinetto e pianoforte Trio (for cello, piano and clarinet)
212	이탈리아	1911-2007	Gian Carlo Menotti	Trio (for violin, clarinet and piano)
213	미국	1912~2003	Arthur Berger	Duo (for oboe and clarinet) Duo No. 4 (for clarinet and piano)
214	프랑스	1912~1997	Jean Françaix	Concerto / Theme and Variations / Clarinet Quartet Trio (for clarinet, viola and piano)
215	폴란드	1913~1994	Witold Roman Lutosławski	Dance Preludes (for clarinet and piano)
216	오스트리아	1913~2005	Miriam Hyde	Sonata in f minor / Canon and Rhapsody Op.88 Trio (for flute, clarinet and piano)
217	미국	1915~2005	David Diamond	Duo (for violin and clarinet) Trio (for violin, clarinet and piano) Quintet (for clarinet, 2 violas and 2 cellos)
218	미국	1915~2009	George Perle	Wind Quintet No.1~4 Sonata a quattro (for flute, clarinet, violin and cello) Sonata quasi una fantasia (for clarinet and piano) Sextet (for Fl, english horn, Cla, Hn, Bn and piano) Critical Moments (for Fl, Cla, Vn, Vc, Per, and piano)
219	프랑스	1916~2008	Pierre Sancan	Sonatine
220	이탈리아	1916~1976	Valentino Bucchi	Concerto (for solo clarinet)
221	러시아계 이스라엘	1916~1994	Mordecai Seter	Trio (for clarinet, cello and piano) Elegy (for clarinet and string quartet)
222	대한민국	1917~1995	Isang Yun	Concerto / Riul (for clarinet and piano) Monolog (for bass clarinet) / Quintet No.1~2 Rencontre (for clarinet, cello and harp)
223	미국	1918~1990	Leonard Bernstein	Sonata
224	프랑스	1918~1994	Raymond Gallois-Montbrun	Concerto
225	미국	1918~1999	Howard Boatwright	Sonata / Quartet (for clarinet, violin, viola and cello)
226	네덜란드	1918~1989	Matty Niël	Variations and Fugues (for 4 clarinets) Quartet (for clarinet, violin, cello and piano) Divertimento (for flute, clarinet and bassoon)
227	러시아	1919~2006	Galina Ustvolskaya	Trio (for clarinet, violin and piano)
228	아르메니아	1920~2012	Alexander Arutiunian	Suite (for clarinet, violin and piano)
229	영국	1921~2006	Malcolm Arnold	Sonatina Op.29 Concerto No.1 Op.20 / Concerto No.2 Op.115 Fantasy Op.87 / Wind Quintet No.1 & 2 Divertimento Op.37 (for flute, oboe and clarinet) Suite Bourgeoise (for flute, oboe or clarinet, piano)
230	체코	1921~2016	Karel Husa	Evocations of Slovakia (for clarinet, viola and cello) Two Preludes (for flute, clarinet and bassoon) Five Poems (for woodwind quintet)
231	프랑스	1922~1999	Jeanine Rueff	Concertino
232	프랑스	1922~2001	Iannis Xenakis	Charisma (for clarinet and cello)
233	영국	1922~2000	Iain Ellis Hamilton	Three Nocturnes Op.6 / Concerto Op.7 / Sonata Op.22

234	체코	1923~2006	Viktor Kalabis	Sonata
235	오스트리아계 미국	1924~2001	Robert Starer	Quintet / Dialogues (for clarinet and piano) Trio (for clarinet, cello and piano) Elegy (for clarinet and piano) KIi Zemer for Clarinet Quintet Five Duets (for clarinet and violin)
236	네덜란드계 영국	1924~	Gerard Schurmann	Trio (for clarinet, cello and piano) Partita (for violin, clarinet and piano)
237	체코	1925-2007	Jindřich Feld	Quintet, J 194
238	이탈리아	1925~2003	Luciano Berio	Sequenza IXa (for clarinet solo) Différences (for flute, clarinet, viola, cello, harp and tape) O King (for flute, clarinet, violin, cello and piano)
239	프랑스	1925~1997	André Boucourechliev	Nocturnes Op.25 (for clarinet and piano) Musiques Nocturne Op.6 (for clarinet, harp and piano) Tombeau Op.13 clarinet in A and percussion or piano
240	미국	1926~2020	William Overton Smith	Five pieces for clarinet solo
241	영국	1926~	Joseph Horovitz	Concertante / Concerto / Sonatina
242	헝가리	1926~	György Kurtág	Three Pieces for clarinet and cimbalom Op.38 Three Other Pieces for clarinet and cimbalom Op.38a Wind Quintet Op.2 6 Signs, Games and Messages (for solo clarinet)
243	아르헨티나계 독일	1926~2011	Carlos Veerhoff	Divertimento per tre Op.48 (for clarinet, violin and bass) Wind Quintet No.1 Op.14 / Wind Quintet No.2 Op.27
244	미국	1926~1987	Morton Feldman	Clarinet and String Quartet Three Clarinets, Cello and Piano
245	오스트리아	1926~	Friedrich Cerha	5 Stücke (for clarinet, cello and piano) Quintet (for clarinet and string quartet) 8 Bagatelles (for clarinet and piano) Konzertante Tafelmusik (for Ob, Cla, Bn and Tp)
246	미국	1927~2019	Dominick Argento	Capriccio 'Rossini in Paris' essentially a clarinet concerto
247	체코	1927~2000	Jaromír Podešva	Quintet
248	라트비아	1928~2011	Sarah Feigin	Fantasia (for two clarinets)
249	러시아	1929~1996	Edison Denisov	Concerto / Sonata / Wind Quintet Ode in Memory of Che Guevara (for Cla, Per and Pianp) DSCH for clarinet, trombone, cello and piano Concerto for flute and clarinet with orchestra
250	오스트리아	1929~2014	Peter Sculthorpe	Dream Tracks (for violin, clarinet and piano)
251	폴란드계 미국	1929~2010	Robert Muczynski	Time Pieces Op.43 / Duos Op.34b (for Cla and Fl) Fantasy Trio Op.26 (for Cla, Vc, and piano)
252	유고슬라비아	1930~	Petar Bergamo	Concerto Abbreviato
253	미국	1931~2016	David Baker	Sonata / Duo (for clarinet and cello)
254	스페인	1932~	Arsenio Giron	Trio (for clarinet, violin and piano) Time in balance (for clarinet, violin and viola) Clarinet Quintet / Moments (for viola, clarinet and piano)

255	미국	1932~	John Williams	Concerto / Air and Simple Gifts (for Cla, Vn, Vc and piano) Quartet La Jolla for violin, cello, clarinet and harp
256	미국	1932~	John Towner Williams	Concerto
257	영국	1932~	Hugh Wood	Trio, Op.40 (for clarinet, cello and piano) / Quintet Op.53
258	슬로베니아	1933~	Igor Dekleva	Solo for clarinet
259	프랑스	1933~	Ida Gotkovsky	Concerto lyrique / Sonata / Chanson (for cla and piano)
260	덴마크	1933~	Finn Savery	Variations (for clarinet and string quartet) Wind Trio (for oboe, clarinet and bassoon) Trio (for clarinet, cello and piano)
261	폴란드	1933~2020	Krzysztof Penderecki	Solo Prelude / 3 Miniatures (for clarinet and piano) Concerto (1995, transcription from Flute Concerto, 1992) Concerto (1997, transcription from Viola Concerto, 1983) Concerto Grosso for five clarinets and orchestra No.2 Sextet (for clarinet, horn, string trio and piano)
262	미국	1934~	Mario Davidovsky	Quintet
263	영국	1934~	Harrison Birtwistle	Quintet / Five Distances for Wind Quintet
264	캐나다	1934~2002	Srul Irving Glick	The Klezmer's Wedding (for clarinet, violin and piano) Trio (for clarinet, cello and piano) Dance Concertante #2 (for Fl, Cla, Tp, Vc and piano) Suite Hebraique #1 (for clarinet and piano) Suite Hebraique #2 (for clarinet, violin, viola, cello and piano)
265	러시아	1934~1998	Alfred Schnittke	Serenade (for cla, violin, bass, percussion and piano)
266	독일	1935~	Helmut Lachenmann	Allegro sostenuto (for clarinet, cello and piano)
267	미국	1937~	Michael Conway Baker	Concerto
268	헝가리	1937~	Béla Kovács	Hommages (for clarinet Solo) Sholem Alekhem, Rov Feidman!
269	벨기에	1937~	Jacqueline Fontyn	Mosaïques (for clarinet and piano) Zones (for flute, clarinet, cello, piano and percussion) Scurochiaro (for cla, Bn, violin, cello, bass and piano)
270	프랑스	1938~2016	Francine Aubin	Deux pièces en forme de jazz (pour clarinette et piano) Un soir à Montfort-l'Amaury (pour clarinette et piano) Una fioretti di Francesco (pour clarinette et piano)
271	미국	1938~	William Elden Bolcom	Concerto
272	미국	1938~	John Paul Corigliano	Concerto
273	영국	1938~1991	Christopher Steel	Sonatina
274	미국	1938~	John Corigliano	Soliloquy (for clarinet and string quartet)
275	미국	1939~	Ellen Taaffe Zwilich	Quintet / Intrada (for flute, cla, violin, cello and piano) Divertimento (for flute, clarinet, violin and cello)
276	미국	1941~2009	Edward Harper	Quintet (for flute, clarinet, violin, cello and piano)
277	미국	1943~2017	David Maslanka	4 Quintets (for Winds) Trio No.1 (for violin, clarinet and piano) Trio No.2 (for viola, clarinet and piano) Three Pieces (for clarinet and piano) Fourth Piece (for clarinet and piano)

278	영국	1945~	Edward Gregson	Concerto
279	중국계 미국	1945~	Thomas Oboe Lee	B.A.C.H. (for clarinet and piano) Quintet Op.155 (for clarinet and string quartet) Trio 803 (for clarinet, cello and piano) Castor and Pollux (for flute, oboe, clarinet and piano) Studio 54 (for flute, clarinet, violin, cello and piano) Octet Op.144 (for Cla, Bn, Hn, 2Vn, Va, Vc and bass)
280	네덜란드	1946~1996	Tristan Keuris	Play (for clarinet and piano) Quartet (for 4 clarinets) / Quintet (for Clarinet and Strings) 7 Pieces (for orchestra with bassclarinet) / concerto
281	미국	1947~	John Coolidge Adams	Gnarly Buttons (for clarinet and chamber ensemble)
282	미국	1947~	Paul Schoenfield	Trio (for clarinet, violin and piano)
283	프랑스	1947~	Tristan Murail	Les Ruines circulaires (for clarinet and violin) La baroque mystique (for Fl, Cla, Vn, Vc and piano) Paludes (for flute, clarinet, violin, viola and cello) Ethers (for flute, clarinet, trombone, violin, cello and bass)
284	쿠바계 미국	1948~	Paquito D'Rivera	Three Pieces (for clarinet and piano) The Cape Cod Files (for clarinet and piano)
285	미국	1950~	Stephen Chatman	Sweet Tomorrow (for Solo Bb Clarinet)
286	영국	1951~	Phillip Allen Sparke	Clarinet Calypso / Concerto
287	이스라엘	1954~	Betty Olivero	Aria (for clarinet, violin, cello and piano) Der Golem, Suite No.1 (for Clarinet Quintet)
288	미국	1954~	Robert Aldridge	Concerto / Three Folksongs (for cla and string quartet)
289	중국계 미국	1955~	Bright Sheng	Concertino (for clarinet and string quartet) Tibetan Dance (for clarinet, violin and piano)
290	벨기에	1956~	Jan Van der Roost	Concerto
291	소련	1957~	Elena Kats-Chernin	Ornamental Air for clarinet and orchestra
292	미국	1961~	Lowell Liebermann	Trio Op.128 (for clarinet, viola and piano) Quintet Op.26 (for Piano, Clarinet and String Trio
293	프랑스	1961~	Nicolas Bacri	Bagatelles Op.12 No.2 (for clarinet and piano) Capriccio Notturno Concerto Op.20 2 Petites Rhapsodies Op.21b (for clarinet solo) Night Music Op.73 (for clarinet and cello) Sonatina liricaop 108 No.1 Sonatina lapidaria Op.108 No.2 (for clarinet (or viola)) Sonatine et Capriccio Op.131 Ophelia Solo Op.146b (for clarinet (or Bass-Clarinet)) Prelude and toccata Op.146b (for clarinet and piano) Concerto breve Op.152 (for clarinet and string quartet)
294	이탈리아	1966~	Michele Mangani	Concertpiece / Concerto / Duo Sonata
295	슬로베니아	1969~	Urška Pompe	Kolor (for clarinet solo)
296	미국	1969~	Evan Christopher	Clarinet Road Vol. I and II
297	러시아	1970~	Alexey Shor	Concerto
298	독일	1973~	Jörg Widmann	Drei Schattentänze / Fünf Bruchstücke / Elegie / Fantasie
299	프랑스	1974~	Bruno Mantovani	Bug (for clarinet Solo)
300	우크라이나	1976~	Alexey Sioumak	Clarinet Solo